钱是我的胆

三耳秀才 著

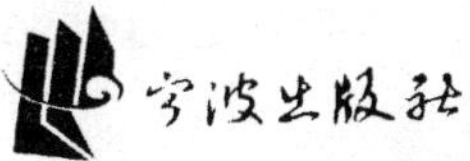

图书在版编目（CIP）数据

钱是我的胆 / 韩光智著. — 宁波 : 宁波出版社,
2016.1
ISBN 978-7-5526-2323-9

Ⅰ. ①钱… Ⅱ. ①韩… Ⅲ. ①随笔－作品集－中国－
当代 Ⅳ. ①I267.1

中国版本图书馆CIP数据核字（2015）第275443号

书　　名 钱是我的胆
著　　者 三耳秀才

出版发行 宁波出版社
　地　　址 宁波市甬江大道1号宁波书城8号楼6楼
　邮　　编 315040
　联系电话 0574-87259609
　网　　址 http://www.nbcbs.com
责任编辑 徐　飞
装帧设计 连鸿宾　朱文宗
插　　图 马联飞
责任审读 何培瑶
印　　刷 宁波市大港印务有限公司
开　　本 787毫米×1092毫米　1/16
印　　张 17
字　　数 280千
版　　次 2016年1月第1版
　　　　　 2016年1月第1次印刷
标准书号 ISBN 978-7-5526-2323-9
定　　价 39.80元

作者告诉 **读者**

这是一本有价值的书，
当人们觉得她没有价值时，
还可以当废纸卖掉——随行就市。

作者告诉 **作者**

感谢好人和坏人，
坏人让我知道，这就是假丑恶
并鞭打我快走：人生道路是曲折的！
好人让人体悟，世上升腾着真善美
并鼓励我加油：前途是光明的！
凡人都有驴性，鞭打有时比鼓励更有效！
感谢！

别走开，广告后马上回来！＞＞＞

作者新语：

当初无厘头的只言片语，如今重温，我心头上的滋味还鲜活着。只是，心上的火气少了些，心胸里那股强作豁达的气质仍然存在，仍可自怜——自我怜惜！

哈！这是保持幸福生活的关键呀！

再版自序

再提钱，接着俗

我觉得这是一份荣耀，写作者的一份荣耀。十几年前（2002年），我自费出版了一本散文集《钱是我的胆》，十几年后，某个场合，我被朋友介绍给别人，照面，不等介绍开始，那个别人先开口："你，我知道的。"停顿一下，更爽快地说，"钱是我的胆。"——我的书名被记住了，我的人名却模糊起来。这种情形，出现一次是碰巧，出现次数多了，我就明白了，我取了一个多么鲜亮的书名哟！（此处可配小品口吻：我骄傲！）

当然，《钱是我的胆》内容也有鲜亮之处。也有熟识的朋友N人N次跟我说："虽然你后来出了几本书，但我还是喜欢《钱是我的胆》。"我觉得这话是真的。为什么？这话虽然颂扬了我前面的写作，可是也同时打击了我后来的写作。我的看法是，我后来的写作当然比《钱是我的胆》时的水平高，只不过，刚开始写作时，更有见山是山的那个劲，带火气，愤点青，更容易引起读者的欢喜吧！

可是，如今想来，《钱是我的胆》这本书却有诸多遗憾。当年找中介出的书，书号真伪就存疑。这也是那个阶段的常见现象吧，也不是太奇怪。还有，第一次出书，在内容上我有求全之心，当时想把已发表的文章都囊括进去，虽然后来没有做到，但无疑在篇目选择上存在明显的不足。此外，在编排上，也多缺陷，还挺明显。

遗憾也是动力，正因如此，我就动了重新出版的念头。

我总认为，当一个作家，总是难免被人误解的。其实，“钱是我的胆”只不过是我的一篇文章的篇名，文章写的是我做小孩时每到外面去口袋里装没装钱我的内在感觉而已。自然，“钱是我的胆”当篇名没多大问题，没人真认为我掉到钱眼里去了。可是，我把篇名当书名，问题就来了，知道不知道我的人，看过没看过书的人，只要听到或者扫了一眼《钱是我的胆》，就很容易很自然地认为：这个人怎么这么看重钱呢？事实上，我的不少朋友就曾多人多次当面说我不应该用这个书名。何况那是十几年前，社会上对钱的态度还非同一般的。如今，经过一轮经济发展，有钱的人多了，对钱的态度平和多了，这时，我再出版此书，我想的是，我注定跟文字打交道也就注定要被人误解，罢了，再提钱——仍用“钱是我的胆”。也许，错上加错，会有负负得正的效果？此外，人皆自爱，沿用旧书名，会更好地承载我从前的文字以及出版后十几年间这本书带给我的诸般滋味。同时，这样做，对读者来说，也是一个提醒吧！十几年了，我们的金钱观念，往正确的方向走了多少呢？

再提钱，接着俗。其实，不提钱，我也俗。——《钱是我的胆》这本书，就是俗人俗事，如此而已。这次再版，当然也不能免俗——在俗念的指导下，定下如此原则：内容上基本不变，形式上更加有“钱”。具体说来就是，在内容上去掉书评这一块（即原书中第五辑“人生有书就有赢”），原书第四辑“网络是张面具心动面不动”并入第二辑之内，此外，原书中已在《机智老爸机灵儿》《闲读诗书慢著文》等作品集中出现的篇目，借此机会也一并去掉，免得重复；在形式上，封面重新来过，内页里新加插图，找画家朋友马联飞进行专题创作，有意强化“钱是我的胆”这一主旨，哈哈哈！其实也是强化人们对我的“误解”。另外，在文章前面，我新撰“作者新语”，以此增加一点岁月的“沧桑感”——总之，我过去是一个俗人，现在我仍接着俗就是了。

再提钱，有钱的，捧个钱场——不妨买一本，看一看能写鲜亮书名的，里面的文章是否也有鲜亮之处？

韩光智 2013年8月11日草于五更涵舍

2015年1月20日改定

作者新语：

写作，当然也有境界之分。当新手上路时，必须向往境界并明确意识到脚下的方向。请名人写序，是新手初登文坛常用的一招。问题是，新手可得要清楚明白那位写序的名人是不是真名人，有没有可持续性发展的潜力。借名出点名，也得那名人真有名可借。这道理和找金矿一定得测定矿物的含金量一样。我当初寻找自称“三流作家”的韩石山先生给《钱是我的胆》写序，有没有这个意识，如今已忘记了。但是，如今看来，我，找对了人。通过韩石山为我写序这件事，我借机和韩石山其人其文有了更多了解和交往。实话实说，就是现在，我仍是以学生的心态来面对韩石山文章的。某个场合，有人问我写作上你的偶像是谁，我应道：写作上，我不讲偶像，就我的性格及写作的倾向来看，如果说要找你所说的偶像，我找到的有两个，一个是汪曾祺，一个是韩石山。汪曾祺已过世，自然不好再为偶像的；韩石山活着，不过，考虑到他的长相，他也当不了我的偶像（这里，我试着以韩石山的笔调来调侃一下韩石山先生，见谅见谅。高人不怕嘲，岂止不怕，高的人反而常把戏弄嘲讽当作有力有效的点赞和表扬）。

掌声有木有？掌声在哪里？！

初版序

真是一只活猴

韩石山

活猴！读罢这本书，我的脑子里一下子蹿出这么个不雅的词儿。真是一只活猴，没有他不敢攀缘的崖壁，没有他不敢跳踉的枝头，就是在枝头震颤的一刹那间，他还要将右手手掌伸向左额，再朝右边勾回来，在眉骨上搭个凉棚，四下里眺望，看有没有让他更惬意的枝头，看有没有青春年少的母猴在别的树上目瞪口呆。

我不知道光智先生老家的信阳话里，后来曾刻意学过的郑州话、武汉话里，眼下不时用着的宁波话里，有没有这么个词儿。我的老家，晋南一带，是有的。晋豫两省的许多方言相近似，就是没有，也该明白。不是个坏词儿。几分亲昵，几分责怪，长辈常用来感叹心里喜欢，却不那么本分的孩子。不是倚老卖老，这年头再没有比老更不值钱的了，实在是喜欢，真正的喜欢，权且借了这么个词儿来表示，也就顾不上恰当不恰当了。

没有他不感兴趣的，没有他想不到的，没有他不敢写的。家庭，机关，朋友，路人，吃穿住行，风雪阴晴，社会上的各种现象，脑子里的奇思妙想，一到了他的笔下，就有了别样的妙趣，别样的感悟。他的神经似乎永远处于亢奋状态，他的笔尖上总在绽放着一片又一片的花瓣，不一定名贵，哪怕是朵狗尾巴花儿，也一样的不羞不臊，迎风摇曳。不必具述内容了，看看这些篇名吧，《“奶奶万寿无疆”》《文王武张》《假想敌吗，同情兄也》《机关三双鞋》《堵搏》《手上拿着气球，没有气可不行》，我敢说，你就是能猜出一点什么，真要看了还是手在大腿上一拍，由不得连骂带笑地说：这狗东西怎么能想到这儿！

且举一小例。《文王武张》，打死你也想不到，这王是什么王，这张是什么张。一起首先说：“如果上苍突然降给我一机会，重演人生，使我得以不在平凡、平庸中滑落，那，我将如何面对和抉择？我很费了一通脑筋，得出一个结论。我将在给上苍的回函中写道：文王武张。”看下去才知道，原来王是王蒙，张是张学良。接下来，从少年得志、志后受难、难后辉煌三个方面，将王蒙和张学良详加比较，结论是，两人的人生经历、功业、人生哲学都颇有相似之处。一个在中国文坛上，少年成名，历经坎坷，复出后再显身手，令人刮目，数年间位至公卿，又不忘书生本色，意识流，荒诞派，后现代，一步不落，独领风骚。一个在中国现代史上声名显赫，屡建奇功，先是东北易帜，坐镇华北，后是西安事变，改写历史，尤其是红颜知己，时时相伴，百岁高龄，无疾而终，让多少人叹服。粗看似乎不经，细思却不能说没有他的道理。真是个聪明绝顶的家伙！

当然了，也不是说篇篇都这么精彩，那是不可能的。有的篇章，就有些勉强了，甚至让人觉得不太厚道，比如那篇《“奶奶万寿无疆”》，批评眼下的儿童教育，道理不能说不对，起因却是小侄女给自己的一封信。模仿原是儿童的天性，小孩子说大人的话，也正是她的可爱之处，当叔叔的该喜欢才是，这也不对，那也不对，孩子不给你写信了，那才叫你难受哩。

最让我喜欢的还是作者的语言，自然，风趣，不免油滑，却极见性情。写作要这，写作要那，最紧要的还是这股子挥洒自如的劲儿。是天性，也是训练，有自信，也有收敛。每当结尾处，最见作者的文字的功夫。你以为他还要絮叨下去，手中的笔轻轻一提（该是手指在键盘上轻轻的一点），完了，想看吗，下一篇吧。

还要特别提及的是，作者是个网虫，每篇文章都在网上贴过，且颇为网友们喜爱。有些文章，原来就是网上的作品，现在出书了，特意挑选了一些网友们的品评附在后面，每篇后面三条五条不等，这些文字，既开阔了全书的视野，也增加了全书的趣味。

我没见过光智先生，想象不出他是个什么样子，只看文章，想来精明得很，但愿他往后写得更多，更好。

2003年1月23日于潺湲室

韩石山：山西临猗县人，作家，文学批评家（江湖称“文坛刀客”）。著作有《徐志摩传》《张颔传》《韩石山文学评论集》《少不读鲁迅，老不读胡适》《路上的女人你要看》《让我们一起谦卑服善》《装模作样——浪迹文坛三十年》等。

目录

第一辑 家住我身夹住我心

第二辑 做鬼脸点化平庸的生活

第三辑 塑料刺儿为善良者壮胆

作者新语：

家，是一个放钱包不必担心的地方。人放心了，钱也就放好了。

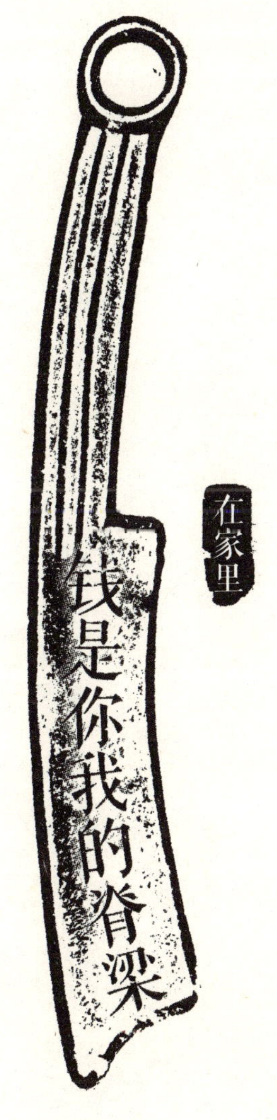

第1辑 家住我身夹住我心

家，是一个人一生中最应下功夫经营的所在。故，我有意无意间记住了家的一些事情。这些事情也许显示了这样的一个事实：家住我身夹住我心。

无奈，沉迷于家的男人是没有大出息的。

作者新语：

钱是我的胆。钱不够多，胆不够壮，于是，便吐槽。吐多了，便有了《钱是我的胆》一书。亦妙哉！至今，钱还不够多，胆还不够壮，那就继续吐槽！

写作，是吐槽的专业版吧！

另注：这篇文章原是旧版《钱是我的胆》自序一。

钱是我的胆

自己的孩子自己取名。正因如此，当我的文字可以寻机出版时，我自己动脑取名。钱是我的胆。为什么取这名？响亮啦！穷人们一看，再摸摸口袋里叮当作响的五角一块硬币，心中就有数了。我有钱，我有胆。富人们看到这个名，也会挺舒服的。真是说到点子上了——我做的许多事可都是假汝（钱）而行的。况且在中国这个心里常想的多嘴巴常说的少的国度里，说钱是有忌讳的。我是一个有点爱冲撞忌讳的人，想到冲撞忌讳有助于观念转变也就有利于改革有利于社会发展，我拍拍脑袋拍拍胸脯就定下了“钱是我的胆”这一书名。序嘛，我看就免了。把《钱是我的胆》这篇文章放在书的前面也就成了。需要说明的一点是，我的文章在网络上也露过脸，为了证明曾经露脸过，我把网友们的评论也附在后面，算是给盒子找粒珍珠。如果有看客喜爱，拿盒子还是取珍珠，悉听尊便。——当然，当然，你也可以选择不和《钱是我的胆》亲密接触。那也没关系。不过，你在尘世中找不到钱找不到胆找不到好感觉可不要怪我啦！

人小胆也小。小时候，一毛钱放在口袋，小手紧压一毛钱贴着身体，就算有个不错的小胆。那时，我在大山深处的乡村学校，一毛钱可以在大队（现在叫村）供销社买到铅笔或者小人书之类的许多和求知有关的东西。虽然这类东西不常买，但

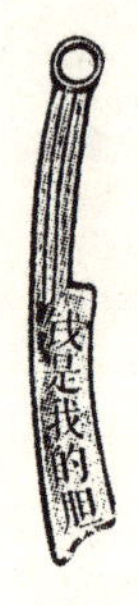

是有一毛钱在手，和小伙伴跑到供销社里面去的感觉就是不一样，就像《闪闪的红星》里潘冬子手上的那根红缨枪一样“画龙点睛”。年关时节有压岁钱最得意，初一、初二拜年口袋有时多达一块多，不过转眼间就到了爹娘的手上，而我当时尚无私有化的观念，只能眼巴巴任由爹娘取走。爹娘最多加一句“你还小，要钱作什么？”来压制我对钱的占有欲。

人长胆也长。稍大一点，我到了公社（现在改革成乡了）里的中学上学，一毛钱就显得不够份了。这时，口袋里放有五毛钱就够我意气风发的了，走起路来有志愿军跨过鸭绿江“雄赳赳，气昂昂”的豪迈。有时我经手的款项多达十余元，但那多是过江之鲫，手上尚未沾上钱气，五元、十元面值的大钱已从手上滑走、转眼即没入茫茫人海中去了。再说，这些经手的大钱多为专款专用的款项：这些钱都有正当的用途和用处，诸如交学费之类，钱是申请并经爹娘的口头专项审核后拿到手的，容不得我买点苹果之类的奢侈品“腐败”一下。钱多，有利有弊，口袋的钱一多，我就怕丢，每次大钱从爹娘的手移交到我手时，爹娘总要一再唠叨“不要丢了”，这又无形之中加重了我的怕丢。我渴望的是平时里有五毛钱在身，我清楚地知道五毛钱就足以“养胆”。我的爹娘比较开明，五毛这样的小钱对我没设监督机制，故我手上存有五毛钱的时间比同学们要长些。男子汉的成长非一日之功。岁月中没有钱来壮胆，哪来我男儿的“雄起”？！

春去春又来。农村的孩童成了小县城高中的学生了。吃住都在学校，米是用布袋从家里扛来的，印象中一斤还得交学校食堂两分钱的伙食费（后来物价指数上升了，不止两分钱），菜票得花钱买，但主要还是从家里带来的用罐子装的咸菜。这时，手头随着学业的上升而“宽松”起来，一次从家里拿到30元这样的豪举也是有的。随着手头捏的钱多起来，我的胆也随之大起来。口袋有钱时，我喜欢往新华书店跑，钱越多，我的“斗志”越“昂扬”。印象中，老爹知道我买书后，几乎每次都会说：“买点衣服穿多好，买这么多书有什么用？”但口气并不重，故我依然买，他依旧说。我买他说，几成可操作的“程序”。在成长岁月中可记上一笔的是，半条汉子（未成年，只能打折，算半条）的胆仍是爹娘给的。我将此总结为“生我身是娘，养我胆是爹”。

走过黑色七月，跨越高考，成为省城的一名中专生（现在此生已远远落后形势，不过，当时尚在“天之骄子大学生”之侧，故不乏落榜的穷秀才们羡慕），进入了我可以明目张胆地消耗爹娘的钱的最后一个时期。这个时期，我扩大了养胆的力度，一次性消费有时竟达一百多元。买皮鞋，买吉他…… 买卖之中，一个城里人的形象在包装中诞生了。我心仍是农村山娃心，我胆已是城里人的胆了？！

毕业分配，我有了一份革命工作。参加工作是我男儿真正站起来的起始一步。按理说，爹娘可以放手了。无奈得很，第一年工资每月只有51元(我戏之曰五十大毛)。经济是基础，基础不牢怎么办？爹娘仍是坚强的后盾。工资归入纯个人消费款项，不够仍旧按习惯向爹娘伸手，虽然有时有点脸红。不过，在爹娘的荫护下，男子汉的架子总算搭起来了，虽然胆子还有待进一步扩张。

人生免不了要折腾几下。工作几年后，背起行囊我到一高校当起研究生来。国家每月给200元的助学生活费，偶尔自己在外面创收还可捞上几笔辛苦钱。总的来说，还算可以，有点滋润的味道。虽然钱像孔乙己碟中的茴香豆“多乎哉，不多也”，但是，每周至少一张两元的舞票我是绝不手软的，中午有时吃着吃着兴头来了还会跑到楼下小卖部买瓶行吟阁啤酒助饭。——这可以算陶渊明“采菊东篱下，悠然见南山”的通俗版本吧！不管袋里有没有，手上显有——我的胆算炼起来了。男子汉，胆成汉子成。自此以后，男子汉仗胆可走天涯矣！

梅开二度，我又到社会上捞生活了。每月的工资多了，高达千余元，日常开支是用不完的。有结余总是好的。不过，人长大也有长大后的事。男儿不是要成家立业的吗？成家虽然俗点，但我知道，我也难脱俗。买房成家，一番操作，一算，我的钱应是个负数——欠别人的不少。心上可负担方为有胆。账面上虽是负的，我胆却不会输给别人。现在我胆已完完全全是个男子汉的胆了。一般说来，只要是夫人首肯的事，我就有钱有胆去做。甚至在夫人不知道的情况下，我也能独立行使钱权。此正经事不好乱说，有例证，比如每天到菜场买菜，我是想买什么菜就买什么菜（算“将在外军令有所不受”吧？），有时菜没买好，夫人指摘我“独断专行”。我心里想，能独断专行，没有一颗虎胆，行吗？虽如此夸口，但我知道，这个胆仍是俗胆，手上没了钱，我那久经考验的胆就得打折。有时逛商场，口袋没装多少钱，我就会心怯几分，怕热情的营业员多看我两眼。我一直盼望胆子大一点。我一直使胆子能够大一点。有时我也想，钱要是像气球一样就好了，我想吹多大它就有多大，有了

这样的胆，我至少可以像阿Q那样“要什么就是什么”了。胆仍不够大，我仍需努力。

（初刊于《检察日报》1999年11月27日）

评论：

网友得意笑 [zxxsnyf]

绝啦！

这就是生活的一部分，练胆练出感悟来的，也只有你了。

网友路同 [lutong_326]

钱是我们的胆，故而彩票就是我们的梦。想一想，有了个500万，就敢去炒领导了，这胆够大了吧！但这仅限于梦，因为不是人人都有这个机会来大胆一次的。而且，钱太多了，胆反而会变小。

网友怪歌 [xtywy]

生活经历很丰富嘛。钱其实是后来者，正是因为过去没钱，所以才在苦日子中得到这样的感悟。其实我倒觉得钱怎么可能是胆呢，有太多的人，有了钱反而更加小心翼翼，不敢做更多的事，生怕钱从手中掉了，活得很累，成了钱的奴隶。

我想的心境很好，有了钱，应该洒脱一些。

作者新语：

新手总是会犯错误的，当初自费出《钱是我的胆》，其他错误按下不表，这里只说序，除了名人序外，我还有自序，这也不算错，错的是自序我弄了俩，这是二。真是二呀！

人二时，上面一横下面一横，爽快！！！

错了才成文

自己的孩子自己爱。我老家河南的一家刊物拟用我的一篇小说，编辑来信约我写写为文体会一类的稿子，《错了才成文》就这样炮制出来了。可能是我太不“正经”吧，没用。没办法，计划内生育却落了个计划外的命运：没地方上“户口”。自己的心血不舍得丢弃，放在这里，算是人性普遍存在自爱成分的一个有力的书面证明吧！今年种下的种子想不到来年才发芽。后，我的期待没了，《错了才成文》却横空出世，我家乡的那家刊物给用上了。这算是人生总有意外的一个例证吧！当然是好的方面。

错，我这里的错不是错误的错。我这个错，错了不误。为什么取“错了才成文”这个标题给人以错觉呢？没别的。现代经济已改叫“眼球经济”了，我学着点，写的文章不打个五彩缤纷的旗帜，我和我文再“内秀”也没人转动眼球看上一眼。我这儿的“错”是“交错”“相错”的“错”。引经据典，《周易》曰：“物相杂，故曰文。”这个“文”通“纹”，纹络，后世的“文”即取其本意衍化而成。其实，对于文人来说，“文”和“纹”没有区别，都是岁月留在脸上或心上的印迹。留在脸上的叫皱纹，一开始叫成熟，后来叫老了。随之，往事掖在皱纹里；留在心上的

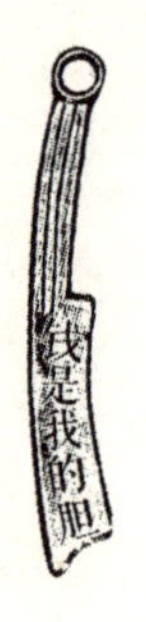

而又付诸笔端的叫文。一开始叫心血来潮，后来改叫著作权了，有的人直接把它叫稿费，也中。

上面说的是一般情况，下面说些我个人的情况。性格即路标，在此路标的不断指引下不断与时代“相交相切相割”也就不断“错”了。当别人上大学时，我蹭进中专里去学着进入电影这个“夕阳产业”，算不算与时代主流擦肩而过呢？当别人好好工作，天天向上时，我抱着中文书自学起来，参加自考，不少朋友说：“你读这些书有什么用！”我又“错”了。当别人成家立业，养起“祖国的花朵”时，我又跑到大学里攻读硕士当起学生来了，因为算上进，没人说我错。但我学的是中文，无用之学。我的指导老师教导说中文是无用之用乃大用。大用是什么用我现在还没明白，这样算来，终归是错。当别人不断“进步”时，我在书中寻找兴趣、乐趣，在纸上涂写非领导讲话一类的文字，不合时宜。可以肯定的是走到这一步，我又“错”了。

我算不上聪明人，但错久了也开些窍。“错”到现在我才有些明白：无“错”不成人生。一“错”不发芽，二“错”不发展。三“错”四“错”五六“错”，只有有心有意真心真意将“错”进行到底，才会将过去的错现在的错乃至将来的错串在一起构成一条清晰的“纹络”，把它叫作命运也不为错，用家乡腔说，也中。所以，到现在，我不后悔过去的错，不打断现在的错，并下定决心持之以恒错到底。于是在心血来潮之后，在脸上的皱纹初现时有了纸上的文字，有了著作权。当稿费到手时，我的心情恰似一个老农在秋收时节捧着金黄色的谷粒一样，有喜悦掖在皱纹里。

遇到小小说也是我所有错中的一个。我本来写小小说并不多，遇到小小说全国笔会在宁波召开，得地理之便，滥竽充个数。好在《百花园》念在我是河南人的面子上并没有“嫌贫爱富”，不看僧面看佛面，先让我在家乡的刊物上打个照面。中国人做啥大多态度在先，在此，我也表表态，表表决心（不划破手指写血书）：年轻时遇到心仪女生不来一段“琼瑶”，来几集《情深深，雨蒙蒙》，那不对不起青春了吗？！今后我要多钟情小小说，多读多写多用心。同时也要求在《百花园》工作的老乡们对我的习作制订出服务专款：可用的一定用、赶快用；可用不可用的，用；不能用的，用个精神鼓励给我。

“不说正经话。写文章的人都不是好东西。”我的一位朋友看了我写的“乱谈”，对我说。这里附上，算个批注罢。

男生对女生嬉皮笑脸不正经，代代相传杜绝不了。因为不正经里内含着男生对女生的喜欢。有经验的女生知道。我期待着有经验的女生。——这算我的自我鉴定吧！我还知道，现在，有经验的女生多着呢。

（初刊于《百花园》2002 年第 8 期）

评论：

网友得意笑 [zxxsnyf]

《错了才成文》，一气呵气，首尾呼应。

在“错”中追求成长、提高、发展……这正是作者今后成功的基础，以此“错”的经营埋下作者的哲学思想，绝啦！

网友石鼓 [gaoweizn]

“错字”曾是历史一大功绩。

造字六法中，“转注”“假借”都是“错”的范畴。

不错不立，历史就这样发展的 。

网友怪歌 [xtywy]

先生“错”的地方真是太多，但所谓大智若愚，每每一“错”，竟成就了隆隆事业。

如没有前面的错，你怎么会走进感悟人生专栏，没有前面的错，你更不会对社会性问题认识如此深刻。

还望兄保持平常心态，在一念之错中，找到人生伴侣，不亦快哉！

作者新语：

记下来是多么重要呀！如今回想当初的瞬间——那些瞬间皆是凭想象力想象不出来的，那些话语，无忌的童言，每一个字都是独特的。

做父母的，趁孩子天真时，多记下美妙的瞬间吧！

“我长大后也能发炎吗？”

[看花人语]大家都说儿童是祖国的花朵。但每一朵祖国的花朵都有一个固定的园地和固定的园丁。这就有点像国有企业，名为国有，但经营权使用权却只有企业内部的干部员工。我很荣幸，我是一朵祖国的花朵的看护人。朝夕相伴，花容花貌尽在掌握。我听着花朵绽开花瓣伸展的声音，我幸福着花的幸福。以下是花的声音和我的幸福。

“爸爸，你的头发怎么长到腿上？”——春丹帷坐在我的大腿上，拨弄我腿上的毛，拨弄出问题来了，向我发问。

（2002年6月21日）

“我长大也能发炎吗？”——牙齿发炎，我用口泰含漱口液漱口。春丹帷看新奇的现象，问我这是干什么。我回答说：“我牙齿发炎了，用含漱液漱一下就好了。”这时，他用期待好东西、期待长大的心情对我说：“爸爸，我长大了，也能发炎吗？”

（2002年6月23日）

“爸爸，你别说小话？”——为了营造小孩入睡前的温柔，我小声说服、鼓励、引导他入睡。这时他回应我以“小话”。我一听他用“小话”来形容声音的小和细，不禁笑了。你小子还挺有语言创新能力的。

（2002年7月4日）

◎“不是我香，是花露水香。”——春丹帷洗完澡，倩倩姐姐帮他穿衣服。倩倩姐姐对他说：“你真香！”他的回答百分之百的实事求是。我在一旁听到，想了想，他这样说，应该和谦虚和美德没有多大关系吧！不过，成年人如有机会面对同样的问题，我们绝不可能得到这样一个回应的。

（2002年7月6日）

◎“混蛋！”——晚饭吃馄饨，春丹帷没有见过馄饨，问我：“爸爸，这是什么？”我不语；他转脸问妈妈。得知是馄饨。得知后他回转脸来，对我说：“爸爸，这是馄饨。”我为了鼓励他在新知识前多复习一下，下了一道指令：“说两遍。”结果第一遍是“馄饨”，第二遍“馄饨”音变成了“混蛋”。我听了大笑，春丹帷却问我：“爸爸，你笑什么啦？”

（2002年7月10日）

◎“……”——某家媳妇与婆婆闹矛盾，得来成话头，我和春丹帷他娘进行交流争论。孩他娘说：“哪！养儿子有什么用呢？”我应道：“养儿子本来就没有什么用的。”我说完这话后，感到不过瘾，张口喊春丹帷：“春丹帷，你过来。”春丹帷高兴地跑到我的跟前。我摸着他的头，说：“我问你一个问题，你说，养儿子有什么用？”春丹帷不言，我再问，他仍不言，伸出舌头来，似乎表示“这问题叫我怎么回答才是好呢？”

（2002年7月12日）

◎“有什么好笑的！”——春丹帷把“红眼睛”念成“红an睛。”倩倩姐姐马上纠正：“眼睛，红眼睛。”可春丹帷仍念成“an睛”。我们听着“an睛”，都笑了。春丹帷用成人似的口吻说：“有什么好笑的？！”他这一说，加大了我们的笑度，延长了我们笑的时间。

（2002年7月17日）

◎“不客气就是打屁股。”——春丹帷不愿洗澡。我对他说：“我把我的衣服找到，如果你还不过来，我就不客气。”“你知道不客气吗？”春丹帷说：“不知道。”“你过来我来告诉你。”我左手按握住春丹帷的小手，右手痛击他的屁股，边打边说：“这就是不客气！”后，和我一起洗澡，我问他：“什么是不客气？”他很“果断”地判断，说：“不客气就是打屁股！”

（2002年7月18日）

◎“爸爸，回家再说！”——在家乐福超市给春丹帷买了件鲨鱼辣椒玩具。在回家的路上，我趁着他高兴，寓教于兴，对他说：“中午，郑叔叔到我们家吃饭。叔叔是客人，你不能用手抓菜吃。用手抓菜吃是不对的，在客人前面这样做更不对。所以爸爸当时批评你。知道了吧？”春丹帷在点头答应后，说：“爸爸，回家再说！”我问为什么，他说：“家里有空调。”唉！小王子无师自通，已学会了“王顾左右而言他”这一招了。

（2002年7月21日）

◎“妈妈，爸爸说打了也是白打的。”——春丹帷一事违规，触犯到我认为应坚持的原则性问题时，我用手揍他的屁股。孩子他娘看着心痛，说我不该打孩子。我说：“你这一说，我这打是白打了。”棍棒教育的效果被显露的母爱给冲走了。且，他还“鹦鹉学舌”，对他妈妈说：“妈妈，爸爸说打了也是白打的。”说时还带着笑，夹着一点得意。

（2002年7月27日）

◎“爸爸，我能不能长小些？”——在路上走，我和春丹帷对话。“爸爸，妈妈把我叫小家伙。”“春丹帷，我告诉你，下次妈妈叫你小家伙时，你就说：‘妈妈，我长大了，是小伙子，不是小家伙。’因为你是男孩子，长成小伙子就可以做许多事情。”谁知，面对我的男子汉成长教育，春丹帷的回应出乎我的意料：“爸爸，我能不能长小些？”由此探知，是不是每个人天性中都有怕担社会重任而拒绝长大的愿望和意识呢？其实，我们每个人在期待成熟享受成熟的同时不也潜伏着“长小”的意识吗？深究起来，也许“长小”的愿望更符合人类的天性和本性。

（2002年8月4日）

“我就像小狗一样。”——春丹帷嘴伸到自己碗里，吃他自己动手剥的虾。咬到后，抬起头来边嚼边对爸爸妈妈说：“我就像小狗一样。”说时，呈现出一脸灿烂的微笑。

（2002年8月6日）

“爸爸，你把门锁上干什么？”——我上卫生间，把门反锁上。春丹帷站在门外敲打，边打边说：“爸爸，你把门锁上干什么？”我只好说：“我过一会儿就出来。”

（2002年8月9日）

“爸爸，我不要这本。”——新华书店，在春丹帷小手的强烈“牵制”下，我被迫来到他感兴趣的书架，并且被迫选择了那本很贵的《数码宝贝》(21.80元)。随后，我拿了本标价便宜的《无敌岳家将》。这时，春丹帷对我说：“爸爸，我不要这本。”我对他说：“数码宝贝是人编造出来的，是假的。岳家将可是真的，是我们中国古代的真事。我们得学习古代的英雄，知道吧！”春丹帷听后，不再抗议。我想算他“默认”了我的选择吧！

（2002年8月17日）

“那，下次我们出去多带点钱！”——“春丹帷，你知道爸爸为什么批评你吗？”春丹帷不语，我接着说：“我只带了两块钱，你要买四块九角的东西，超市当然不会给我们的。你哭，并且哭这么久，是没有道理的。所以爸爸对你不客气。”谁知一番道理下去，春丹帷把小头摆一摆，动起脑筋来。有所思有所得，他对我说：“那，下次我们出去多带点钱，好吗？”

（2002年8月19日）

“那，你是不是长大了才到我们这里来的？是吧？”——我与春丹帷夜谈。我先打开话题。“春丹帷，过来，我给你讲一讲爸爸小时候的故事。”“好。”“爸爸清明带你到的那个农村，你还记得不记得？”“记得。”“爸爸小时候就住在那里。”“那我住在哪里？”“那时候还没有你。”“那，你是不是长大了才到我们这里的？是吧？”

（2002年8月19日）

“爸爸，是4颗。”——“春丹帷，你碗里有几颗花生？”“一、二、三、四、五，爸爸，5颗。”“你现在吃掉一颗，五减一是几颗？”春丹帷听了我的指示，抓一颗到嘴开吃。吃时还点着碗里的花生：“一、二、三、四，爸爸，是4颗。”“好！不错，5减1等于4 。现在爸爸再问你，你现在是一个小朋友，现在我们吃多多的饭，长得大大的。这时，你是几个小朋友？”春丹帷想了想，不言，小脸上挂着点茫然，不解地看着我。

（2002年8月27日）

“呵呵！”——“春丹帷，爸爸给你改个名字，好不好？”春丹帷看着我，不语。我接着说，“把你叫狗蛋，好不好。狗蛋，过来！”我笑着看着他，他“呵呵”地乐着。

（2002年9月1日）

“猴头！拿点吃的来，我老猪饿了！”——“爸爸，你听我说！”我正在看书，春丹帷拿着《猪八戒大战黄袍怪》图画书看，看得兴起，对我说：“猴头！拿点吃的来，我老猪饿了！”听着“猪八戒”的童音，我只得从我的书里分出神，来感觉神话儿童版，这可是另一番滋味。同时我也感觉到养子还挺有意思的。我不由笑了，问他：“是谁教你的？”“是上次爸爸教我的！”看来我夸张的文字解说还挺有效果的。

（2002年9月3日）

评论：

网友云卷云舒

某夏日，我一身大汗地从外边回家，看到军训回来晒得黑黑的女儿，就调侃她：“我家里怎么来个国际友人啊，仔细一瞧还是非洲的。”小女接过话茬：“嗯，我看你倒像欧洲白人，闻闻气味就知道你的职业，像个开酱醋厂的！”

网友潇潇情冲［hans］

快乐父子：）

作者新语：

再回看这篇文章，笑还是能笑出来，只是有点自责：怎么这样玩物丧志呀！转而又想，可能就是在那一段玩物中，觉得：这般玩物丧志实在没有什么意义吧！

那段玩物，也是生命中应有的，也是人生的一道关口吧！过关了，前面又是一重天。

家庭表扬记

周六的午后。我上网进入网络象棋。赢了痛快，再下一城再痛快；输了，岂可放弃，再战一回。老婆同志没有像往日那样午休，反而工作起来，擦地板。擦到我下象棋的书房时，也没有说什么，只不过请我移移椅子以便她擦得彻底。我很小心，遵令而行。因为我在书房并没有看书做正经事，而是玩。我的小心属一个正常丈夫的正常反应，这和打左脸给右脸有着本质的区别。

一个小时后，老婆同志擦完地板，坐在沙发上很优雅地欣赏起自己的劳动成果来了。坐在电脑前，在象棋楚河汉界的出入中，我虽未正面看过，但我还是很清楚老婆同志的那个欣赏劲。况且她在欣赏一会后还说："过来，你看看我地板擦得怎么样？"

我还算个聪明人，我很清楚，这是索要表扬。如果我不付出表扬，那么不仅会有洗衣服之类的家务活要做，而且可能会有些埋怨殿后。正因为我对形势有这样较清醒的认识，加上我也想给我杯里的茶续一续水，于是走到客厅，冲完茶后，走到客厅中央。蹲下，一手端茶，一手蹭地板，然后把手指伸到自己眼前仔细看，口吐"糖衣炮弹"："这地板怎么擦得这么干净，我用这么大的劲也擦不到一点点灰尘。中午吃饭前，我走在地板上好像还扬起了灰尘，怎么现在干净了，而且这么亮，闪

相
士
相
車
馬

耀着光芒，一定是有人做了这件好事。毛泽东他老人家不是说过，扫帚不到，灰尘是不会自己跑掉的。这样一温习毛主席的教导，更加完全可以肯定是有人擦了地板，而且是认认真真擦的。从效果上看，擦了一定不止一遍。”言至此，眼睛转向老婆同志，嘴巴继续动：“劳动人民有本色，这种本色最鲜明地体现在劳动后的那段时间里。以我专业的眼光来看，现在你就已经闪耀着这种本色，所以，这地板一定是你擦的。一定是的。干好事不留名，你一贯如此，这是多么可贵的精神。太可贵了。你一定累了吧！亲爱的劳动人民，要不要我送点慰问水来呢？”

“不要再耍嘴皮了。快去下你的象棋吧！”老婆同志笑了。

于是，我端起水杯，转身进入我的书房，重又进入楚河汉界了。这一局，我的赢率一定上升。因为按常理，一个表扬发出后的一段时间，我是不必再分心听老婆同志的动静而可以专心下棋了。

是为表扬记。

（初刊于《宁波日报》2002 年 1 月 13 日）

作者新语：

读自己的文章，特别是旧作，最容易感动。《四楼阳台》给现在的我有这样两点最突出的回味。

一、那时，站在阳台上，是可以仰望星空的。如果我是画家，我现在仍可画出自己看星星的神态。

二、画我画出一条“红尾巴”的那位小小女孩，如今也大学毕业好几年了。有次，我还和这位淑女拍了一张合影。看合影中的我，感叹光阴；看合影中的淑女亭亭玉立，更感叹：青春真好真好真好。

四楼阳台

我住在单位集体宿舍四楼一舍之中。这间寒舍不大，除了放下书及一张床两张椅子等杂物之外，还能“放下”四五个人。好在我是一个知足的人（无能的人没法不知足，故常知足。知足的另一借口是小人物有一点价值可供社会“榨取”，不至于成为“多余的人”，就已算是神有所托了）。在茫茫楼宇中有一处是我的天地，能放心地放屁，心岂可另有奢求？用“放屁”这不雅之语，非有意而为，实乃有感而发。昔在校时，成绩总在“万岁”之上。今日观之，老师所传之道、所授之业损之又损，以至于无。检点所剩，脑海中还残留着哲学教授所示的一条：所谓自由，说白了，就是人在家中，想放屁就放屁罢了。现用放屁释我感觉，亦算用典，亦算弘扬师道！在此理念的强大支撑之下，安于陋室，乐于陋室。陋室成了我心定神安的家园。陋室虽小，杂物空多，但我却能设法空余一宽阔地带。那就是我的阳台了。

如果说我从中原大别山“投奔”江南富裕温柔之地是投入心仪佳人怀抱的话，那么阳台就是佳人怀中最温柔的部分（申明：不如意事常有八九，但与江南之地无涉）。“投之以桃，报之以琼瑶”，所以对于阳台我没有“经济”地使用，杂物一

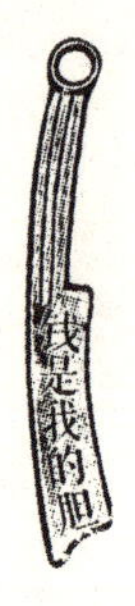

件也不放置于其内。阳台空荡辽阔，目无一物，显示了我追求简单就是美的“高雅”意图。

这间寒舍是我朋友转手给我的，不经单位房管领导批示首肯，体现了中国办事“特色”。我本善良，虽不欲“特色”，但迫于情势，偶尔“冲冠一怒为红颜”。值！体现了“特事特办”的精神。办理“移交”时，朋友站在阳台上，念叨：最舍不得的就是这阳台，她已化作我昔日生命中的一部分。希望你好自待之。朋友另有厚待阳台一二三细则，可我只承其神，不留其意。搬家至此，请钟点工将房间清理，并将阳台杂物（朋友心系之物）尽皆除之。水漫阳台，来一淋浴。第一次请的钟点工系一老年妇女，她打扫卫生极认真，弄得我极为感动，于是，她走时我多付工钱，且加上单位所发的“福利”榨菜。她高兴甚，我心却不安。我身为男儿，顶天立地，却请老人打扫卫生。一不安。在故乡老家时，老母一再诲我，勤劳动，自己的事情自己做，有此一念，我不敢给老家的老母禀告此事，以免受训、受责。做事有违母训，二不安。好在，阳台于是展现其清爽秀丽的本来面目。

阳台挺开阔。没有钢栅栏之类的时髦劳什子，人站在阳台之上，有登高之致。江南春花秋月夜，往往诗兴还独发：“啊，一颗星，啊，又一颗星…… 天上星星亮晶晶，天上星星数不清。”才华不能常溢，诗兴只能偶发。更多的光阴，我坐在阳台上，一杯咖啡，一卷书，不觉走进伟人或凡夫俗子的“心灵世界”。读读沧桑，品味书香，平衡俗世奔走中被搅扰的凡心，善哉乐哉！不时看看天，间伴音乐，伸伸腰，脖子扭扭，屁股扭扭，我要来做运动。动静结合，偶尔也找点朱自清那般“小资产阶级”的情调和感觉：“这一片天地好像是我的；我也像超出了平常的自己，到了另一世界里。我爱热闹，也爱冷静；爱群居，也爱独处。像今晚上，一个人在这苍茫的月下，什么都可以想，什么都可以不想，便觉是个自由的人。”自由的人，按我老师的理念，屁是可以自由爽快地放的。惜屁不常有。不过，这没有关系，不放屁也有轻松爽快的自由好感觉！

自然，我的朋友，有空也来此坐坐。月光下，清风中，谈点这侃些那，带着一股“闲坐说玄宗”的古风。当然，如果是男性朋友光顾休闲，自然免不了以“女人”为话题来结束的俗套。俗套太俗，不提也罢。有趣的是，一次一位小小朋友来看我，她为了施展她的绘画天才，以我为人体模特，比着葫芦画瓢。彩画成就，花花绿绿，不能传我美男神韵也就罢了，偏偏在我背后添加一红尾巴。我属蛇，她此举打一成语是什么——对了，画蛇添足。此情此景，奈之何，奈之何！不过转念一想，这红尾巴是翘起来的，意味着我有骄傲的资本？抑或不退化的尾巴说明我尚未忘祖？思想如此一回旋，想开了，不觉和小小朋友一起乐了。——现代社会让人感动、开心的人和事不多，故长一回尾巴，又何必生怨呢？

现代社会，变化是常，居无定所，人在漂流。这不，新的安身之处已在计划之中了。想来要不了多久，我将告别陋室，告别阳台。每念及此，鼻有酸酸而心太软。秀才人情纸半张，涂抹三两行文字以抒我心，留下曾经有过的痕迹，于我于阳台，两足矣。唯余一念：希望后来居者，亦是一位“怜香惜玉”之人，不负清风明月下的阳台。

评论：

网友甜心柠檬

阳台不过是一载体，载着凡心穿越浮躁，至一宁静致远的心灵家园，“读读沧桑，品味书香，平衡俗世奔走中被搅扰的凡心”。果然善哉乐哉！愿你搬出“陋室”后仍保有赏清风明月的心情。

网友黑色的眼

让漂泊的心休息的地方是一个小阳台！我也有同感。

网友怪歌［xtywy］

小隐隐于山，大隐隐于市。

闲淡生活和对小居一份自然关心，显示出心禅。

也曾小居一不足三十平方一室一厅的小居，妻还要从十堰市晚上归来，早上上班去。三年苦日子其实在不觉中过去，只是因为没有什么好心境，后来领导作了照顾，才由我往城市里跑。想来想去，故居也没有留什么值得记住的事。

而兄明达，心旷神怡。

作者新语：

人有好时光，好时光大多在过去。

如今回头看《怀念阳台》，不禁又想起那段时间的景象。——都过去了，所以都变成了好时光。

怀念阳台

追逐时尚，图的是一时痛快。现代社会要的就是这个感觉这个新鲜这个爽。但是，追逐来追逐去，理性有时就跟不上感觉的速度，在后面徘徊。在某个时刻，理性赶上一步，我们突然发现，除了多消耗银子享受一时的时尚快感外，更多更长的是遗憾、无可弥补的遗憾！比如，风风火火、风风光光的房屋装修热浪之中，房屋设计中原有的阳台大多被纳入室内面积。阳台不复存在。于是你在家中要想见阳光可就得另换地方了。

将阳台纳入室内面积，讲起来有充足的理由。什么房子面积不够，一个平方几千块钱，改造阳台就无形之中多了几个平方，等于白赚了多少钞票呢。但是，我也看到别人买了一百多平方米的房子也照样将阳台改掉。上述的理由可就站不住脚了。大也改小也改，其实真实的理由叫时尚。追逐时尚，我现在就住在这种先有阳台后被改掉成为没有阳台的房子里。住在没有阳台的房子里，日子没过多久，我就开始想念我曾经拥有过的几个阳台了。也开始进行自我批评了：我这次身不由己地追随时尚，真是近视得很。

记忆中的阳台，是在武汉大学枫园。枫园一舍一单元 403 室，三个人一间，外面有一个阳台。中午午餐，拿着饭碗，听着那台有点年头的收音机里发出的电台音乐，站在阳台上，享受阳光，以及阳台对面路上的行人，这大约可以近似于卞之琳《断章》的意象：我站在阳台上看风景，赶路的人在路上窥我，阳光装饰了我的阳台，我装饰了别人的梦。夏天的晚上，阳台上的风恰似亲和的姑娘一样让人惬意，有时还因陋就简当起舞台唱支“花的心，藏在蕊中，空把花期都错过”，或者“明天你是否依然爱我”，融入阳台有天人合一的意味。更无聊的时候，可以和同样站在阳台上的学友“邻居”用晒衣杆做武器来段武打。到过武大的，没有不知道樱花的。但对我来说，如果没有那阳台来承载我的学生时代，无聊时段那就无异于没有樱花的武大了。

毕业后，有段时光住的单身宿舍，有阳台。这段时光是我生命中最寂寞的时光之一，也是我锻炼耐寂寞能力从而大大提升单独生存能力的日日夜夜。周末时，整栋小楼只有我一个人，真是静，渐渐地，我在静中慢慢体味出真意来。静中有自由。朱自清说：“我什么都可以想，也可以不想。”夜晚看书，10点多后，打开后门，站在阳台上，离天三尺三，天上的星星和月亮是那样的亲切，我放松的头脑中仿佛听见星星之间的窃窃私语。当然，还有台收音机陪伴着我。听到夜晚的音乐，感受夜晚的大地和天空新一轮的气息，真是人生一景一味。如果没有阳台，我困在房子里，只好“从门到窗户是七步，从窗户到门也是七步”——这是坐牢。那味道更近于囚徒契诃夫了。这样的味道，没有人愿意领受。

我拿到的福利房是套二手房。别人前脚走人我家后脚就搬进去了。房子不太大，六十多平方米。我很高兴有个阳台。这就意味着我可以继续我在阳台上的感受。居了两年多。现在回想起来，最难忘的就是这几个阳台串起来的感受：从漂泊到闲适到家。

新的房子新的家。随时尚没有阳台。住得挺舒服的。但，渐渐我感到有点不对劲。想了想，阳台没了。晚上看书休闲半刻，再也不能站在阳台直接站在夜里了。

我于是怀念起阳台来了。就像童年过后我想起童年一样。

（初刊于《鄞州日报》2002年4月30日）

评论：

网友云茉

没有了阳台，可以到院子里；没有院子，可以到操场上；没有操场，可以到街头。只要是没有人的外面，都可以当成自己享受孤独、享受安静的地方。

网友潇潇情冲［hans］

俺父亲就是在阳台上打望时认识俺母亲的。唉——小青葱这一辈人怕是没有这种艳遇啰……

网友江雨尘［sophia125］

一时的新鲜感过后。

还是老的好，很多人这样感慨着。

网友皇旗不落［cwwww］

师兄，知足吧，我们现在住的宿舍都没有阳台！

网友路同

将自己置于黑暗之中，就可以享受孤独、享受安静了，只是不能装饰了别人的梦。我试过，一杯茶，一张凳，在黑暗中，做一个光明的旁观者，那也是一种回忆。

网友尊言

“当你失去的时候，才觉得它的珍贵之处。”这充分表现出人的本性。

作者新语：

文章如酒，放在时间里会酿出更丰富的意味来。

回看这篇文章，百感交集。文中提及的我的母亲已到另一个世界了，给我母亲写信的那个“萍萍”，年纪轻轻，因为一场意外的车祸，也去了另一个世界。痛哉！

“奶奶万寿无疆！”

人生的年龄常常构成人生的一级级台阶。随我到异乡来照顾我儿子的老母亲，不觉间迈上了她人生的七十三岁台阶。我母亲生日来临之际，我收到我哥哥的孩子、我母亲的孙女的祝寿贺卡和祝寿信。信中写道：

亲爱的奶奶、叔叔、小娘：

你们好！奶奶身体还好吗？叔叔、小娘工作还顺利吗？小弟弟一定很可爱吧！在此，借奶奶生日之际，向您们问好。首先，祝奶奶：生日快乐，身体健康，寿比南山，福如东海！

我哥哥的小孩叫萍萍，现在应有十四五岁吧，在老家上初中二年级。小学时她的成绩总在全年级第一、第二。上了初中，由于多种原因，成绩有所下降，但仍在学习尖子之列。在我印象中，她活泼多言，说话间总带些灵气。我在外地工作后，她给我写了几封信，这几封信使我对她的印象发生了一些改变，脑子中生出这样模糊的认识：似乎她已长大，很懂事了。信中的口气很“大”，不再像小孩的口气。这次收到信后，我并没过多地注重她表情达意的形式，直到我看到信的后面。信的

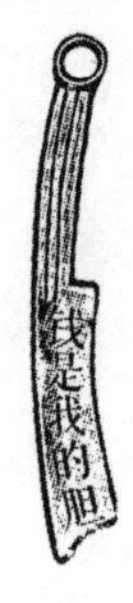

结尾这样写道：

“祝：奶奶万寿无疆！”

我的眼光在“万寿无疆！”这几个字上逗留了几秒钟，我想，这是一个初中二年级学生应该说的话吗？她怎么想到用“万寿无疆”这样百分百纯封建的字句来向奶奶祝寿！再说，奶奶是个最普通的人，也不够什么什么太后那样级别以致受奴才们山呼“万寿无疆！” 看了“万寿无疆”，我再看信的前面，我发现，除了书的字体显得稚嫩些，这封信倒像个现在“成熟了”的“大人”的口吻！中国的教育总是把人培养成喊“万寿无疆”总不够好吧！时髦一点说，达不到素质教育的要求吧？我一点也不怀疑我的侄女，上初中二年级的萍萍现仍在学习尖子之列！

信的结尾还写道：“小弟弟越长越可爱！”这样的话，话里多少透着孩子气。如果她遇到小弟弟，她也会这样说的。我小时上学学写作文时，老师讲过“你怎么想、怎么说，就怎么写”的话，后来上大学，在文学理论书籍上看到“我手写我心”的观点。看来，想、说、写是可以紧密相连的。我不知道，萍萍的语文老师是否给她讲过“你怎么想、怎么说，就怎么写”的话？

（初刊于《杂文报》1999年12月10日）

评论：

网友薄醉浮情［nn_9298］

斑竹就是斑竹，这样的一句话也能让你感悟一下。其实这或许是个很简单的问题，小孩子写作文之类的东西，总喜欢最近发现了什么新鲜词语都拿来用，但是理解度又达不到，所以有时候很容易出笑话或者是太牵强。

而我们不一样，我们都已经对中国的普通文字有了或多或少的认识，又有“我手写我心”的根基，就不会再像小时候那样只图新鲜了，老词还是用着顺手，念着顺口。

其实，人生也是如此，华丽和新鲜掩盖不住我们的无知，只有心表合一的平实才是我们最稳重的脚印。而我们的光芒也就在稳重与踏实中呈现。

或许，我这个理解与你的谬之千里，但也是一己之见。

作者新语：

江南的口味，带甜，炒菜总要放点糖的。

吃惯了带糖的菜，是不是吃其他菜有点不习惯？

“糖衣炮弹”没有保质期吧？！

总是形容女人像鲜花的汉子最酷

春天来了
我感受到了春天
我说：啊！春天真好！
我不介意别人说这“啊”不是诗
去年春天来时我就这样“啊”过
明年春天来时，我想我还会这样“啊”春天

美女像流水一样从我眼前流过
我感受到了美好
我说：“啊！真美，像一朵朵带露的鲜花！”
在大街上走眼，我记不清一天里我嘴里含有多少支鲜花
我不介意别人说　第一次说女人像花是天才第二次是蠢材第三次是傻瓜
我只知道每次我的感受是真的：我看到了，我说出来啦

在美好面前

平庸的我总是这样傻瓜式地表达
别人说我这是跟着天才学舌
我真的不介意　我也不知天才是不是这样说过
况且　我也不想做一个诗人　我只想表达我真实的感受
我相信——
总是形容女人像鲜花的汉子最酷
总是形容妻子像鲜花的丈夫最聪明！

评论：

网友人蚜
有美好就赞叹了。
这对得起自己！

网友七心海棠
就想起那首诗："好春天当如花。"
而夏天，的确是女人婀娜多姿的季节。
但愿每一个女人都是一道亮丽的风景，
让人赏心悦目。
同时，
永远是带露的花，如水，
不要变成贾宝玉眼中："老女人为何都是死鱼眼睛？"

网友赛秋［loyafg-］
呵，已经感觉到你的聪明，能够这样真切感叹的人最酷！啊！

作者新语：

许多年过去了，总想再回到那山村，好好走走转转，还有登登从前砍柴的大山。可是每次去，总是匆匆。这其中的“悖论”，我也不知何以至此。真爬上小时候砍柴的大山，我会如何？

——往日的时光，只会越来越远矣！

农村的年

年年岁岁花相似，岁岁年年“年”不同。窗外哔哔叭叭爆竹，使异地求生的我，不禁想起了我儿时的年——农村的年。

现在的年是从商家的吆喝，单位里发的鱼、油等福利开始的。而我小时候的年是从秋收开始酝酿的。看到丰收的稻谷堆成山，大人们会说：“今年可以好好过个年了。”儿童们的叫喊是过年的最初的唢呐。大的小朋友会跟小的小朋友说：“你听我的话，没有错，明天就过年了啦！”放寒假的学生们拿到得让家长签字的成绩单后，精力大都投入到营造过年的氛围中。想到新衣服，想到糖果，想到好多好吃的东西，心花怒放起来。大人们操劳着为过年做着各种各样的准备。我小的时候，生产队是要开个决算会的，每户以工分多少来领取钱。多的有一百多，少的几十块，有的甚至还要倒贴——工分过少而又借了队里的钱现在得拿钱来补欠生产队的钱。至今我也不太明白这样的人家是怎样挣到钱的，“资本主义的苗”不要，除了养口猪外，家庭收入来源在哪呢？我儿时的山村，大别山深处的一个一百多口人的村庄（现在已远远超过这个数了）有两口池塘。放干池塘水，打捞出池塘里养的鱼，队长和会计可以忙着给每户人家分鱼了——年年有鱼，不光是讨个口彩，而且也是一份实实在在的口福。一般池塘两年打一次，如果那年不打鱼，大人们得自己去弄几

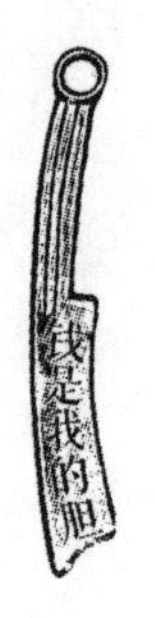

条鱼过年——过年没有鱼可不行。

大人们忙碌着，年的味道在劳动中越来越浓。村里二十多岁的壮劳力得组合起来给全村每户人家打糍粑。一夜晚一户或两户。每户人家都在忙碌。打饼折（一种用麦面做的形似蛋卷的食品）、打豆腐。在热闹中，年到了。

年有大年和小年。过小年一般在阴历二十三。过小年也叫豆腐年。弄些豆腐吃就挺好的。大人和小孩都挺高兴。过了小年过大年。过大年是一年的高潮。大年这天，大人们是不要我们小孩串门的。过年得在自己家里。农村的年有抢早之说。这大概是农村风俗对勤劳的人鼓励的一种形式。——看谁家先过年，这只能以爆竹声来确定。正因如此，农村的年饭大多是从半夜开始吃起的。年饭吃得越长越好。一般吃完年饭已到上午 9 点左右。大人们这天的事还挺多的。担水洗衣等必须是在这天做完的，不能拖到初一。民俗有忙三十不能忙初一的说法。长大后才明白了大人们的意思。忙三十也是过去的一年在忙，忙初一则给新的一年开了忙的头，那就意味着一年得从年头忙到年尾。其价值取向内含着虽说勤快好但太忙也让我太累吃不消的意思。

过年，大人交给小孩的有份大的任务——守夜。小孩守的夜越长越好。大别山的秋天是寒冷的。过年的火炉坛（一个在厨房或堂房墙角挖的坑，烧柴木取暖，上面可悬挂水壶或罐烧水做饭）火烧得最旺。大人们为了让小孩能守住夜，还有一些诱惑给小孩，除了准备新衣外还会弄些吃的东西。这些都是平时所没有的。一家人围坐在火炉坛边，爷爷奶奶这一辈的人会讲些陈年旧事、家族传承之类的故事来延续家族的精神血脉。守年夜的灯是通宵亮着的。一盏油灯得添一或两次油才能将光明进行到天亮。家里每个房间都有油灯，儿时害怕鬼怪的我，这天因为光明而放心大胆起来了。

拜年，是小孩们最高兴做的，钱，瓜子，糖果，物质大丰收。口袋不断鼓起来。记忆中，家族中的长辈要求我们按古律磕头行拜年礼。但，真的磕头并不多。偶尔也听到某人行古礼：一声不响跑到长辈中堂对着中堂磕头拜年。大人会说："某某某，真的有礼。"不知怎么，受大人们鼓励的事反而没有多少人做。

舞狮子、跑旱船是农村里的精神文明。记忆中，舞狮跑旱船，领队的唱彩仍在耳边响起："锣鼓一响喜连连，来到韩家大门前，韩家公子读书郎，他日高中得状元……”这叫四言八句，说的是吉言，得喝过墨水有些文化的人来唱说。每唱完一句，众人随彩。当然主人家得掏出烟或其他礼物来。按照现代经济学的理论，吉言也是一种稀缺，有它广阔的市场空间。因为它直指的是人性的弱点：谁的耳根都有一根软筋。由此看来，实话实说的应用空间并不大。狮子旱船来时，我们小孩的小腿是不知疲倦的，跟着，有时跟着跑几个村庄。大人一般是不说我们的，毕竟是过年，高兴怎样就怎样，否则就不是过年了。

一切都在变，离开山村二十年，不知山村的年是怎样过的。是否还有油灯照年夜，是否油灯下，儿童的脸似我儿时呢？

农村的年，欢乐的年，离我越来越远了。童年的快乐随时而去，已不再现。童年的伙伴已星散于各地。听到一阵阵的爆竹声，听到街上孩子们的喧闹，我不知道我的长大是不是一件好事。

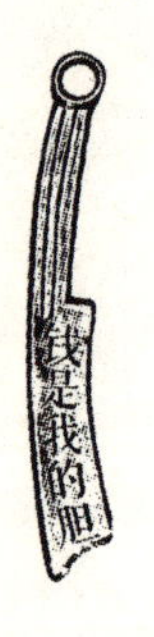

作者新语：

基本不懂体育，怎么对奥运会这么上心呢？

中国人心中太有政治激情了吧？！

我家等待一场爱情

古典说，一生的爱情只有一次。现代经验表明，不管爱情几次，爱情“折腾”我们可以有若干来回。7月13日，国际奥委会主席萨马兰奇念出“北京”时，中国人民从此“热闹”起来了。同为炎黄子孙，同天下之乐而乐。盯住电视屏幕，妻子几乎与萨马兰奇同时发出消息。坐在书房里的我于是听到饱含喜悦气息的“我们赢了！”

“我们赢了”意味着从现在开始，我们有了并开始从事一次伟大的等待。2008年的那届北京奥运会，我感觉，仿佛佳人在水一方。我面临的将是一场刻骨铭心的爱情。妻子说：“把我也算上。爱情没有我可不行。”三岁的儿子抓到遥控器，说：“我要看动画城。”看来这只“潜力股”还有待成长，申奥题材还没有来得及发挥。无须预言家，谁都可以断言，到2008年，他才是早上八九点钟的太阳。一切才刚刚开始，2008年奥运会上点燃的火炬，可以算他人生之旅的第一个标识吧！我跟孩他娘商量：“如果我们趁早把小孩送到体校，到时我们宝贝会不会拿块奥运金牌回来？”

等待爱情的日子难熬。记不清从哪一天开始，更加留意新闻。吃新闻，每一个新闻都不放过。用申奥的眼光看新闻，猜测每条新闻给我们申奥带来的是利好还是利空。时光一天天迫近奥委会投票日，心情渐趋繁复。“近乡情更怯。”上次申奥败北，我心中留下“后遗症”，总怕“昔日重来”“乌云遮住太阳”。每天撕掉一页日历，就希望这是拨散一片“乌云”。心情就像十几年前第一次给女生暗传小纸条心头挂着的十五只吊桶。妻子说，“你丢了魂吗？”我说：“没丢，在莫斯科。”怕并期待着。怕时光停滞奥运不来，又怕时光流逝中传来乌鸦的啼鸣。全国欢呼，那十五只吊着的桶总算全都落到地面上。情多出诗，我不禁暗诵起杜甫的七律（被篡改）：境外忽传奥（林）匹克，初闻涕泪满衣裳。却看妻子愁何在，漫按遥控喜欲狂。白日放谈须啤酒，青春时段好叨光。即从而立过不惑，伸展双手五环扬。

爱情是一所高校。对男生来说，女生是一所综合性大学，毛头男生在这所大学里可以修炼到“雄姿英发”；对女生来说，男生更多的是一所专科学校，女生可以“术业有专攻”。对我们家庭来说，2008年的奥运，是名校里新开的时尚专业。我们不仅可以学到新潮，而且所学前景一片辉煌。夫妻对话，妻子说：“2008年，我们可有点显老了，但也不太老，我们还有精力付出，至少可以欢呼‘咱们老百姓，今个儿真高兴！’”我说：“奥运是宣言书，她向全世界宣告了中国的综合实力；奥运是宣传队，她向全世界传递了我们广阔的开放心胸；奥运是播种机，她向更多的中国人播种了追求更高更远的精神。这种精神不仅在外国体现，也能在中国国内体现；不仅在奔腾的体育场地内体现，也可以在地球村的每一个角落闪烁光芒。”——你们看，我不敢谦虚，专科生的谈吐没法和综合性高校的高才生相比，更不要说没上过学的了。来一场奥运来一场爱情，对我们多好，从此以后，人生闪光。

手持一枝玫瑰并不需要多少力，伴随玫瑰送出的承诺有多重，我们知道。

我们渴望奥运就像青春需要爱情一样。2008，我们等待……

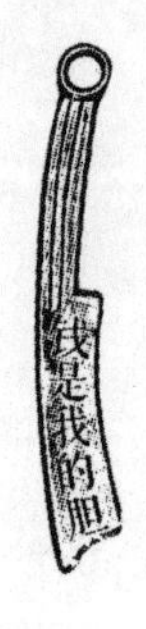

作者新语：

回看，有点肉麻。

不过，跟沈从文写给张兆和的“我不仅爱你的灵魂，也爱你的肉体”来，还不算太暴露的。

我拿一封家书奉献给你，我的爱人

四月十六日，是老婆同志每年一度的生日。这个日子，做丈夫的我可不敢忘记（做丈夫的注意事项之一）。这并不太难，难的是每年的生日礼物。这可得年年岁岁礼不同的。

今年的四月十六日前几日，我在心中就挂了个倒计时的时钟。时间紧，任务重，我就格外用力来谋划这份生日礼物。本着不花钱办事、少花钱办大事的精神，依托双方情感基础，利用我的写作优势，综合考虑。有了，给老婆同志写一封信。成本只要几张白纸（可以写最新最美文字的纸），且不用邮票（我自己走两步就跑了趟邮差）。纸轻情义重。我拿一封家书奉献给我的爱人。她一定高兴。

主意打定，我就开始在心里酝酿感情，酝酿中心思想段落大意。倒计时进入计小时阶段，时间过得真快，转眼到了四月十五日夜。是夜，不知何故，往日这个时间，老婆同志总是忙着做她自己的事情，一般不会来我书房干扰我的学习活动或娱乐活动(诸如上网)。但今晚她却公然蹭在书房，并且有和我说话交流的苗头。时间不等人，离四月十六日只有两个多小时，哪敢虚度？这时，我装着极自然的样子，略板了一下脸(多少冒点风险，在老婆同志面前，脸是不好随便板的)，拿出一本辞典表现出要进入学习状态的样子。老婆同志就是精明，马上领会了此时的家庭形势，在书房站了一会儿就走了(丈夫有时也顶半边天的)。于是我得以将自己放在一个安静的空间给卧室休息的老婆同志写起信来。

酝酿已久，下笔成章。信的内容大体分这样几部分。第一，结婚几年来，老婆同志卓越的表现使家庭步入小康，并进入良性发展的轨道。其勋甚伟。功不可没。我很感激。第二，婚姻生活质量的规律是一条曲线，线上有起伏，对照规律，我们目前正处于发现对方缺点多于发现对方优点的低谷之中。这阶段极易导致婚姻生活质量的下降。为此，提请老婆同志认真对待，共同跨越。第三，回溯美好，婚前的浪漫，婚后的甜蜜，特别提到她生产时的情形：经过一夜的“折腾”，小孩顺利降生。在产房外担了一夜心的我走进产房，她卧在宗瑞医院的产床上，听到我进来的声音，抬起头来，脸上呈现让我宽心的神情，对我说，“我没事，我很好！”

信写了一千多字，比起往日字数少了许多。字数虽少，但真情实感，言之有物，质量一定不低于从前的书信。拿着写好的家书，我自己先看了一遍，我为此很得意——每年一度的一份艰难的任务总算完成了。这并不是每个丈夫都能很好完成的一项任务。

时间到了十五日晚上十一点五十九分五十九秒（夸张，其实当时我并没有看时间。不过，为了宣传需要，在不妨碍事情本质的情况下，细节可以创新，这可以更好地反映本质）。我走进卧室，推推已入睡的老婆同志，轻描淡写地对她说：“这是给你的生日礼物。”

我边看书边等待老婆同志看完书信。的确，事实证明，老婆同志的确是个好同志。在最新最美的文字面前不麻木。正因不麻木，她看完书信，我轻轻的一句“祝您生日快乐！” 她就被我完全“精神控制”了。余下不表，少儿不宜。

［附家信］

老婆同志：

你好！

一直有一种愿望潜伏在我心底。也许是生活在一起朝暮相处的缘故吧，这种愿望、潜伏在我心底的这种愿望总是处于“地下状态”。有时，我偶尔离家一两天，或是你离家一两天，这种愿望就会表现强烈。分离常常加剧一直潜伏着的愿望。此刻，离你的生日还有几个小时。

我想，是时候了，我要择取这一时间来传达我的这个愿望：通过我手中的笔来和你沟通。这之前，我早已计划着和期盼着在一个人的地方、一个安静的地方

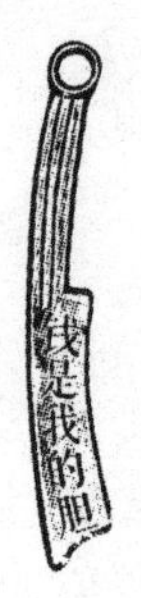

来实现。我觉得，不同的交流，尤其是婚后以这种异于平日的方式的交流更有利于我们共同的家、共同的生活、共同的未来。我想把我的这种和你沟通的表述作为生日礼物献给你，你愿意吗？

祝你生日快乐！

我总认为婚姻是场赌博。两个人，不管以前有多么深的了解，也难敌平凡的生活和没有脾气不快不慢走动时间的消磨。当初和你走到一起，我就是这种心理。共同生活了几年，我感到，我已找到了一个家，从你身上找到了一个家。并且和你一起开拓创造了一个温馨的家。在这场赌博中，我庆幸我当初押对了宝。这是我现在非常珍惜和爱护的。当初无悔的选择现在变成了无悔的现实。我在这方面很知足。我想，在家上的知足是一个人真正幸福的所在。由此出发，将来我们的家将会更好。

任何事物都有规律，婚姻生活的起伏也不例外。你我共同生活了几年，其间的快乐和幸福自不必说，我们现在面临的问题是将婚姻生活充实和增加趣味。不然，生活的质量将有所下降。生活中，我在认识自己身上缺点的同时，也指出了你的一些不足，尤其是在我情绪“激动”的时候。如果说从前我们更多的是看到对方的优点的话，那么现在我们一眼洞穿的是对方身上的不足。我想，这个阶段对你我都是一个小小的考验。

你有很多优点。自己找工作，自己找事业，最困难的时候乐观应对，为家庭生活步入小康、家庭经济进入良性轨道做出了巨大的贡献。我很感激你为我们的家所做的一切。在我身上，你也倾注了许多心血。我接受时，常以呆愚的样子来“掩护”默默在心里品尝快乐的内核。有时可能你并不觉察。值你生日之际，我想说，我很爱你，我很感激你为家做的一切。

我一直在寻找自己在社会上的位置——舒适、有成就感、不缺钱。正因为不甘平庸，我在明确奋斗方向后，今后将更进一步加强学习，同时由此来攻破内心中更深一层的心理障碍。因此，书房将是我人生的阵地。在学习过程中，我也许会因进展慢等原因脾气不稳，如果由此造成了对你的伤害，这些先请你“预付”原谅和包涵。投身学习，在书中挖黄金，对你、对我，乃至对小孩都有好处。家中现在并不太缺钱。我努力学习，跨上更高的平台，将会为家庭争取更好的精神地位。在我心里，我早已给自己定了个几年上一个台阶的目标。在行动上，我总是在前进，或快或慢而已。我一直在努力，我希望前面的路更宽。当然，依我的性格，上到新的平台，我可能又不甘心不满足了。我就是这样一个人。

有你同行，这几年我过得很好！有我同行，也希望你过得开心快乐和幸福！

我一直在漂泊、流浪。我一离开家门或者家里没有你，我就处在流浪状态，新的漂泊就此开始。我在漂泊、流浪时，总会想到你。这些，不知你能否感受得到？

我们走到一起看似艰难，其实也挺简单。命定要在一起的，注定在一起能生活得很好的。这些，上帝早就提前安排好了。我当然很感激生活之流偶然将你带到我的身边。同时，在你生日高兴之际，我要请你原谅，原谅我在这几年时间内所表现的不足、缺点和脾气。我永不会忘记小孩降临人世的那个早晨，你卧在宗瑞医院的产床上，抬起头来安慰我的担心，对我说，“我没事，我很好。”

在你生日之际，我的爱人，让我轻轻地对你再说一次：祝你生日快乐！祝你幸福！

评论：

网友怪歌 [xtywy]
还是应该常回家看看，回家看看！

网友灰色前奏 [huier]
一只懂得浪漫的狼！

网友怪歌 [xtywy]
一个很有感情，很有文采的狼，可要多啸啊！

网友梦游的水 [requimwater]
好男人
加十分。：）

网友路同 [lutong_326]
我以前怎么没想到这个方法，唉，害得我年年去买什么玫瑰花，又费钱来又费力，搞不好回家还落个“大手大脚”的罪名。这下好了，又学一招既经济又实惠的。不过我得有点创新，紧跟时代，老婆大人生日的时候，发个电子贺卡，浪漫加前卫，酷毙了！呵呵呵……（限于版面，略去100个得意的“呵”声）

作者新语：

写作的人还是有异于不写作的人的。记得写这篇文章时，我还不太够中年，但是我却努力描摹中年的状态和心态，如今再看这一篇，还可以打及格分吧！

中年宛如公交车

以家为起点出发，转了一圈又以家为终点。日复一日，年复一年，忙碌心累的中年。是一路公、交、车！

“车辆启动，请拉好扶手，前方到站常青藤小城，下车的乘客请做好准备。”每天早晨，同一时间，六点二十分左右，我习惯地睁开眼，起床，刮胡，洗脸，吃早餐，这几成程序。六点五十出门，妻子在门口叮嘱，在马路上要加倍小心，近来交通事故频发。关照之心殷切。细想，就有点悲壮：“我既不希望你出事成了残废我得照顾，更不希望哪天你回不来我成了寡妇！”带着这份甜蜜的心理压力出门。四岁的孩子看着我穿鞋子，总会说：“你上班呀！”“我长大了也要上班！”每次上班，总有一份心放在家中：总担心孩子在街上玩耍给玩丢了，找不到奶奶的手，找不到家的门。而我年迈的母亲已到了被人照顾的时候，自身也有老病在身，但习惯于劳作的她还在照顾孙子。排起心事来，上班的我心中的牵挂只好用十五只吊桶来打捞了。匆匆中，我在晨光中追赶着上班乘坐的公交车。

岗位是中年公交车停留的重要一站。看看报纸。发点时事评论。有时还用余力谈起理想。有时也能激起一片豪迈。其千古知音大概是自称满肚子不合时宜的苏东坡了。“老夫聊发少年狂，左牵黄，右擎苍，锦帽貂裘，千骑卷平冈。为报倾城随

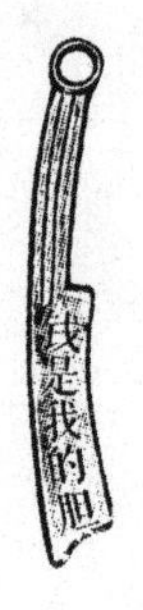

太守，亲射虎，看孙郎……”但认定的真理却是：平平淡淡总是真。工作虽说不上积极，像刚出校门的大学生那样忙着打水扫地，但自己分内的那些工作都还拎得清。

快下班了。归心似箭。有一则笑话是这样的：三小孩拿自己的老子比本领。一子说我爸跑得比马车快。二子说我爸爸跑得更快，比汽车还快。三子笑着说：你们爸爸都不要和我爸比快。你们可知道？我爸爸每天五点下班，可他四点半就已到家了。我虽没有第三子爸爸那样的“快”，但提前出发的事还是有的（实事求是是美德。有美德不好吗？），好在领导政策宽大。回家的路上，匆匆中又意识到那十五只吊桶还挂着呢：小孩今天没有被人贩子骗走吧？老妈昨天说有点头晕不知今天感觉怎么样？还想这干什么，赶紧回家看看心里踏实！

算起来，中年这路公交车停留的大小站点有：家、工作单位、菜场、超市……家。

回到家来，公交车成了私车——免费出租。老婆叫干啥就干啥。小孩要到哪咱陪玩到哪。据交通部门的权威资料显示，公路上出事故最少的是公交车。这一点，中年更像，至少像我这样靠一份工资吃饭的人。

（初刊于《湖州日报》2002年6月3日）

评论：

网友随缘100 [suiyuan]

人到中年，是幸福，也是悲哀。

幸福的是：毕竟没有夭折，避免了发生诸如白发人送黑发人的悲剧，也有了一般大多数人都有的幸福家庭，享受了天伦之乐。功也成名也就了。

悲哀的是：为了维持现状，还得拼命地劳作，但是已远没有了年轻时的精力、少年时的憧憬、幼年时的天真，剩下的只有现实。

网友江雨尘 [sophia125]

也许，平平淡淡、安安静静的生活，也是种幸福。

年轻的时候，要寻找爱情，要开创事业。

老了的时候呢，无论你年轻时再怎么辉煌，都难免会有一丝的悲凉萦绕心头。

网友邱静 [qiujing]

关于车，也有这样的比喻视点：嫁人如搭车。

倘若不出意外，女人大抵是要嫁人的。这街上川流不息的车们，仿佛就是男人。

“任它岁月悠悠，好车永远风流。”这是著名的劳斯莱斯广告词。乍一读，倒像一则言简意赅的征婚广告词儿。只是，对劳斯莱斯，你可不要小觑。这种美国人称它“双R”、香港人称为“劳斯莱斯”、北京司机叫作“劳斯”的英国车，可谓车中贵族，声名显赫。它20世纪90年代的价格是24万美元。在那样纯情的90年代初期，中国仅有的两部“劳斯”，便停在王府井饭店门口。你若不住王府套房，休想坐上“劳斯”。

在那样的年代，许多人为坐不到“劳斯”而苦恼。其实，这又有什么呢？再好的车它还是四个轮子，“劳斯”又不能在天上飞。也许你要咒我是吃不到葡萄的老狐狸。但，这总比画饼充饥、望梅止渴来得果断而不缠绵罢！只是，面对“劳斯”，多少女人望穿秋水，殚精竭虑，一番拼杀后，她们最终还是没能等到这款骄傲的英国绅士。可街上多如牛毛的“面的”倒是一招手就能停下几辆的。有些个缺乏自信的女人害怕青春易逝红颜易损，害怕花季过早凋残，便在无奈中匆匆钻入一辆吱吱嘎嘎的破“面的”，草草把自己嫁了，老大不情愿地委屈着，心猿意马地驶入下一个人生驿站。也有人中途下车的。她们身边或许正驶过一辆气派的“凯迪拉克”，于是，她慌不择路地推开糟糠之夫，不惜以青春和红颜作车票，去享用现成的美酒甘露，一路坐到大洋彼岸的美利坚或德意志……

其实，搭车如嫁人，是讲究缘分的。我们大多数女人都不会太在意车子的昂贵或奢华，因为我们知道诸如比尔·盖茨、雅虎们这些超豪华的“车”是“人精”，少之又少，他们需要旗鼓相当的女人来配。其实，只要女人真的爱你了，哪管你是“奔驰”还是“面的”。爱情从不玩行头。也有女人爱坐“人力三轮”的，无怨无悔地坐在没有油烟污垢的洁净的三轮上，倚着青春的柔情和风韵，看着自己心爱的人把她载到一个山清水秀的地方安家……

你们不会忘记《魂断蓝桥》吧？当罗依带着玛娜返回他苏格兰乡下的家时，玛娜坐在优雅古典的马车上，将纯净的笑声银铃般洒向苏格兰乡间那条铺满尘土的马车道上……

《天龙八部》里有一节叫“酒罢问君三语”，其中有一问是：一个人一生中最快乐逍遥的地方在哪？金庸先生写段誉段公子的回答是“枯井底、污泥处”，与痴恋了多日的王语嫣姑娘总算心意相通两情相悦。金大侠不愧为写情的圣手。而我们现实里的王语嫣姑娘在遇到了心仪的段公子之后，哪会在乎段誉公子有没有豪华的车呢？

但，话又说回来了。现实中，若想找到一辆终生可以信赖的车，亦是不易的。倘若真的相中了一辆，说不定里面已有“主”了。韦小宝倒是一辆来者不拒的车，但，你敢嫁吗？倘若相中的是一辆空车，这也仅仅是爱情之旅的开始。要想顺利抵达目的地，尚需要终生的努力。世上根本没有一路绿灯的车。你知道前面的路上是泥泞风雨还是彩霞满天？你无法预知。你唯一要拥有的是：勇气，信心和爱情。

作者新语：

许多许多年过去了，一天我下班刚走出大楼，路上一人热情迎面走来，招呼我，原来是许多许多年前的一位邻居。她说了好多话，问了我儿子多大上几年级。感动。

平凡人给平凡人太多感动。

仲夏寻水小夜曲

古人云:“人生只有修行好，世上无如吃饭难。”古今虽一理，但现代社会的发展，让我们这些新时代的人们感受到“另类”的难。大而无当，小而感难。我这里不妨从小处着眼，说说一个仲夏夜晚我家的吃水事。

对于现代人来说，“为有源头活水来”是不确的，现代家庭早已经是唯有龙头水自来。《红楼梦》上说，女人是水做的骨肉。现代科学表明，XX为女，XY为男，男女有同有异，大老爷们跟林妹妹一样也是水做的骨肉。由水构成、滋长，活着生存离不开水。要水，很简单，一扭打开水龙头，水就来了。古诗云“为有源头活水来”，现代人念念不忘读读，似乎难以进入古诗的理趣。当然，现代人早已进化到没有作诗的雅兴了。要产生诗，最方便的是模仿，现代科学名之曰克隆。现代人有关水的仿作之一可能是这样的吧——唯有龙头活水来。

这天下班，我回家后，转身就到卫生间，想洗掉一脸的疲惫。一扭水龙头，没见水落下——怎么这么热的天，自来水厂也将水停掉？伏天停水宛如火上加油，真是气死人。

脸，倒是小事，少洗一次也不见得美容效果降得像换季时装打折那样，况且我的脸除了偶尔打点大宝外并没有劳专业美容师打理，我脸美容“基数”低，降的幅度也不会大。所以，对于我来说，一时不顾脸是可以，但，一顿不吃饭不太行。报上说中国女人好像一直抱怨中国男人阳刚气不足，我妻一直没对此发表看法。我心里不踏实，想提高阳刚气也在情理之中。各位看客勿笑。想找“伟哥”吃，我怕太冲，况且也不补根本。根本不是个法子。我不走这条路。况且报上说伟哥是处方药，我没病，医生也不给我开呀！还是五谷杂粮养人壮胆。故我心里已下定决心，只要不发生五九年那样的灾难，我一日三餐得满足两个标准：一是吃饱，二是尽量吃好。今晚遇到水“稀缺”，但我仍得想办法吃饭。没有水，菜场买来的好菜，白花花的大米都不可能进肚消化。等到妻归家，一商量，酒店小吃了一顿，掏了一回私款。虽可归入乘机贪嘴之列，但应该不算腐败。就像猪八戒西行取经每到一站总想着找点东西吃一样，觉悟虽然不高，但也不够写正式检讨的分量，最多口头承认错误、下不为例了事。归途中我想，这也算停水所带来的好处之一吧！

饭的问题好解决，但水龙头的水还没有来，小区里在传呼这停水还将持续一天的信息。没办法，找出那只空放了许久的塑料桶，我得找水去。江南水乡，找水应该难不倒我这条从小出没在大别山中的河南汉子的。小区在建设时，区内就已配了水井，我找来一根电线做井绳系于塑料桶上。这一动作得到了妻子的高度赞扬。事未成功，我也并不会因赞扬而被冲昏了冷静的头脑。少年时，山区村落生长的我，家中吃的水几乎都由我从水井担来。从水井打水也算我保持劳动人民的品德吧。我很高兴地来到水井边。这时，天也晚了，光线模糊，我伏在井沿，放下井绳，将桶落下打水。水打了大半桶上来，重打，也多不了许多。工具不行，不能算我技术生疏。水打上来了，可我在打水时感到气味不对，似乎应该算臭吧！回到家，在灯光下一看，桶里的水显出青绿来，仔细一嗅，味道的确不对。一想再好的水井，长时间没人用，好水也会变成死水，也是自然的。发现不对，果敢的我马上将这桶水冲了卫生间。——第一次找水失败。

我下班时，记得单位水管有水。心头一动，为了找水，也顾不上公私分明了，好在单位不远，我骑上自行车带着塑料桶又上路了。一扭，单位里水管也不滴水——第二次找水失败。

街上走动，遇到熟人，谈到水问题，他说：“你怎么不去买桶桶装水用用，六元钱也挺便宜的。”我骑车快走，时过九点，街上卖水的关门，我无水而归——第

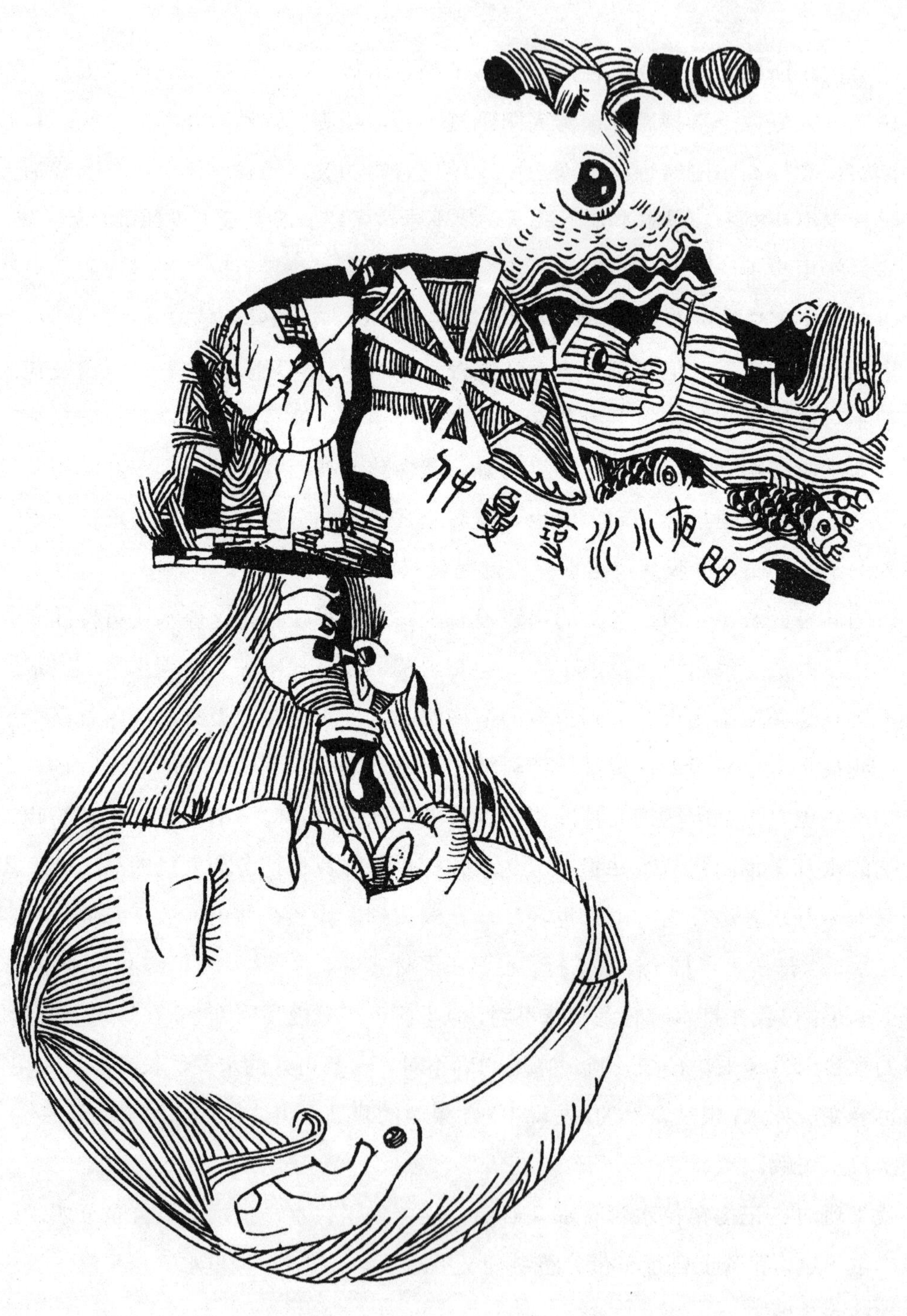

三次寻水失败。

江南多水，一条大河穿城而过，我站在桥上想，就从河里打一桶天然水回来吧——但，这一想法刚冒头就被我压下了。污染河上漂着垃圾不说，河里生长的绿苔让我不难判断水质，况且从河上刮来的风，带股微腐的气息——第四次找水失败。

我生活的小区有家小店，虽不知店主姓名，但日久也成了熟人。无计可施，无处可寻水的我就问店主：“阿姨，停水了，你们到哪里打水？”阿姨说：“我的家有，我们那一片用的是水塔。”总算有水了，总算有救了。结果，我在阿姨的九岁小孙女的带领下，到她家打了一桶水。这桶水还是从自来水管放出来的。——上帝关上了门，会留一扇窗的。这一次找水成功了。

水是打回来了。我坐在家里想，江南水乡，停水一样带来这许多麻烦。而生活在北国缺水的地方那些人吃水是多么的难——啊！我想起电影《老井》，说的就是一个水问题。这中间当然有爱情。今晚寻水，除去我妻子谬赞我几句跟爱情有点沾边外，我的处境与老井村里的农民一个样。

有哲人说，人活着得弄口饭吃。我想接着说，还得弄口水喝。你想呀！没有水，“活”，只剩下一个“舌”头在那里等候水来浇灌。

也许人生就这么简单—— 一口饭，一口水。但，为这，也够我们凡人忙碌的！

作者新语：

真二。

那时二，现在还二，能二这么久，有种！

第2辑 做鬼脸点化平庸的生活

生活是平庸的，但人毕竟是活物，故有时不免为自己为他人制造出一些有趣的东西来。在我看来，文字就是人类在平庸的发展中制造出来的有趣的东西，并且与时俱进，不断给人们一些新的有趣的玩意。正是基于这个认识，在平庸中度时光的我，有时拿起笔来，在纸上一阵乱涂。我不知别人的观感如何，但至少给我平庸的生活平添一丝亮色，让我知道生活的好。这就像清晨起床照镜子时，看看自己平淡的脸（千万不要怪爹娘，当初他们也没有想到会造成这样严重的后果），不妨对着镜子做做鬼脸。本来做鬼脸是给自己的，但有时不免“春光乍泻”，我的五岁儿郎有次看到了，笑着说：“爸爸，你怎么这样啦！”

不知会不会有人看着我的文字，说：这人，怎么这样呀！

作者新语：

有一句话是这样的，人无远虑，必有近忧。

难道就没有“无远虑无近忧”的闲适境界？

春天里，阴晴不定，人们都爱担忧明天是不是又是阴天又起风雨。有一次，当一个人带悲观语调宣布明天要下雨的天气预报时，我插嘴抢白道：今日有酒今日醉，明天下雨就下雨。

有酒喝酒，有雨听雨，有何不好？

——这是我现在对“平庸”的理解。

平庸起来

天天照镜子，是哪一天的镜子突然把我照得平平淡淡起来，一摸，镜子中的自己毫无棱角。怪不得镜子，怪不得，我想。也许伴随着触摸的动作，我的眼眶还有一丝想红的意识。我清醒地意识到，我已平庸矣！

我平庸起来？！这样的说辞似乎给了自己一份荣光，表明自己曾经伟大过、光荣过、正确过似的，但平庸起来的我并不太糊涂，知道一份虚假的荣光并不能支撑我卑微的身躯。我明白，从前我总是把一个叫作“理想”的东西放在眼前，不时张望一下、感叹一下、加油一把，支起光明在前的希望。现在，“理想”这件东西就像孔乙己碟中的茴香豆“多乎哉，不多也”，被现实“吃”得差不多了。

小时候，几届语文老师教我们写作文，都出过“我的理想”“我的未来”之类的作文题。印象中，在文章里，我成为过伟大的工人、勤劳的农民、威武的解放军、大有作为的科学家、浪漫的艺术家……少年心事当拿云，哪知平庸啥滋味。甚至“平庸”二字还是较陌生的“生词”呢。

随着学校级别的升高，我的理想虽有变异，但平庸仍没在我的头脑安下营来。虽然再也不写“我的理想”的作文，但是，在超俗的校园内、在不断的读书学习中、在年龄的增添中，仍处在这样的处境：前面有一道光，后面有一根鞭。这样的处境使得我根本不可能用正眼去看社会上平庸（亦可称之为平常）的人们。人的一生中，学校的时光总有完的时候，最终离开学校时，长久的寒窗生涯使我似乎还有一种逃离的快感。现在想起来，离开学校是人生的转折点，从此，我步入了平庸之路（或者说得理想点为现实之路），只是“当时道来是寻常”，不知现在才是“真”寻常。

毕业之际，在告别校园的晚会上，有一个同学手拿一瓶廉价白酒，一边给嘴里灌酒，一边朗诵着李白的《将进酒》：人生得意须尽欢，莫使金樽空对月。天生我才必有用，千金散尽还复来……转眼间，大半瓶白酒下了肚。现在想起来，那份气势，那份浪漫令人豪迈。现在拿起这枝昔日黄花，似仍有余香在手。现在我也喝酒，白酒、啤酒、葡萄美酒，只是没拿杯之前，我知道我最多喝多少。虽嘴也偶语“人生能大醉几回”，但不敢真醉，怕伤了身子不利健康，即使是挚友同饮，亦然。我知道，激情在无意识中淡出（或说潜伏），浪漫一点说，激情已飘散在风中。豪饮不再，连豪饮的场面也难得见上一回了！事实明白告诉我自己：我已无可救药地平庸起来。

夏季里百花艳，满街都是漂亮女孩子。记得从前，这个季节，可是我眼忙的时光，“左看右看上看下看，原来每个女孩都不一样”。现在虽然也看，但眼力不济，更说不上有一双带钩的眼神了。一边在街上看，一边还算计着晚上买什么菜、吃什么饭，更不用提单位里那么多恼人的事（有人把这叫作事业）。酸甜苦辣，柴米油盐，哪一件都和平庸直接挂钩。我已平庸久矣，名言说得好，“身在平庸是福”（本人语录之一，还有赖大家广为散布）。

时下，社会流行这样的词语：男生，女生。自然，流行的“男生”不是指学校里的男生，而是指在社会中奔波的大老爷们；“女生”亦然，是指现代“窈窕淑女”们。当然这种流行有其流行圈，不细表也罢。要说的是流行的“本质”：“男生”“女生”的流行，不过是平庸起来的男女对过去时光的一种带点矫情的回忆罢了。

“男生”“女生”的流行给我信心，平庸起来的不独我一个。平庸，大家一起平庸，谁也不许拉下！

“男生”“女生”的流行还给我机会，我也是一个“男生”。如此这般矫情，我更加清楚，我彻头彻尾地平庸了！

也罢！平庸有何不好呢？平庸是福根！

（初刊于《中国经济时报》1999 年 7 月 10 日）

评论：

网友潇潇情冲［hans］

“现在虽然也看，但眼力不济，更说不上有一双带钩的眼神了。一边在街上看，一边还算计着晚上买什么菜、吃什么饭，更不用提单位里那么多恼人的事（有人把这叫作事业）。酸甜苦辣，柴米油盐，哪一件都和平庸直接挂钩。”

一种安详的“平庸”、一种务实的“平庸”、一种求真的“平庸”……一种平凡而不庸俗的“平庸”，远比那种虚幻的“理想”和“时尚”来得好！

上邪三次狼［shengye03］

谢谢你站在天平的另一端，不然我可就从心理天平上的另一端沉没了。

作者新语：

窃笑，看了自己的这篇文章，不禁想起校园生活的美好来。

当然，校园生活的美好场景有许多处，对我来说，周末舞厅绝对是绝佳之地。

难觅舞伴

一提起高山流水，就会使中国人联想起知音其稀哉！远古的韵味仍在现代人心灵中默默流淌，对知音的寻觅总在失望中探出眼来。市场大潮的冲击，人的观念在围绕着money之余，不时叹口气——人心不古呀！“什么知音呀，知己呀！要求太高，不提也罢！”我的朋友叹道，“可连在遍地开花的舞厅里找个舞伴，找个配合默契、音律相协的好舞伴，潇洒走一回两回的，也难！”

说这番话时，我和我的朋友刚从舞厅出来，走在归家的霓虹街头，微寒的空气吹得我们俩一阵阵清醒，压抑着“周末烦恼情结”的发作。对于友人的感叹，我无声以对作为深有同感的表示。归宿后，乱翻了几本书，我和我的朋友的思绪又都自然地绕了回来。舞伴难觅，这是为何？

中国人向来有“醉翁之意不在酒”的传统。“玩的就是心跳”的舞厅，承袭传统，发扬光大。故有女子宣言：“男人没有好东西。”赞同者甚众。审视现实，反证证据不足。但男人有男人的“法宝”，曰：“女人一坏就有钱。”——哈！哈！一个半斤，一个八两。也许正因一样重，加上“机遇”，再加上“缘分”，“醉翁”就多了。这不！舞厅红红火火，生意兴隆。可回溯舞的初兴，却是“情动于中，而形于言。言之不足，故嗟叹之；嗟叹之不足，故永歌之；永歌之不足，不知手之舞之，足之蹈之也”。现代人“潇洒”地将舞之原意抛在一边，现代舞“自给自足”地兴旺发展起来。一旦有人“情动于中”，且“永歌之不足”，临时担当“生命的另一半”的舞伴就被“现代”隔着没有“缘分”了。结果是“情动于中”，到“永歌之不足”，再到“舞蹈之不足”，获得一份现代的无奈和懊丧。我的朋友就常常这样无奈和懊丧着。

不过，也许还有一方净土，存一舞息。那就是高等院校周末简陋的舞厅。一个音箱，几支蜡烛，几支流行的校园歌曲，几伙熟悉的舞友、舞伴。我的朋友常常在我耳边勾画往日的景象。可我知道，校园乐土，少男少女，朝气旺，清纯有余而体悟生命不足，大多初习舞步，在和像我朋友这样的舞林高手配合中，双方能随音律和谐舞动而感受原本的生命活力的少。人的任何作为，要想进入一种境界难。舞蹈更是如此，一种贯注生命动力和生命激情的技艺境界，谁人与共？自然难觅对手。不过，回忆这支粉红彩笔，轻轻一描，昔日的一切就显出辉煌来。况且，别人不知道，我知道，我的朋友在校园内，被尊为舞王。他在我耳边的嘀咕，不仅是叹现在伶仃，也是叹昔日风光不再。心里也许想着当年的舞后，今在何方？

难觅就难觅呗！人生无奈的事也不止一件两件。朋友叹一叹，我陪着叹一叹也就罢了。况且，“生活的内容也不只是跳舞，”我对朋友这样劝道，“读读书吧！古人不早就说过，读、读、读，书中自有颜如玉吗？”

“不知道那位‘颜如玉’，会不会跳舞？”我的朋友轻轻应道——他还在觅呀！真拿他没办法。

（初刊于《文学港》1999 年第三期）

评论：

网友怪歌［xtywy］
西山岐河姜子牙，古琴台前钟子期。

网友潇潇情冲［hans］
人生有一舞伴足矣！

作者新语：

读《告别陋室》，可和《四楼阳台》《怀念阳台》同读。

往事知多少？——如果掺和些现在的事，那会滋生出更多人生滋味的。

告别陋室

去年的7月7日（记得这一天，是因为这一天是每年全国高考第一天），我从世界的一角落移到另一角落（不管我们身处何地，人总只能处于世界的某一角落，至于这一角落位置、地位如何，倒在其次。一角的定位说明道出了我们个体的局限）。是日夜，我便卧在一角的一角——集体宿舍一楼阴暗的一室108房间。今年12月13日，我终在好友的同情下，得以移到楼上一个有阳台、能见阳光的房间。算起来，其间有一年又半载矣。站在搬得半空的108房间，我感到茫然，人有被掏空的感觉。看到被搬得更加零乱的房屋，我仿佛看到一个被欺凌的少妇，心存怜惜，不忍多视。《围城》里讲，人离开一地等于死过一回。我挥手108房间，等于割舍一段情，感觉像告别情人似的——算死过半回吧！

108，在我情绪最低沉时，使我的身体能有一处寄放，在我情绪最脆弱的时分，陪我一起承受着我的苦恼、思索、彷徨、无奈，以及偶尔的一声狂喊、夜半时分似有还无的泪痕，甚至还有对你阴暗、潮湿、简陋等的抱怨。江南梅雨时节，最难将息。在湿漉漉之中，你我一日日度过。就这样，在不知不觉之中，我逐渐产生了对你的依恋。这种依恋，起初我也未察觉，只是当我偶尔因事外出几日，心中总觉牵挂。再归来时，掏出钥匙，打开房门，扬目平视时，我发现我内心在寻找一种依靠——

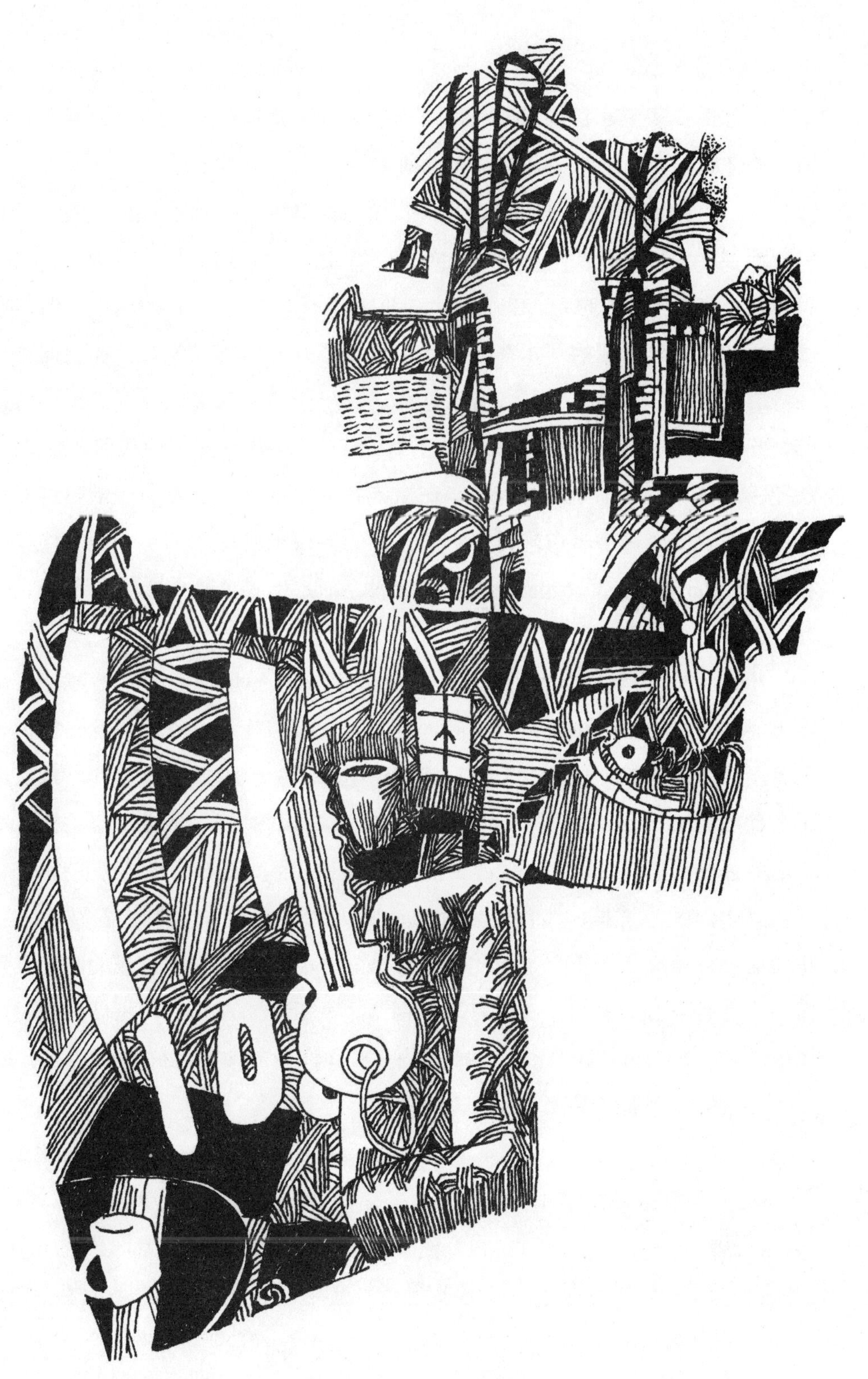

坐在那把旧椅子上，扫视房间一周后，安静且安稳地坐着，仿佛投入三秋不见的老情人的怀中一样，融入一种惬意、幸福之中。

108，不仅让我安枕，也陪我不安枕。在思索中彷徨，在彷徨中思索，追问生命时，有一颗不甘寂寞的心。作为天地之间三尺男儿，仅仅存活，远远不够。尘世走一遭，总得拿点成就来证明自己。也正因此，在八小时以外，在周末，我都和你依偎相守，一起相熬时光。付出的汗水在慢慢之中也有了几分耕耘的收获。在追问自己、锤炼性格的同时，沉下心来，读书、领悟、感悟、体悟。于是靠床墙上留下了我的“墨迹”：“读书、平心、健身”。这样日常修炼的“中心任务”，让我慢慢地找回“自己的感觉”。这种感觉真好。在半年多时间内，在全国各地报纸杂志上发表二十多篇文章。看到自己的思索变成铅字，仿佛村妇牵着孩童的手前行时回顾的那一刻，伴有一份自豪和得意。108，虽同我一起湿漉漉，却让我逐渐走出了“湿漉漉”。回首自己的心迹，有一份微笑给自己。

108，我知道我不久就要离开你，于是我在你的怀中照了许多照片，从多个角度想把你和我留在生命的某一瞬间。其中有一张照片令人欣慰：我坐在旧藤椅上，左手握一杯茶，右手护着《毛泽东读书笔记解析》一书，眼神专注，若有所思。桌子上乱七八糟地放着小镜子、胶水、笔架、茶叶盒等。有半截领带也摄入了镜头，定格后悬放在我的头顶上。我现在凝视着这张照片，想着以往，想着你。

“前面的路正长。”鲁迅先生如是讲。108，我还得前行。告别你，我带走你我的这一段相守。一年又半载的“湿漉漉”，温暖而又坚强了我的心。告别你，我搬到一个有阳台的房间，心中有离愁别绪。今后，站在阳台，承受阳光时，抑或仰视星空时，我会想到我的寂寞与孤独——在你怀中的寂寞与孤独。

让我们也来点“现代”，不说再见，只言“拜拜”吧！

（初刊于《中国建设报》1999年2月4日）

作者新语：

走近书，是一个漫长的过程，就像那位有十五年期限的囚居者一样。过了“十五年”的读书人才是真的读书人。

如今，这样的读书人有多少？

有书有赢

读书时小憩，头脑中突然冒出这样一个“傻”问题：中国人怎么把书叫书呢？“书”和“输”一个音，读书了读书了不成了读、输了，读、输了吗？读书不仅讨不到口彩，反而落个不好的“声誉”。这虽然是个“傻”问题，但“傻”中也有“片面的真理”在——读书，的确要输掉财富（交学费，掏钱买书）以及酷似财富的时间（市场经济条件下，时间就是金钱，时间就是生命，谁都受过这样的教育和再教育），甚至还有健康等。明知书中输，偏向书路行。只因：人生一世，输赢不过是一物的两面。人生就书就有赢。

读书，读到一个“赌”的故事。在某银行家的一个宴会，人们的话题转移到死刑的问题上。一位二十五岁左右的年轻律师说：死刑和无期徒刑同样不道德。但是如果我有选择的余地，我一定会挑选后者。不管怎样，活着总比死要好些。银行家容易冲动，对年轻律师怒吼：“你瞎说。我赌两百万，赌你甚至不能在一间屋子里待上五年。”“如果你不是开玩笑，我就同你赌，我赌的不是五年，而是十五年。”——一个荒唐可笑的打赌就这么“开发”出来了。

赌开始了，在最严格的监视下，年轻的律师被囚禁在银行家花园中的一间厢房里。双方约定，在监禁期内，年轻律师不得跨出门槛，不得见人，不得听到人类的声音，

不得收信和报纸。但可以玩乐器，写信，饮酒，吸烟。可以与外界联系，但只是书面的方式，并且途径是特制的小窗口。如果需要任何东西，如乐器、书、酒等，只要从这个小窗口抛出一个字条就行了。协定的全部细章把囚室隔绝得万分孤寂，并且限制那律师须在里面居留十五年，从 1870 年 11 月 14 日正午 12 点到 1885 年 11 月 14 日正午 12 点止。囚居者任何破坏协定的轻微企图，即使只在到限期之前两分钟脱离囚室的行动，都可使银行家卸掉两百万的赌注。

囚居的第一年，囚居者是在寂寞和厌烦的煎熬中忍受非常的痛苦。钢琴声日夜不断地从那间厢房里飘出。他杜绝烟酒。他写道："酒会掀起欲望，而欲望正是囚居者的大敌；再者，没有事情比独自品饮好酒更易令人烦恼，香烟又会把屋里的气味弄坏。"在这一年，看的都是些内容轻松的书籍；像情节繁杂的爱情小说、侦探故事、传奇故事、喜剧等等之类的作品。

第二年，钢琴不再响了。那律师只要古典作品。第五年里，钢琴又响了，囚居者同时还要酒。看守他的人们说，那一整年中，他只是吃、喝、睡；他时常打呵欠，时常对自己发脾气，不看书。有时夜里他坐下写，写得很久，翌晨又都撕掉。不止一次地，人们听到他的泣声。

第六年的下半年，囚居者开始热切地研究语文、哲学和历史。他研究这些科目的狂热几乎使银行家措手不及地为他收集书籍。四年中，大约有六百册书送进囚室。第十年，看一本《新约》，接着是各派宗教和神学。

最后两年里，囚居者阅读的数量大得非常惊人。他一下子把自己倾注在对自然科学的研究上，一下子他又专攻起拜伦和莎士比亚的作品。在他递出的字条里常常同时写着要一本化学方面的书、一本医学教科书、一本小说和一些关于哲学或神学的论集。他看书好像在漂浮着破船碎片的海洋上游泳，为了拯救自己的性命，就只有急切地抓住一个碎片，然后不停地一个一个追抓过去。——十五年的时光就这样过去了。

囚居者总结道："十五年来，我不停地研究着世上的生活。十五年来我没有看到过外面的景物，没有接受过世人。但是在我阅读的书里，我饮过芳香的酒，唱过歌，在森林里猎过鹿和野猪，爱过女人……诗人们天才的魔笔下所描述出来的，飘然像浮云一样的美女们，常在夜深时来临，在我的耳畔低叙些奇妙的故事，令我如醉如迷。

莎士比亚
新约

在书里，我爬过山顶，在那里看日出日落，看夕阳在天上，在海上，在山脊上幻出紫金色的彩景；在那里我看见过闪电在我头顶上的云中亮过，我看过绿色的森林、原野、河流、湖泽、城镇；我聆听过海妖们美妙的歌唱，牧羊神的笛声；我抚摸过美丽恶魔们的翼膀，她们飞来告诉我一些上帝的事……在书里，我曾把自己掷进过无底的深渊，创造过奇迹，烧平过城镇，传过新的宗教，征服过所有的国家……”

囚居者赢了，不过这赢和那两百万无关。他留给银行家的字条上写道：“那两百万，我曾经一度梦为进入人间天堂的阶梯，可是现在，我轻视它。为了在行动上表示我蔑视你赖以生活的一切（此时银行家已近破产），我告诉你，我放弃那两百万。为了摆脱我得到它的权利，我将会在约定的期限之前五分钟离开这厢房，这样，我就可以破坏我们的协定了。”

俄国作家契诃夫写的这故事有点传奇，离现实似乎远了一点。日前，我翻报翻到一则新闻，使我相信“赌”事扎根于现实的土壤里：一犯罪嫌疑人希望法官判他三个月的刑期而非无罪，只因他看一本类似莎士比亚全集一类的大书（具体是什么，我已模糊）只看了一半，有三个月的坐牢机会，他就可以安静地将书的后半部分读完——现代社会太浮躁、太诱惑以致难以静心读书，囚人的牢房反而成了读书的乐土。

老王卖瓜，读书的好处理应由读书中人来说。英国小说家弗吉妮亚•伍尔夫在《为什么我们要读一本书？》中写道：“不管读书能给我带来什么，至少有时我会做这样的梦：‘当审判之日来临时，一些有名的征服者、律师和政治家都来接受他们的报赏：他们的皇冠、桂冠以及刻在大理石上的永恒的名。而当天主看见我们腋下夹着书向他走来时，他略带羡慕地向彼得说：‘你看，这些人不必任何报酬给他们，因为他们在人间已经热爱过读书。’”

（初刊于《联谊报》2000 年 7 月 8 日）

作者新语：

如今，我爱说，写文章千万不要去讲理，一讲理就死板了。哈哈！如今，我看自己过去写的许多东西，不得不承认，可真够“死板”的。停顿，再想，爱讲理是写作新手必须要经历的一个阶段吗？也许。

大家快来演戏，可是主角啦！

戏剧小天地，人生大舞台。人们总是习惯于拉开距离，在舞台戏剧中体察世情、了解社会、品味人生、领悟哲理。殊不知，我们就生活在戏剧——生活戏剧之中。

审美需要距离，距离产生美。距离就意味着我们不可能融入舞台戏剧中，我们只能实实在在生活在尘世里。平常、平凡、庸俗、俗气、琐碎……一切都是那么实在、那么自然而然，和戏剧中的起伏跌宕、高潮低谷、悲欢离合对不上号。生活中，即使悲欢，也有铺垫；即使离合，早已明察，显得那么顺理成章——符合生活的逻辑，唤不起激情，撼不动自己，感不动别人。一天又一天，日子就是这样——人生戏剧就是在悄无声息中拉开帷幕，在平平凡凡中展开剧情。并且因为“身在庐山”，没有距离，我们自己无从审美。我们只能留给其余的“我们”来审视。

我们无须走进已身在其间，我们得支配自己的人生，自己主演人生剧。人生剧，这是不遵行“主题先行论”的，必须由自己来创作支配也必然由自己来演出的剧种。人世间，我们每个人所进入的剧别不同：喜剧、悲剧、闹剧、正剧……互有异同，主题也不一样。不，人生剧没有主题，或者说用主题来概括不当。人生剧只有用“意义”一词来估量才相称。虽然有的人生剧没什么意义，平淡得像一张漂白的纸。人生不同，剧目不同，意义也就迥异。

不管意义的浅深，自己的戏，如果不由自己来主演，那么，它还有什么意义呢？有积极人生态度的人，经常扪心自问：怎样去写作、去定出自己的人生之剧？能否根据自己的情况、用自己的想法来写好并演好自己？能否确立自己是这出戏中的主角？这类人充当导演兼主角，协调配角，成诚可喜，败亦不悲。在成败间领悟人生真谛、享受人生乐趣，不亦乐乎！

我们自己的世界是我们自己用自己的脚来丈量的。脚的上方有心有脑，在丈量中，我们完全可以“随处为主”，挺起胸膛，昂首阔步，在自己的一方舞台率性而为本色出镜，演好自己的人生。也只有这样的人生，才能从平凡中透出耐人寻味的意义来。诗人说：我已在大地上走过一生。此之谓也！

（初刊于《城市管理》1998 年第 7 期）

评论：

网友路同 [lutong_326]

有首歌中唱“他们说人生一场戏，你不必太认真”。狼先生听到这句定会有将歌者修理一下的感觉了。

网友徐扬水 [nnszlx]

自己是主角没有错——可是导演呢？我情愿做导演和编剧，自己的人生自己设计——只做个演员，只能按照剧情的发展、剧本的框条来演戏——没有意思。

网友随缘 100 [suiyuan]

希望的是没错，问题是在这出戏里，人人都希望当导演、当编剧，结果就是：乱套了。

网友怪歌 [xtywy]

所谓人生定位，其实就是早已将你的舞台搭好，至于能否演好，那就要看适应性。

一生中看过的戏不下百场，而自己能演的，始终都是一个至死不渝的主题。

作者新语：

脑中还清楚记得，一位姓冯的楼民看到《告楼民书》以及干净了的楼道，专门跑到我住的108室来表示感谢。与之相对应的，还有人以这样那样的说辞来提意见，其实就是不想交那5块钱卫生费。这里，我就不点名了。

我当楼长

“谁知道角落这个地方，卫生已将她久久遗忘，当初她曾在检查时徘徊，至今却音讯渺茫……”一首被篡改的流行歌曲在我们居住的小楼中飘荡，麻木的人们似乎对楼道口自然形成的垃圾场和楼道上随意遗弃的杂物以及乱放的私人物品“不以为脏，反以为然”了。小楼就这样“自然”地站立着，人们就这样随意（或曰诗意）地生存着。

我搬到小楼居住已有半年了。小楼“游离”于某居住小区的边缘一角，既在小区之内，又在小区之外，因而无人管理，成为“典型”的卫生死角。小楼四层，每层不过八个房间，居住的人并不多，且大多为同一机关的同事，但在无人管理下，也没法卫生起来。据老居民称，小楼自建成后自有人居住弄脏第一块地面起就没再干净过（虽有夸张之意，却无极“左”之嫌）。至今这一“传统”越来越“光大”。我居住半年后，得人助，抓良机，得以从一楼搬到了四楼有阳台的房间，生存环境大为改观。可我每天面对的“垃圾旅程”却延长了，于是乎我心中积蓄的“排脏力量”激增了。没人干，我干。公心加私心促使我痛下决心，利用双休日打扫楼道。决心易下，脏物难移——脏东西太多了，我一人，独木难支。急中生智，想起钱能推磨的古训，于是，我动用“金钱的力量”，花钱请人来打扫，使出入小楼的人们有路宽眼阔之

感。可好花易折，好景难长，不久垃圾又“卷土重来”，楼脏依旧。面对此景，我“摇摇头”，再次动动脑筋。想起自己有过当小官的经历，自感不乏组织能力。在此，不妨利用一下自己的才干，管理小楼，以试自己手段如何！

去年年底，我在《告楼民书》中写道：“在楼道不忍‘再看你一眼’的情况下，我怀着‘一人挨骂，全楼干净’的理念，自封小楼楼长，管理小楼卫生。”在自我“崇高”一番后，英雄气长地宣布了每人收费5元，请专人每月一次打扫楼道的计划。并提出了响亮的口号：“楼民不是奴民，清洁卫生人人”，以此激发楼民向善的潜质，楼民争做“楼主人翁”的意识。为了保持卫生，我还附上卫生提示：1．吃瓜子等物随手抛撒为楼道不洁原因之一，请知错改正；2．各楼民室内卫生请“各自珍重”；3．楼道禁放任何物件（包括垃圾桶）。楼长在劝告无效情况下有权强行“执法”。如此这般操作一番，小楼“旧貌换新貌”了。虽然在收费、劝告等工作中本人受到或明或暗的压力、阻力，但工作开展起来还较顺利，当楼长的“头三脚”踢好了。

第一张布告张贴后，小楼确实“爽快”了几天。但随着时间的推移，楼民的“习惯力量”又起了作用，楼道上又见不少被人乱抛的废纸、果壳、烟蒂等。我在一番考察调研后发现，楼道上没有垃圾桶，上下楼梯的人们不可能拿着手上的杂物走很远的路。为此，我买来四个纸篓，外套塑料袋，用作垃圾桶，安放在楼梯处，方便人们随手安放废物。并装好楼道灯泡，结束了夜晚楼民们在“黑暗中摸索”的历史。事毕，再发一纸公告《再告楼民书》，提请楼民注意。并将造成不洁的原因和注意事项重点标出：1．随手抛撒仍为部分楼民不良卫生习惯之一，亦是造成楼道不洁的原因。敬请大家注意并互相监督。现楼道安放有垃圾桶，敬请诸位“随手”将物抛于其中。2．部分房间外还放有垃圾桶、垃圾袋，还有部分楼民将垃圾抛在门外，提请楼民注意。3．有传送广告传单的人过来，敬请楼民及时阻止传递、张贴，以利小楼卫生。4．停放自行车请有序，不挡行路。为了巩固楼民的楼主意识，我最后写道：“请记住，我们小楼的口号仍是：楼民不是奴民，清洁卫生人人。”

自我当楼长半年多来，小楼较往日清洁多了，中间虽有个别“钉子户”有意无意造成这样那样的问题，我皆“宽容”待之，并以小楼整洁的事实说话。其间的酸甜苦辣，其间估摸楼民的心理，其间触碰习惯势力的巨大惯性，都有大书特书之处。以小知大，我甚至由此感叹中国改革之艰难。

好在，没有楼民说我贪污卫生费，看来，我这个自封的楼长，也在好官之列了。

（初刊于《中国经济时报》1998 年 4 月 22 日）

评论：

网友道是无情 [dswq]
逼于无奈，用尽心机。
只是那么多人，为何出力的就你一个？
难得大家都甘心让个“官位”给人家啊！

网友假面具 [ql]
真辛苦，好好干，明年一定给你提级。

网友路同 [lutong_326]
开始我还以为是你老哥要当个三楼楼长，看完了才发现确实是个好干部，得好好表扬。

“各位观众，在全民实施公民道德建设纲要的时候，我们的身边就出现了许多好的例子，比如在……的上邪三次狼同志，他几年如一日，将全楼当作自己的家，甘当楼长，在当地传为佳话……这是 ××× 台记者路同发回的报道。”

作者新语：

在自嘲的同时还隐隐有对社会的“不满”，如今，人淡如菊的我（自嘲的毛病没好，自吹的毛病又生了。哈！）回看《“身”受教育——戏说成长历程》，不禁想对自己说：心中带如此火气，你“享受”如此命运，活该！今后，还有得你消受的。——可不，这样的性格，使得以后的人生又多享受了一段人间挫折。

祸兮福兮，今天乐于自己笔耕，当初已定下了我人生基调吧！

“身”受教育——戏说成长历程

我曾戏言：如果我不是人才，那么这一事实对中国教育界的打击太大了，说明中国教育“生产”出来的产品只能充当梁山上的军师吴（无）用。原因特简单。各位看客，且听我徐徐道来。

中国教育，除了幼儿园、博士这两头我没有“领教”外，其余的我都“蹚”过一回。理科度年少——高考用的是理科试卷，入学后念的是理科中专；文科耗青春——业余喜捧文科书籍，先拿汉语言自考专科文凭，再获本科文凭，后又与文学硕士为伍。正规教育进得去，也出得来，小学、中学、高中、中专、大专、本科、硕士研究生，一步一个台阶步步高；非正规教育勉力为之，纸（文凭）上得来不觉浅，参加高等教育自学考试，无人扶助，无师自通，“纯粹”自学，得失自尝。特别值得一提的是，考研攻英语，是自学中的最坚堡垒，虽已攻下，但至今在英文说、读、听、写四项全能面前仍显无能，毫无信心，是成功教育中的唯一不足，可谓“白璧微瑕”。如此“游”学，大而言之，是主观和客观环境造成的（废话一句，系正规教育中政治课的现在反馈）；小而言之，是驿动的心搅拌、“重组”理想主义的结果（不听老人言，不干正经事，老在折腾，此系非正规教育的动因）。别人在看过或听过我的成长简历后，不仅不会将“世人无用才读书，读至痴呆又无用”的潜台词说出来

（我感觉得到），反而会用“毅力”这样的“大词”来恭维我。我有时无言，以示受之无愧，有时也用中国传统的谦虚回应术应道：“哪里，哪里。”不过，静夜思，自己对自己，我觉得“哪里”实在谈不上，我只不过像中原大地上一株随处可见的小草，外显柔弱而内蕴刚强，随着大地气温的回暖，受阳光照顾，自然而然地破硬土、叶新芽、伸绿叶，发挥生命中潜在的“核”量罢了。如果硬要上升到哲学高度，那就得动用我学的《周易》智慧，曰“生生不息”了。

印象中，农村旧祠堂的三年以及村校的两年成绩平平，当然也不排除一年级数学拿过满分。从只当过小组长的经历来看，只能算是尚可教的孺子。若展望，这样的成绩放在现在，爹娘早就恨起铁来了。村校初中两年，镇初中一年，语文、数学成绩日益突出。初中三年两处读，系教育界改革（当时没提“改革”一词）之举，语文、数学并驱也埋下了日后的花开两朵，先表一枝，再表一朵的前因。县高中三年开始步出“读书糊涂始”的阶段。不过，也没有清醒到哪里去。记得头一年半还没感受到高考的“影响力”，二年级下学期在学习上才开始有“发力”迹象，略作努力，在一次小测试中，上了班级的前十名榜。同学们有些吃惊，老师却怀疑我是不是作弊，我自己却有点不满足，虽名列榜单，但也没闹到班上前三名的地步。当时学校里流行的口号是：“学好数理化，走遍天下都不怕。”于是乎，我就“身不由己”地选择了理科。记得高考那一年，上头说今年高考出题侧重基础，注重课本，但结果却是“言行不一”。我清楚记得当我面对数学试题时，“一山放过一山拦”。我只得长项长不起来，套用“高分低能”的句式，可说“高课低分”。高考揭榜，整体观之，成绩和自我感觉“倒挂”，感觉学得不错的，拿了低分，感觉学得不好的课目，成绩还高点。好在中原省城里的一所理科中专在我呼吸复习班的凝重空气长达三周后，“一纸招书”把我招走了。中专两年，专业学了一点，“你如果努力，成绩一定非常好。”当时老师表扬兼批评如是讲，至今我还记得，不时玩味，仅存褒扬之意了——我的智商还不低呢。城市，感受了一点，做了两年大都市市民。其后，在大别山家乡小城（闹革命的场所，出将军的地方）获得了一份工作。企业里工作太轻，人际关系繁复，处理太累，但我好像并不入“网”，故还算逍遥，在“晃荡”了一年后，毕业第二年就加入了高教自考队伍。“只要一出手就知有没有”，头次就报了四门（最多只能报考四门），结果考过三门，没过的那门中国革命史因

教材不对，只获得“功亏几分”的尴尬。趣事一件：考题中的名词解释“第三党”，我第一次见到，无知生勇，聪明似的耍了一把：“第三党是中国共产党和国民党以外的党。”阅卷老师给没给分，我无从得知了。深刻教训：头场哲学考试，一见试卷，满怀信心，以为小菜一碟。先高高兴兴，后风风火火，提前一个小时交卷，抢了个交卷头名，弄得监考老师委婉地劝阻道：“你都做完了吗？看看有没有遗漏的。”我却依旧潇洒地交上试卷，结果，分数一点也不“浪费”，整60（说不定阅卷老师略有调整，不过这只有天知、地知、他知、我不知了）。就这样懵懵懂懂地走上了自考之路。业余时间大多消耗在书上，考试一多，也大约摸索出一点两点行之有效的经验：一是硬啃大纲，“纲举目张”熟悉教材。具体地说，一遍浏览教材，二遍就大纲看教材，三遍放下大纲看教材，四遍放下教材看大纲，如此，书读薄了，分过线了。二是寻找考友，形成学圈，以此陶冶性情，激发斗志，滋生竞争，如此这般长期自学，可感不疲。三是答卷时不要空过任何一题。万一不知，可使“第三党是共产党和国民党以外的党”这一招，模糊应战，网不到鱼说不定给捞到了虾。经验略举一二，以供同道借鉴。此经验已在我获专科文凭后站在自考讲台授业解惑时发挥过多次，从小姑娘们专注的眼神看，效果不错，有迷人之处。

就这样学呀学，考呀考，专科两年半，本科两年半，不觉时光流五载。在时光流逝中，渐萌考研之心。其时，虽然高中英文底子已随时光流走不少，且有本科毕业的好友晓以利害——“考研没那么容易”，但我心动难止，边自考自学边打探考研诸事，一路摸索。结果是“一不小心”（系当年流行语）就给撞上了线，且在所考院系中还拿到了单科最高分的单项荣誉（无奖，存心间以自慰）。珞珈三载，玩之余也还看看书，就像和尚入庙来一样，做一天和尚撞一天钟。好在学校还不小气，“那张纸”（文凭）在我走之前就已给发了。

如此这般“游学”，以身试教，成就了现在的我。一报纸载人才标准这样说道：国家人事部门将人才定义为受过中等教育以上（包括中等）的人。按照这一标准，我已为人才多年矣。据此推测、估算，我这一人才所产生的社会效益和经济效益应很可观，但周围的人和我都没看到（没看到不意味不存在，这是最基本的哲学常识。我懂）。不过，自我感到欣慰的是，我这个人才除了在社会上走动外，我还自己吃、自己穿、自己住、自己行，诸事躬亲。这样看来，我这个人才，的确无须“照顾”。

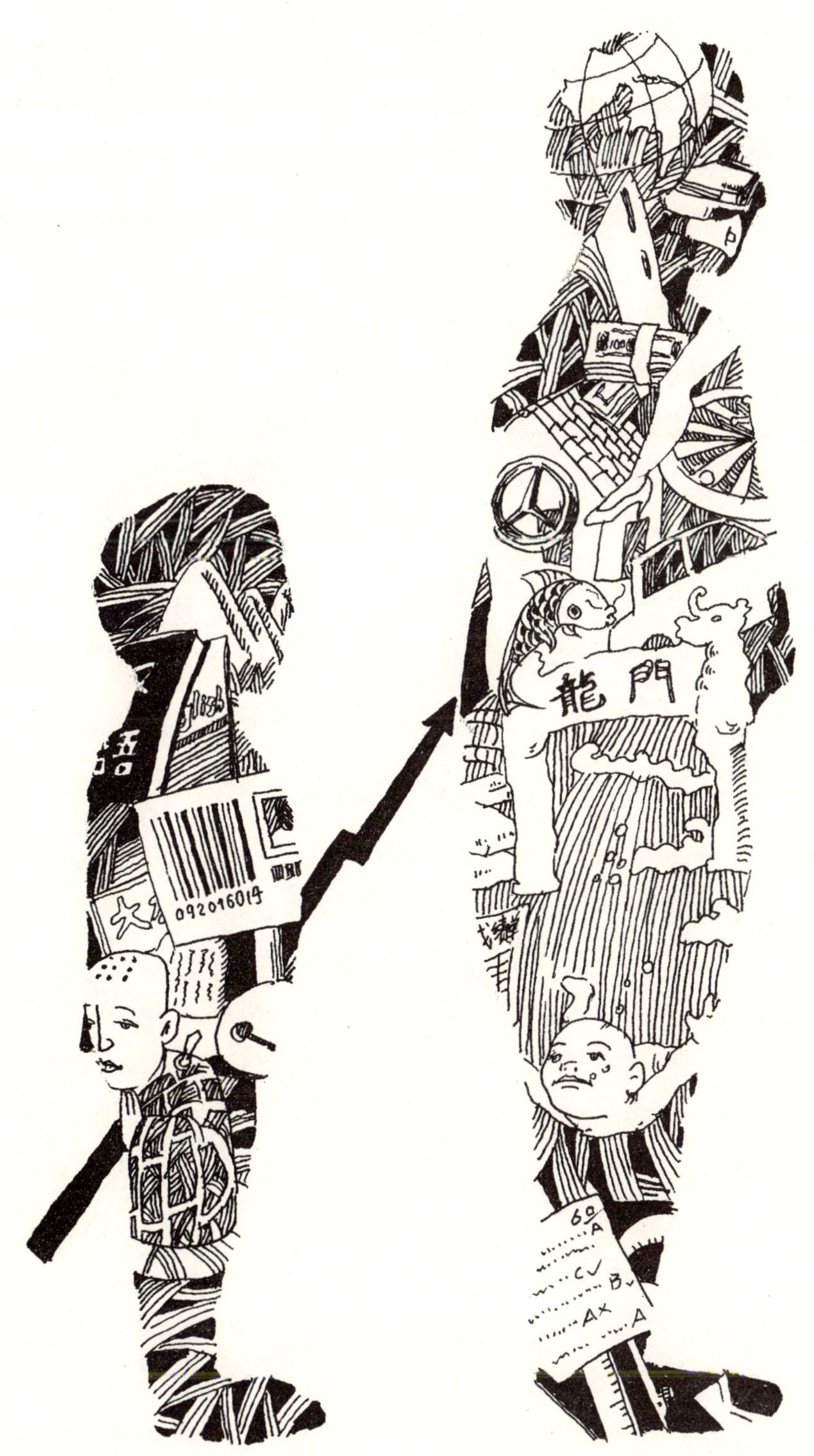
龍門
092016014

最后需要严重、严肃申明的是，戏言不可当真。中国教育，效果的确显且著。我不能因局部而损整体。顾全大局，我的明白。

（初刊于《鄞县日报》1999 年 7 月 26 日）

评论：

网友游客

前程还是光明的嘛！

作者新语：

文人的梦想可能有很多。凡是把梦想摆放在纸上的，便是靠谱。

“文王武张”，真放在现实中去落实，便属不靠谱。

杜甫有文才，不错；他叫着要治国平天下，叫得也不错；真去当大官搞行政，真不行的。

文王武张

“天下英雄谁敌手，曹刘。生子当如孙仲谋！”咏诵文武兼备辛弃疾的铿锵词句，心中不禁生发出这样的疑问：在平平凡凡才是真的朴素真理中，如果上苍突然降给我一个机会，重演人生，使我得以不在平凡、平庸中滑落。那，我将如何面对和抉择？我很费了一通脑筋，得出一个结论。我将在给上苍的回函中这样写道：文王武张。

哪张哪王？王，王蒙（1934年10月15日～）；张，张学良（1901年6月3日～2001年10月14日）。做文人当如王蒙，做武人当如张学良。不过，不管是做文人走王蒙路线还是做武人建张学良功勋，从人生角度来审视，粗看其人生大异，细思量，其内核却是大同，或者说相似之处挺多。

少年得志。张爱玲说过一句有名的话：成名要赶早。王蒙二十郎当岁就已文名满神州。《组织部来了个年轻人》（1956年发表），《青春万岁》（1953年创作），不仅在文学史上为自己描下了最初一页，从而获得作为文人最初的实绩，而且，就是今天从文学角度来审视这样的作品，其文学性、艺术性也不会随风而逝，如《组织部来了个年轻人》中刻画的典型人物刘世吾，如作品中所挖掘的人性、所揭示的官僚主义。张学良二十多岁就已统领东北三省，军权、政权集于一身。1928年其父张作霖被日本军人炸死后，张学良就任东三省保安总司令，开始统治东北。为抵御

日本侵略，1928 年 12 月张学良宣布服从南京国民政府，任东北边防司令长官、陆海空军副司令。何等将军，横刀立马，何等意气，挥斥方遒。张学良自己说：“后来对中央的合作，这些事这么多年我做得很得意，尤其那时蒋先生差不多把北方的事完全交给我了。我常常自个儿说翻手作云，覆手作雨，差不多三分天下，不能说有其二，有其一了。北方事都交给我了，管理那么多个省。我那时才二十八九岁。所以我自个儿想起，我自个儿骄傲，我没给人考虑好。我从来不像别人考虑这件事将来是怎么怎么的，我从来不考虑，我就认为这事情我当做我就做。我自个儿有决心的时候，我都是这样决心的。”1936 年发动西安事变时也不过三十五岁。“作为伟大的爱国者，张学良将军曾和杨虎城将军一起，为了联共抗日，结束内战，发动了举世闻名的‘西安事变’，为促成国共两党的再次合作，推动全民族的抗日战争，作出了有功于国家和民族的历史性贡献。在以后几十年的生涯中，张学良先生爱国怀乡，始终关心祖国的统一和民族的昌盛。”全国人民政协在张学良逝世后的悼词中这样写道。

志后受难。当“右派”不仅是王蒙一个人的命运，也是当时许多人的命运。王蒙三十多岁下放新疆，在新疆某农场十六年。身处人生最黄金的时段，且前瞻未来一片迷茫，酸的、苦的、辣的……人生百味在这段时间内酝酿出日后复出的“武库”。王蒙曾在一篇文章中写道，当时一位老农对他说，你是识字人，今后国家有大用，这里不是你们文化人的久留之地。王蒙当时对前途的迷茫是极其正常的，磨难所堆积的将是今后的精神储备——和“深入生活”搞创作相比，一个是实战，一个仅是军事演习罢了。张学良西安事变后身不由己。去年我在奉化溪口游览时，曾见到张将军手植的楠树，名为将军楠。这是蒋介石软禁张学良所留下的一个现代风景。中国古代有仲永，其实现代仍不乏仲永。没有起伏的少年得志者，最容易走的路就是仲永之路。没有苦难的人生是换季的服装，得打折。张王二人在少年得意后受尽磨难，事后看来，可以算是塞翁失马吧！苦难不仅磨出了男子汉的魅力，而且磨出了另一番天地。王蒙说：“我主张，搞文学的人一定要努力地生活在非文学的生活环境里，如果，周围都是文学的话，有时是一种危险，如果只能从文学到文学，那么文学就要枯萎，就要真的‘腻歪’起来了。这不但影响文学，也影响自己的身心健康。”仔细尝尝，可得个中三味。

难后辉煌。随着“文革”的结束，王蒙的命运和许多“右派”的命运一样，来了一个大转折。否极泰来。后，荣升为中华人民共和国文化部部长，文人做官做到这一步算是到达光明顶了。在中国这个“官本位”意识浓厚的国度里，这是何等的世俗荣耀（当然他本人可能想到的是在位应承担的责任）！更重要的是，王蒙从没有放弃在文学上的探索。改革开放后那么多的文学潮，王蒙好像一个不落地全都赶上了趟，与时俱进。朦胧，意识流，荒诞，后现代……不仅赶，而且有实实在在的作品。《活动变人形》《暗杀——3322》《布礼》《风筝飘带》《来劲》等等。以作品说话，他成了文学领域的“四季青”。值得一提的是，王蒙好像不仅仅满足于做文学家，在其他领域，他也开发自己的脑力。我印象最深的是他在《读书》上发表的有关不争论的论述，说要把三七二十五的放过不打而打三七二十一，原因是知道三七二十一的人却无知到去和坚持三七二十五的人进行无味无益的争论。再看张学良，西安事变后，张学良好像一下子就没入历史了似的。但是，张学良活得毫不逊色于早年。如果说早年建历史功勋为国家的话，那么，英雄落难后信仰基督教，他活得更加个人化，符合经历磨难的人性期望。王蒙在一篇文章中这样写道：“人总有这种时候，忽然，什么都忘了，什么都没了。剩下的是澄明，是快乐，似乎也是羞惭，更是一种消失，那个有时候是疲劳的，警惕的与懊恼的，絮叨的与做蠢事的自己，不见了，那个患得患失的‘人之大患’不见了，却仍然有一颗感动得无以复加的心。”入基督教得安宁是不是近“澄明、快乐”；“为了国家，把我头拿去”是不是因为“却仍然有一颗感动得无以复加的心”？以这段文字来说晚年的张学良，是不是很贴切？困时独善其身，历史虽不会像记录1936年那样记下他后来的岁月，但他自己走在心灵的平衡木上是那样地稳健，近于凡人的幸福了。这可是曾经高位后的许多人不可能达到的一个心的高点。晚年和文人朋友相聚，互相转会，在心灵平衡的同时又多了人生一趣。这也许是张学良高寿的根本原因之一吧！九十岁接受台湾历史学家的访问时，他还说：“我到南京是预备被枪毙的，我预备死，我这个人就是这么一个人啊！我不在乎，真是不在乎。我就是今天还是敢说这句话，当着你们三个人：假如国家要用到我，虽然我九十岁了，我赴汤蹈火在所不辞。好事我不干，假使那事没人能干，没人敢干，我干。为了国家，把我头拿去，我愿意，就是现在，我还是一样。”我看凤凰卫视《世纪行过》这档节目时，是在蒋介石的老

家奉化溪口，我看完后站在旅馆的阳台上，看着暮色中的山水，想着历史是这样一种饱含人生百味的东西。

做武人要做张学良，还因为张学良在人生中不管是达，还是困，都有红粉知己赵四小姐在侧。当八十多岁，张、赵举行结婚典礼时，张、赵的心头不知沉淀着多少先前、现在和将来的喜悦。问君能有几多喜？恰似一江春水向东流。相对于张学良轰轰烈烈的情爱，王蒙在这方面似乎没有什么彰显。但当“右派”时，夫人没有提出离婚，划清界限；文笔纵横中，也没有什么太显目耀眼的爱情描绘，依我看，这说明，他有，所以不渴求，故笔亦不致绝响。不像闻捷，得不到爱情却得到打动人心的爱情诗篇。这里不究王蒙的爱情，还因为这纯属隐私，我的猜度纯是个人头脑发热。但可以确定的是，王蒙至少在爱情上获得了婚姻，获得了安宁。后来我在网上看到杨澜采访王蒙的一份资料，资料上说王蒙曾有过这样的表态：生平有两件最得意的事，一是爱情的成功，二是与文学结下不解之缘。前者让他在人生苦难时有了一份情感支撑，后者使他有了一种人生思想情感宣泄的窗口。由此看来，我的猜度有了证据。

文王武张，念叨念叨而已。我还是我，做的还是平庸的大众中的一个，信奉的是平平淡淡才是真。

此篇文章，算是我的一个梦。白日人生梦一场，况且写作时也是在白天。

评论：

网友潇潇情冲［hans］

“如果上苍突然降给我一个机会，重演人生，使我得以不在平凡、平庸中滑落。那，我将如何面对和抉择？我将在给上苍的回函中这样写道：文王武张。”

好个“文王武张”！！！

把王蒙和张学良联系到一起来相提并论，认为“从人生角度来审视，粗看其人生大异，细思量，其内核却是大同”，从“少年得志”到“志后受难”再到“难后辉煌”，用大量的事实和论据充分阐述他们“大同的内核”，这样的评论小青葱不知道在中国评论史上算不算是第一人，但其鲜明的观点和独到的见解确实令人佩服。这不仅是“感悟人生”不可多得的一篇好帖子，也应该是书报杂志和史学研究上的一篇漂亮文章。感谢您，上先生。

嗯……不过……不过……

就“少年得志”来说，显赫一时的千古功臣张少帅恐怕不是青年时期写出《青春万岁》和《组织部来了个年轻人》的王蒙可比拟的吧？相反，至于“难后辉煌”，就张将军来说，尽管终身有红颜知己与基督教相伴，但对于一个立志驰骋疆场的大将军来说，无论如何也称不上“辉煌”吧？

小青葱更愿意把王蒙看成是一个真正的文人而非官僚，也更愿意把张学良视为一个真正的军人而非信徒……是人，就应该活出自己的个性。

呵呵……一家之言，还乞望三匹狼不吝赐教。

潇潇情冲［hans］时间

一、回上邪三次狼

…………

二、回独在异乡

论坛需要不同声音。“感悟人生”欢迎您！

独老先生的话说得不错，很有道理，也很深刻。但说“他的优点全在于有个好爸爸给了他权，给了他钱，给了他地位”也未免过了些吧？

诚然，一些人对把他称为什么“民族英雄”十分反感；一些人更尊敬其四弟张学思——一个真正的爱国英雄。尽管“东北王太子”张学良是在执行蒋介石的“先安内、后攘外”政策，但“九・一八”事变的不抵抗、东三省的沦丧，导致东北百姓绝望地遭受鬼子的蹂躏……所以一些人认为张学良的行为不论有多充分的理由，他都曾是中国人民的罪人。

“九・一八”后，据说日本媒体首先造谣打击张学良的声誉。在后来的嘲笑和责骂声中，最伤他的是国民党马君武的两首《哀沈阳》诗：

赵四风流朱五狂，翩翩蝴蝶正当行。温柔乡是英雄冢，哪管东师入沈阳。

告急军书夜半来，开场弦管又相催。沈阳已陷休回顾，更抱佳人舞几回。

这两首诗显然在骂张学良在扯名女人，以致丢掉东三省的事。当时诗虽然为全国传诵，但内容却不真实。以诗中“蝴蝶”（胡蝶）为例，胡蝶一生并不认识张学良，又哪来翩翩共舞的事？胡蝶在1964年到台湾时公开声明这一点。所谓“翩翩蝴蝶正当行”，是日本一家通讯社为了打击张学良的声誉而造的谣，马君武不察，所以舞文弄墨害人。

另据消息称，张学良有一把刀，那是一件珍贵遗物，他很喜爱，一直带在身边。这把刀做工精致、锋利无比，刀柄上有一行字，曰“事到临头须放胆”。张学良很欣赏这句话。看得出来，这对他以后的行动也不能说没有影响。

“民族英雄”也罢，“千秋罪人”也罢，不管外人如何评价，张学良均不加辩驳。他于1964年受洗，当年娶了赵四小姐。终其一生，他的心中只有赵一荻和基督耶稣了。

这就是张学良。

网友苦丁茶［kdc］

嘻嘻哈哈，潇大版主非张学良，安知终张一生心中只有赵四与耶稣呢？如斯，则张之原配于夫人泉下有知，岂不恨死！

只有赵四与耶稣的张学良才是张学良，那武张之名岂不落空？上先生之美文岂不落空？

疯言疯语，莫怪莫怪！

网友潇潇情冲［hans］

苦丁茶，又名“茶王”，味苦和淡，带甘甜后味，口感好，性凉而无伤胃之虑，有降血压、散风热、清头目、除烦、治目赤耳聋之功效……

看来“感悟人生”真需要来点苦丁茶哦……

作者新语：

走过路过兼——错过。错过我也不后悔。各得其所，各有各的一片天，各有各的人生。

一颗红心一种准备

几年前毕业离开校园时，曾想过这一辈子的书虽不敢说读得差不多了，但和考试总算来了个大告别，为此还松了一口长气。工作几年，虽然也曾有过这培训那培训并参加考试的经历，但我总感到这些考试和曾经经历过的考试不一样。没想到，现在来了一次“货真价实”的考试——参加宁波市公开选拔副局级领导干部。选拔第一关——笔试下来，交上最后一张试卷，走出效实中学第14考场，我感到就像穿过了一条长长的暗黑隧道回复到阳光下的常规状态。

这样一感，又想到了爱因斯坦的相对论，想到了时间比如一小时对每个人、人的每一个阶段并不相同——不仅内容不同，其形式也不相同。2001年底的某日（记不清具体日期），上午上班忙了一些手头的工作后，翻阅当日的报纸，报纸上刊登了宁波市公开选拔副局级领导干部的新闻，我扫了一眼，没有细看。不一会儿，有朋友打电话过来：“你看了今天的报纸没有，准备考试吧！”我当时应道：“考了也是白考，何必凑这份热闹。再说我也不够条件。”这一闹，我把报纸细看了一下，还真发现，我符合报考的最后一条（我想，这也是最低的那个条件）。过了几天，单位的一位领导对我说：组织推荐，你好好准备，参加公开选拔。

就这样，驴子套上了套，套上了套也就得好好推磨。好孬受党的教育多年，得

服从组织决定。既然参加，总得不能太垫底，不然自己的面子也过不去。选这选那，最后确定报考市质量技术监督局副局长。这专业对学中文出身的我来说，基本上是一个全新的考验。于是，借书。于是，复习。有位领导关心我，说：“每天夜晚得复习到十一点钟才行。”复习虽然在进行，但终没有完成这一时间指标。偶尔超过十一点，但时间大多是消耗在网上——网上的光阴总是太匆匆。不过说没有用心也太“谦虚”了。日子一天天过去，因为面临考试，日子的意味就全然不同，不仅闲书没有时间多看，心情也随时日趋于紧张。其实大形势我挺明白，报考的人那么多，高手一定不少。就算闯过第一关，还有第二关，就算进入前三，一百除三，选中的几率还不到百分之四十。按四舍五入的思维，还是名落孙山。考生们聚在一起畅谈，高声者大多张扬着乐观情绪。不过，细想就知这里覆盖着怯。你听，一个人是这样说的：“万一我考上了呢？”——形势如此逼人，这和高考上了线就录取完全不一样，让人产生这样怯并乐观着的想法，最自然不过了。我心里总结道：“考不上是意料之中，考上是意料之外。”

也许因为好几年没有参加严肃的考试以至于从前的良好的应试经验消耗在时光之中，这次上阵，吃了些小亏。上午考试时不知头脑里怎么闹的，本来明知道是十一点结束，但在考试中却认为是十一点半，以致写作慢慢来。等发现有人交卷，头脑一想重又明白是十一点结束时，时间告紧。这一明白无形之中给自己加了一道压力，最后影响了议论文的议论部分的展开。事后又想到，可能文章的字数也差点。当考生，也当旁观者。看着考生们千差万别的应试表现，欣赏着这一难得的人文景观，也算不枉考一场。我还了解到，大多数考生和我一样，走出考场后的真实心态可以用一句话来概括，那就是：一颗红心用不着两种准备，只用一种就行了。一颗红心为公平选拔的胜利完成，一种准备是回原单位照旧工作。

明天太阳照常升起。

每天的太阳都是新的。

（初刊于《鄞州日报》2002年3月19日）

作者新语：

有人说：人类发展有两个大时代。一个是大航海时代，一个是互联网时代。如今回望，《所谓伊人，在水一方》这篇文章能从一个侧面反映互联网初步进入我们生活时的气象吧！

所谓伊人，在水一方

人在江南，一种思念日益滋长，伊人，我不是说对别人的思念，是对你的。想念已在我一个人的世界里“圈养”成春了。

初闻你的芳名，是在朋友雅致的办公室里。他谈论你的神采让我混沌初开，我支吾的低问未能打探很多你的消息。于是，对我来说，在你的周围，笼罩着一份神秘与朦胧，犹如十八岁少女的初次怀春——虽不可言春色葱葱，却可道春意浓浓。

再睹你的芳名，是在暮春时节，小桥、流水、杨柳岸边。我捧着一张报纸，有一搭没一搭地看着，就在这种没有任何心理期盼的前提下，无意间瞥见了你的芳名。我的心猛一动，原来你已是报上的红人了。不少时髦少年早就向你殷勤传信，交递心曲了吧？我向来是个怯懦的人，面对这样的阵式，我心又怯退了三寸。“古典爱情”早就被风干送进博物馆里去了，我知道，我无法按照古典法则来寻觅并追求你。一想到这，觅得你芳踪后的一丝惊喜又被暗暗磨耗了。

其实你还小，透着天真和幼稚，但是你“天生丽质”掩盖了这些。对我来说，天真、幼稚、“天生丽质”都诱惑着我的情感，润泽着我情感的滋长。这份情感的发展是加速运动。其初慢似蜗牛，后就快似闪电耀空——注定难以控制了。

我虽是一个怯懦的人，但也偶有大胆之举，我瞅准机会抓过几次你的小手。无

奈我太笨拙，心中的一份思念不知如何倾诉。更谈不上讨你的欢心，结果你给我看的是一张呆脸，透着无奈，仿佛在哼“其实你不懂我的心”。两心阻隔，难觅鹊桥。我知道，这注定是一场现代悲剧。现实教导，我心凄凄：即使我一时能够逗你开心，我也不可能带你回家。

我曾经千百次地问过自己，何时才能够把你娶回家里。可我知道，现代社会，仅有爱情是不够的。我现在是一个穷光蛋，自忖像我这样落伍的人，也不会有什么辉煌的“钱途”。没有“钱途”，哪来彩金？没有彩礼，我怎么可以携你回家呢？我打探过多次，虽然你养父母开的彩礼时有变动，但是那份“档次”不是我的薪水所能企及的。每次去看你一眼，每次我都得含着眼泪，悲伤离去。

你的确很新潮，很酷，你总在不断升、升、升，而我只能在水一方，不断地想、想、想。你我“剪刀差”的加剧构成了我酸楚心曲的永久动因。这注定是一场悲剧，我再次明白这个将来。这不，你怪“伊妹儿”这个古典味道的名儿不够派，追逐着时代潮流，你又有了个外国名字，一想到这些我更加伤心。罢，罢，罢，爱你又不是什么错，我不想藏于心角酝酿成绝对隐私，不若将你的洋名公之于众，给你做一回免费征婚广告，也不枉你我相识一场。诸位有钱的主听着，伊妹儿的洋名是：E-mail。

如此这般，我的心总算有点安稳了。我也知道，现代社会到处是你飞扬的身影，睹物思人，触景生情，我注定难逃情网。

（初刊于《特区家庭报》1999 年 6 月 18 日）

评论：

网友晓葳

哪个少女不怀春，哪个少男不多情，：）喜欢文字里透出的那种情感。

作者新语：

呐喊可消火气，其实，通过修炼也是可以达到内心足够强大从而直接去掉心火的。我的体会，写作便是尘世中的修炼，对外，是境界的提升，对内，是心态平和。

用呐喊化解抑郁激扬人生

我国古代曾流行这样一个习俗：九九重阳节，登高，呐喊大叫。这是祖先的智慧，自我保健“仙丹”一丸！可惜后世不知怎的就暗淡不彰了。精神承接，也许在我们平常的生活中不时有“流星”划过我们的眼界！

鲁迅先生《呐喊》自序：“在我也还未能忘怀于当日自己的寂寞的悲哀罢，所以有时候仍不免呐喊几声，聊以慰藉那在寂寞里奔驰的猛士，使他不惮于前驱。”这里姑且不究呐喊的深奥的含义，单从浅层上来拣拾，就会发现：呐喊确有一种团结体内力量冲击郁结的作用。呐喊是号角，它能化解人们堆积于一时的抑郁，解散或拉断头脑中的一团乱麻。套用鲁迅的句式曰：“慰藉那在抑郁、苦闷里煎熬的自己，使自己不惮于生活、奋斗。”

我看过《背起爸爸去上学》这部电影。给我留下深刻印象的有这么一个镜头：石娃在因考上学而即将到来的新困难面前，不知如何是好，一时抑郁，在众人庆祝他榜上有名的喧闹背景下，闷闷不乐，一直关爱他的高老师发现后，启发他说：“人都有苦闷、烦恼的时候，我对待苦闷、烦恼的方法就是大声朗读诗词。学过的诗词还记得吗？”当石娃细语低声“床前明月光，疑是地上霜……”时，高老师引领呐喊道：“大江东去，浪淘尽，千古风流人物，故垒西边，人道是……”高老师

水平实在是高，爱的层次高，教育的水平高。他不仅化解了石娃一时的苦闷，而且可以使之受用终生，在如登山似的人生中，有了一件很应手的“精神工具”。自然，我们这些凡夫俗子也可“领取”高老师的这份启发和教诲：面对困难、困境、意外，我们不妨面对虚空，独自一人，或三二挚友，大声呐喊辛弃疾、苏东坡、李白等快心快口的诗篇，重造当年关东大汉形象，重聚锐气，激扬人生。

呐喊健身强心，其身心机制用现代心理科学的说法，是“疏泄疗法”之一种。应用时，最好是先攀登上你所在地的某个制高点，然后运作内力，将肺活量扩至最大限度，凝神迸息，火山爆发，让积怨、愤怒倾泻而出。气愤至极的话，趁四周无人之时，稍稍放肆也无不可，甚至来点“国骂”又何妨？但过后返回故居，总得斯文些，不可无礼，务必讲究文明疏泄。

是人，就免不了烦恼、苦闷，就像人要吃饭一样简单。正因如此，你不妨寻找一个对你有用的化解烦恼的方法。呐喊一法，权作参考，在此免费转让，敬请享用。特别是性格内向，心中常存块垒者，一俟登高呐喊，就有望引领前行，踏上快活健康之中路。

（初刊于《心理医生》1999 年第 6 期）

评论：

网友 潇潇情冲 [hans]
哟嚯嚯……

网友 怪歌 [xtywy]
或者叫长啸了。

徐扬水 [nnszlx]
心情不好的时候，大喊大叫的确可以发泄——起码我是这个样子的……

作者新语：

写作是一种现世修炼。修炼分阶段，有层次。如今看我自己的《每天朗笑一回》，觉得那时的心态还不够豁达，那时的文字味道还不够纯正……

每天朗笑一回

岁月在我们身上滑过的时候，我们当时以为没有留下什么印痕，可当未来向我们招手的时候，环视四周，这才发觉，我心中似乎多了一点什么，亦似乎少了一点什么。是什么？我也说不清楚。生日、春晨、秋天的第一片落叶、朋友孩子的一声“叔叔”……总是一些平凡和平淡的日子中的某些东西，总是在不经意间让我们拾回少年的那份“好理想”“耽入梦”的想象功能。在人生无赖的“成熟”过程中，我并未完全丧失这一“渴求美好”的“天性”。在“散发”“天性”之中，“明天的我”又会怎样？一追问，一凝视，我发现，我所希望的未来似乎与名、利牵系甚少，更为希冀的是在每天日落前，我脸上已挂着一个开朗、发自内心的宽慰的笑容，耳边回荡着从自己胸腔中发出的爽脆的笑声。

“月有阴晴圆缺，人有旦夕祸福。”在中国历史上留下优秀诗篇，以豁达、健朗著称于史的苏东坡，心情也会起伏弯曲、随月起落。词句代代相传，皆因人人心“曲”相通。现代心理学知识也告诉我们，人的情绪是呈周期性变化的，像海水一样潮起潮落。照此原理，平民百姓，在平凡的时光中，快乐感、幸福感应不时“光顾”人的心扉。可环顾茫茫人海，我们常听到的更多的却是“累啊，累”，脸皮难以撑开，即使笑，也是人前努力的结果。“say you say me（说你说我）”，站在镜前，

我来自鉴，我也难逃“累”外。也正如此，我在努力撑开脸皮之余，心中存盘着一个小小的梦想：平凡胸中放一颗平常之心，心中常催发四月鲜花模样的笑脸，日积月累，修炼出每天有一个开朗的笑，给各种欲念中挣扎的自己一份实实在在的“精神补品”！

我的孩子未足一岁，每次遭遇他父母或旁人的一个简单的逗引动作，就会绽开无邪的笑脸，有时还发出儿童独有的笑声，笑的动量还引起头、身快速地摆动。这真令我快慰和羞愧。我再也难觅童年真的笑了。三十多年的人生历难，使我在“成熟”中更加明白，天真无邪的笑是多么的美好！而我现在的笑，充其量不过是一个成年人的笑罢了。扪心自叩问，空有“赤子心”。实事求是，梦想不要过高，否则就会牵不到梦的衣裳。现实之路，降格以求，心修炼到几分，笑就展示几分，真诚面对，仰慕仰慕弥勒佛的雄姿英发：笑对足下，嘴角留意“慈颜常笑笑世上可笑之事，大肚能容容天下可容之人”。

广告喧嚣，“缺钙、补钙”，声声入耳。热闹是他们的，我知道，我不缺什么，更不会缺少让人挺直腰板的钙的。我的毛病？有。出在多上。多了一点什么？对了，多了些“不合时宜”的理想。骨子里，我是个理想主义者，追求完美，至少我是特迷这个。好在，我从儿童长成“不自在”的大人了，众多的理想也纷纷被现实消磨成“无言的结局”。一份简单的期盼（不再敢说理想了，也不够理想的标准），我得好好经营。寻寻觅觅中，凭着一份高于傻子的智力，我有了“几丝”热爱生活，热爱简单的生活，并在生活中惬意简单的心态。想名的人让他们寻名去，觅利的人让他们逐利去，我在心中给自己筑好充满爱、温馨的巢穴，淡化一些关系利害，遗忘一些过错、悔懊……简单一切可以简单的人、事、物。在自己的天空放上太阳，让阳光穿过云层，普照大地，这样，天空下是真实的我；这样，我就像童年时在母亲身边一样，饿时哭，不饿时睡或玩，有人逗，有声音引我注意，或者无缘无故，我就笑出来了。

（初刊于《余姚日报》1999 年 4 月 16 日）

评论：

网友云卷云舒
拟照你说的样子去做。在心头放一轮太阳，每天朗笑一回，一直笑到心里去。

网友蚂蚁的牙签 [mayideyaqian]
这篇我也喜欢。
读来味道有点像朱自清了。

网友寻梦幽灵 [youling]
据说微笑能美容，有科学根据！
笑一下的话，脸部肌肉几乎都要运动，而板着脸或是怒气冲冲的话，肌肉的运动很少。
所以，我觉得你很聪明！ 呵呵 ：）

网友圆括号@美丽的花 [yuankuohao]
每天朗然一笑，固然是个简单的愿望，然而真要做到却是太难。
当我们的欲念也随我们长大了、复杂了的时候，真正的朗然是多么可欲而不可求。看，现在不又到了怪圈，连这样的简单欲望也因为论证而变得复杂不少。:)

作者新语：

算命这档子事，当不了真。八卦村我卜了“遂心卦”后，不久，我的人生反而有了一段很长的烦恼。熬烦恼，悟人性为何如此，何来一切“遂心”。——很长时间内，我就是这样想的。

如今，再看那“遂心卦”，某种意义上讲，也是对的。八卦村归来，我受无妄之灾，受打压，品味挫折，从中，得便参悟出我自己最应该干什么，由此校准了我自己人生的方向，这不是“遂心”了吗？找到本心跟着走，闲读诗书慢著文，悠哉！悠哉！

八卦村落追问诸葛小姐

旅游，虽然被我戏称为“换个地方受罪”，但是，获一机会，我还是经不起诱惑，随众来到浙江的金华、兰溪。来也匆匆，去也匆匆，带回一路印象。这里按下有 1.5 亿年历史的金华溶洞和快心快口的金华火腿不表，单表在兰溪诸葛八卦村落，“追随”诸葛后裔、村落导游诸葛小姐，追问诸葛家庭的“隐私”，游身八卦的愉悦经历，以作“到此一游”的证明和注释。

诸葛八卦村位于兰溪市西乡砚山下，我们一行人，一到诸葛八卦村落，就“陷入”兰溪诸葛旅游公司导游小姐的“节制”之中。在导游引导我们进入村落中心的过程中，我陪着导游小姐，从其嘴中得知，她本人就是正宗的诸葛后裔，八卦里生八卦里长。到了村落中心，导游指着中心对我们说：这是“钟池”，为内八卦，由一半水塘一半陆地组成，水塘与陆地的左右首分别设有代表阴阳鱼眼的一口水井，南北相向的钟池活现了“鱼形太极圈”的神秘内涵。以象征鱼形太极圈的钟池为中心（暗含诸葛亮八阵图的“中军”），向外辐射的八条主巷，则把村落有规则地分成八块，村中所有呈放射状分布和排列的巷弄、厅堂民居，就自然地归入乾、坎、艮、震、巽、离、坤、兑等八卦（暗合诸葛亮八阵图的天、地、风云、龙、虎、鸟、蛇阵）的各大方位。环绕村外的八座小山连成弧线，恰似八卦的八门，构成了人造雕琢、经岁月风雨消磨成自然的外八卦阵形。入诸葛，就如入八卦阵中，不得其奥秘，进得来，出不去。看到人群中有人露出怀疑的神色，诸葛小姐补充道："某年某月某日，一小偷夜入村落偷鸡，鸡是偷到了手，可就是转来转去，出不了八卦，以致天亮被村民所获。"

跟着导游走，在村落中先后入大公堂、雍睦堂、三顾堂等。在大公堂三进大厅正太师壁上写着武侯《诫子书》，诸葛小姐底气十足地道："我们村，小孩开口说话，大人便教诵《诫子书》，世代相传。"接后，她背靠大壁，面向我们背诵道："夫君子之行，静以修身，俭以养德。非澹泊无以明志，非宁静无以致远。夫学须静也，才须学也，非学无以广才，非志无以成学。淫慢则不能励精，险躁则不能治性。年与时驰，意与日去，遂成枯落，多不接世。悲守穷庐，将复何及！"自称已作了三年导游的诸葛小姐，在我看来，未足二十，但言词间，除了农村姑娘的纯朴外，还透着一股都市女孩的干练。在背诵完《诫子书》后，竟然还发了一声轻叹："现在村子里，可不如从前了，现在的小孩什么也不懂！"不过，在我看来，儿童教育重在熏陶，从人的一生看，儿时倒不在乎懂不懂的，八卦村地理、人文的熏陶，将使后代受益无穷。我的这份"高见"在脑海中转了一下，还没来得及和诸葛小姐理论，就不得不跟着导游向前。我还有不少村落常识性的知识不知晓，得抓紧时间不断向她提问，以探寻八卦村落延续六百多年的原因之所在。我指着大公堂大门上的"圣旨"两个字问导游说："这件文物，'文革'中是怎样免遭红卫兵之手的？"诸葛小姐轻言道："团结，我们诸葛村的人很团结。"我又问："你们村以什么来支持家族的兴旺的？"她答道："我们诸葛家族很有钱，诸葛亮廿七世孙大狮公就是用钱来买地定居高隆（后改村名为'诸葛'）的。明时，我们家族成为名门望族。这个圣旨就是皇上因诸葛家族赈济灾民所下的'嘉奖令'。我们家族除了入朝为官外，还有中医中药称雄江南。现村落中的'天一堂'就是较有声誉的中药店行。这两项家业有力地支撑着家族的繁荣、延续。现在，我们诸葛旅游公司每年为村赢利八百多万。不过，现居八卦村的只是诸葛家族的一支，有近三千人，聚居规模为全国之首。"

在导游过程中，诸葛小姐也不断向我们发问，在大公堂内，她介绍诸葛亮发明

的“诸葛行军鼓”时说：“它的作用还有两个，一个是可以当锅做饭吃，还有一个是什么？”我们猜了半天，也无人猜中。她最后解释道：“军士遇水，可卧于鼓内，渡水行军。”她一解释，我就明白了，那上面不是写着“行军”两个字吗？我们游得太“浮躁”了，只知用眼，不知用心。在一个诸葛小姐的闺房中，在我们目睹古代小姐的居住空间后，导游小姐指着床头的一个小盒子对我们说：“这个盒子除了放针线外，还放一个挺重要的东西，你们猜是什么？” 一代有一代的生活方式，岁月阻隔，我们都没有猜中。不过，“绣花鞋，穿在三寸金莲上的绣花鞋”的谜底让我们觉得“豁然开朗”，绣花鞋可不是现代拖鞋，可以随便放在地板上的。在诸葛祠堂中，诸葛小组还问了一个在我看来更有意思的问题：祠堂为什么不开正门，开的是个侧门呢？智商偏低，情商还有待开发，这样大的问题，我自然更是猜不出的。当然，诸葛小姐仍将“不吝赐教”，我们还是有机会明白的：原来诸葛祠堂依山而建，有如猛虎下山，而祠堂正对的是诸葛村的另一家族王姓居住的山头，这样，如果开正门，建筑呈现二虎相斗之势，一山难容二虎，为了避开二虎相伤，故让虎头摆了摆，堂堂祠堂开了个侧门。祠堂的这一侧门构造从一个侧面反映了诸葛家族乃至中华民族传统中美好的一面——谦让、相容。在我看来，这也是诸葛家族凝聚在一起、延续繁荣的原因之一。

奔走八卦村落，听着诸葛小姐的介绍，我对其历史也有了大致的了解：五代后周广顺二年(952)，诸葛亮第十五世孙诸葛浰由河南开封渡江来浙。其子诸葛青，于北宋明道年间由寿昌徙居兰溪西乡砚山，为“迁兰之始祖”。自“迁兰之始祖”诸葛青迁徙兰溪西乡砚山之后，其三子承载又自砚山迁至南塘水阁，历经六世到诸葛梦漕，又由南塘迁至葛塘，梦漕之孙诸葛大狮“又自葛塘迁于高阴”（即今诸葛八卦村），其时在宋末元初公元1280年。诸葛大狮学识渊博，精通堪舆术，“一生精力，尽在阴阳二宅”。因嫌原居住地葛塘“地面偏隅，规模卑狭”，于是“亲相宅址”，觅得地形地貌独特，具有象征意义的高隆岗，“捐重价求得之”，并根据《周易》“《易》有太极，是生两仪，两仪生四象，四象生八卦，八卦定吉凶，吉凶生大业”的八卦思维，按照其先祖亮所著八阵图原稿的摹本，“允八卦以定位，因井地而形制”，把高隆岗规划成了体现《周易》八卦思维和先祖诸葛亮智慧的具有神秘文化色彩的诸葛八卦村。自此，诸葛家族得以在风水宝地定居，休养生息，

世代繁衍，“阴阳消长”，以至于今。现以兰溪西乡诸葛八卦村为中心的九个村落中，有诸葛亮第四十三代至五十四代后裔五千余人，其中诸葛八卦村有近三千人。

在快游完八卦村时，我又一再提出“最后一个问题”追问诸葛小姐：“村民吵架多不多？”“发生过械斗吗？”“村里的文化氛围浓不浓？”“考上大学的人多不多？”“在外面闯世界的诸葛后裔最少也得四十年回一次祭祖吗？”“招上门女婿会是怎么样的”……在听了诸葛小姐的诸多说明和解释后，我明白了，诸葛氏族，远承亮，依托药业传家，步八卦玄妙，阴阳消长不止，家族昌盛延绵。“文化”一点说，诸葛形成了祭祖敬宗、修谱详源、家训传世、民风淳朴的家族文化；通俗一点说，一个字：根。由“明白”延伸，我认为，诸葛家族形成了以诸葛八卦村落为内八卦，以散布在全国各地乃至海内外的诸葛后裔其精神传承为外八卦的格局，包括八卦思维在内的家族意识已融入后裔的血液当中，家人据此发展，家族借此繁荣。我还想到：诸葛家族凝聚发展的族史是否挑明了“一个中国人是条龙，四个中国人是条虫”这一观点的局限性？

我本来从不求前程，但在诸葛祠堂，我忍不住卜了一卦，是“遂心卦”。

我追问诸葛小姐真正的“最后一个问题”是：“我的命运如何？”诸葛小姐笑道：“遂心卦，一切都好！”

但愿一切都好。

（初刊于《今日中国》1999 年第 5 期）

作者新语：

从写作的角度来看，这样的文章只有作者自己看得内心澎湃激动不已，别的人，虽然不至于麻木，可是不会为之动容——这是我现在的看法。

现在我看这篇文章，我又回到了以往，很清晰的以往。这只能是一个人的世界。这样的写作只对作者一个人有意义。

哭泣曾为一毛钱

“总是被往事打动”——流行歌曲的旋律总是牵动人们心里的某根敏感神经。长大成人以致“不自在”（成人不自在嘛！）、身在异乡为异客的我就这样在一个雨天的傍晚，想起了小时候为一毛钱而哭的往事。

其实那次哭应有一个更“响亮”的理由——为了学习。那时，我好像七八岁的样子（70年代初期），上一或二年级，成绩还是不错的，当然学校唯一的老师——韩老师也是喜欢我的。我的家乡是大山深处的一个村落，所谓学校只是我们韩姓家族的祠堂，学校共有一、二、三三个年级。一天下午，韩老师讲完两堂课后，“划出”其余时间让我们去买学习用具。于是，我们纷纷跑回离祠堂不远的村庄。我的父母不在家当然拿不到钱，家的门也锁上了，我也进不去拿一个鸡蛋来换一支铅笔（我想买支铅笔，这个我记得很清楚），而其他同学回家都有收获，只有我空手返校。现在想起来，也还搞不清楚出于什么原因，是为了面子？为了和同学们比？为了那支铅笔（七分钱可买到的，这个，我也很清楚）？也许是我本就敏感多泪易哭的“天性”，在返校的途中，我就哭开了，同学们也劝不住我的眼泪；到了学校，韩老师也“教育”（劝）我，可我还是哭。不知是出于喜爱好学生还是拿我没办法，韩老师拿出一毛钱来给我，于是我和同学得以同行到一里外的供销社去买学习用具。

至于我怎样用衣袖揩去眼泪，是否还了韩老师的那一毛钱，我已记不清楚了。

那时，我还小，现在的记忆不可能“还原”过去的“现实”。记忆只能是混沌模糊一片。但是，我很清楚，在混沌之中，仍有清楚的记忆：一毛钱、韩老师、七分钱的那支铅笔、祠堂（学校）……还有我儿时那种似乎在倔强中透着委屈的哭的感觉。

现在的我，已是久不哭了，但我明白，这并不是因为我手上有铅笔或者口袋里有足够买铅笔的钱的缘故。

评论：

网友路同［lutong_326］

正像周星星所说的：爱一个人需要理由吗？不需要吗？需要吗？

童年流下的眼泪需要原因吗？不需要吗？需要吗？

……

网友怪歌［xtywy］

没有为一毛钱哭，但可能会为一毛钱的事烦。一次坐武汉的公共汽车，上了车一摸口袋，只有一元一角，武汉的车价是一元两角，剩下再无零钱，结果被司机数落得没有办法，拿出整钱来，他又说是故意气他。相信类似的经历可能不会少吧。

网友日擀澜［rgl］

贫乏的幸福。

富有的无聊。

作者新语：

遇《人生五大问题》，遭遇之外，得人生小得意："一、这本书是别人'假公济私'济给我的。二、书的内容涉及人生，谁在柳发芽、秋叶落等时候不想点、寻点人生的问题、意义呢？因此，《人生五大问题》占了点'先机'。三、一天我到书店逛，发现了这本书的新版本，不过价格在十元以上。我在岁月中赚了一个大便宜。作为穷书生，亦算喜事一件。喜事润人，至今难忘。"

如今看来，这种小得意，不过是借便宜得意一下，其实，我并不在意那点钱的，至少现在不在意。

钱是什么？钱是人民币。

钱有什么价值？钱可以用来买书。哈！

遭遇《人生五大问题》

那是1993年的秋天，武汉大学珞珈山缤纷的金秋，作为刚入校不久的珞珈学子，我还未平服重做学生的喜悦心情，就浸入图书的海洋里去了。一天，有传言：图书馆清理旧图书，对落选的图书作半价处理。闻此，我们筹集"银子"呼啸而至。记得消息传到我的耳鼓时，已经有些晚了。我和几个同学一起赶到图书馆六楼处理图书处，被处理的图书早被"大家"又"处理"了。好在，萝卜白菜各有所爱，读书人对书也不例外；即便是被大家又处理过剩下的书，也有不少是我们所好的。"量囊中之物力，结书籍之欢欣。"我们各挑了一大堆旧书。账算起来，那么大一堆的书价钱却是惊人得少，旧书旧价低，又打五折，我们算是丢了"芝麻"（小钱）拣了"西瓜"（一堆书）了。我买的一堆书还有一桩事须详述，那就是图书馆工作人员在清算我的价款时，算到倒数第二本时，恰是一个整数（具体多少，我忘记了），而最后一本就是后来被我称为"免费午餐"的《人生五大问题》。原价0.95元，一打折，

不到五角钱。那位图书馆工作人员很大度地说："算了吧，就一个整数！"就这样，薄薄的《人生五大问题》成了我的"无价之宝"。

《人生五大问题》虽无价，却真够"宝"的级别。安德烈·莫罗阿著，傅雷译(1987年4月北京第2版，生活·读书·新知三联书店出版，书号2002·276)。这本书的内容涉及人生婚姻、父母子女、友谊、政治机构与经济机构、幸福五大问题。我对人生问题也颇有点兴趣（谁不对人生有点或多或少的思考呢？诸如我从哪里来、人活着有什么意义之类），此书正好对胃口。脑中累积的许多模糊不清的人生问题，于是有了"调焦"的工具和机会。在珞珈三载及离开珞珈以后的岁月中，我不时翻阅这本书，岁月添加在我身上的些许观察力"遭遇"书上的知识、观点，不时对人生生出些新的认识来。

一本书，是不是好书，我想有个很俗的标准，那就是在你读她以后，经一段岁月，你是否还记得她，或者说书的内容是否渗入到你的思维里去。对我来说，《人生五大问题》就是一本好书。老实说，这本书给我的好印象除了其内容引导、规范我对人生大问题的看法外，还别有原因：一、这本书是别人"假公济私"济给我的。二、书的内容涉及人生，谁在柳发芽、秋叶落等时候不想点、寻点人生的问题、意义呢？因此，《人生五大问题》占了点"先机"。三、一天我到书店逛，发现了这本书的新版本，不过价格在十元以上。我在岁月中赚了一个大便宜。作为穷书生，亦算喜事一件。喜事润人，至今难忘。

广告上说"某某书可以改变你的一生"。一生太长太大，如何"改变一生"，我感到难以置言。不过对于酷爱读书的人来说，寂寞书途遭遇像《人生五大问题》这样的好书是必然中的偶然，就像人的青春期易生爱情一样。至于爱情的"伟大"与否，就是人言人殊、见仁见智的了！类似《人生五大问题》一书对"幸福"的诠释：构成幸福的既非事故与娱乐，亦非赏心悦目的奇观，而是把心中自有的美点传达给外界事故的一种精神状态，我们祈求永续不变的亦是此种精神状态而非纷繁的世事。用我们今天的话来说就是感觉，说好就是好，没商量！

（初刊于《宁波日报》1999年6月2日）

作者新语：

就这篇文章，自己回看，看不下去，绕来绕去，讲的是个啥哟！

如今自己看不下去，说明我的进步真是太大了。——这是自责、自嘲还是高调骄傲呢？

幸福是一种隐私

“人生有无幸福以及幸福的程度如何”这一问题和“韩光智是好人还是坏人是好人好在哪里是坏人坏到何处”的问题一样，是见仁见智的问题，因为问题都涉及人的感觉。感觉虽说人人皆有，但每人的感觉都不一样。感觉走的是“唯心”的路子，不从客观标准那一套。鄙人已历世三十余载，其间耳闻“韩光智这家伙一坏蛋”的次数不少，闻“韩光智老实人一个”抱同情态度的也有，闻“韩光智好人一个”也有。而韩光智也曾自傲地说：“我除了长相外，一无是处。”可问题是我周围的大多数人都有同样真理级的见识：韩光智长相太一般了。在众多感觉中，我有时还真是如坠云里雾里了。但好在我常自省，故我还知道我是谁。

韩光智的问题好解决，因为，除非鄙人被告上法庭受法官判决，问题的决定权在我，别人对我的感觉我可以以我的感觉统率众人之感觉而“取其精华，去其糟粕”，但要解决人生幸福这一问题就难了。这不是我一个人的问题，而是每个人的个人问题，我甚至可以套用时下流行的“隐私”一词来说，幸福是一种隐私——跟韩光智是好是坏的问题有所不同，韩光智是好是坏有事实依凭，别人的观感虽和事实有或多或少的关系，但主要是取决于别人的感觉；而幸福却只有感觉，每个人自己的感觉。

幸福，简单地说，就是令人心情舒畅的境遇和生活。心情只会由个体担当，幸

福入隐私一类实属实至名归了（时下人们把隐私只限于那点事，谬也）。幸福的“幸”字古指帝王宠爱。古人在造字之初似已有清晰的“混沌”认识：幸福是帐帏之事，纯属个人问题。现在看来，是典型的最高级的“绝对隐私”问题。虽说江山代有幸福出，但幸福只是在私人领地里生长，在隐私范围发展内涵。

为什么幸福这一隐私问题现在成了公共论题呢？我想，这除了人是社会性的，不可能像孤岛上的鲁滨孙那样完全封闭生活外，还因为我们太擅长“公私兼顾”了。根本上说是我们好奇心太盛。外因通过内因起作用，精彩的外面世界常迷人眼，从前的常规生活在变化的时空中常常会失去平衡。世上的新东西、好东西常诱惑我们的一颗颗凡心，一朝我们经不起诱惑，我们就不得不抛下旧有的东西，有时是我们的幸福。世界在变，我们也会变，幸福也在起波澜。例如，时下不少人经不起美色，纷纷“牵手”，过去的幸福时光就成为回忆了。况且幸福不易言说，而烦恼等非幸福又极易传播开来。无形中，不幸福的传闻增加了人们对幸福的渴望。

幸福虽是隐私问题，但我们还是可以用“共同语言”来言说各自的领悟的。凭我的感觉（既是感觉，那么我无权无理去排斥别人的感觉），幸福的人都有着良好的心理，胸怀积极的人生态度，故常洋溢着舒畅的心情，不太会“居庙堂之高，则忧其君；处江湖之远，则忧其民”地白操心。这叫作“幸福的人极其相似”。

说幸福，难说（这叫好得没法说），我们不妨看看幸福与什么无关。我的感觉是：幸福与权力无关，一入官道，身不由己，恐难潇洒人生，即使笑也得摆着官样（不过，日久成习惯就另当别论了）；幸福与地位无关，高处不胜寒，人前走动自然少了不少个人空间，隐私难以“隐”起来，故其心理承受更大；幸福与金钱无关，这个世界是物欲的世界，没有钱万万不能，但钱带给人们的烦恼还少吗……如此这般，我们会发现幸福跟许许多多我们时常看重的东西无因果性关联。同理可知，幸福也和痛苦、灾难、贫寒等无因果性关联。不过。话得说圆满一点，因果关系没有，但关系还是有的，即幸福跟世人常看重的东西不是成正比而是成反比。换言之，应该说幸福跟人所能承受的权力、地位、金钱或者痛苦、灾难、贫寒等等要匹配。匹配的话，则促进幸福生活，否则即使手中没有显赫的权力、高高的地位、万贯家财，也可能因头脑中构筑金山权海而迷失了自己，自陷沼泽。这和你脚多大就得穿多大的鞋子才会舒服一样。脚，没有不好的；鞋子，也没有不好的，问题是二者得匹配。

世上不幸福的人多数是其心理和其所处的权力、地位、贫寒、苦难不匹配造成的。我们不难在尘世中看到，有没钱时幸福有钱时无福的人——他经不起有钱的时光；有有钱时幸福没钱时无福的人——无钱百事哀，他经不起无钱的日子；有无权时快快乐乐有权时呈小人得志之态（内外不匹配，外多于内，故呈小人张狂之姿）的人——他经不起权的诱惑；有有权时快快乐乐无权时没了骨没了主张的人——这类事现在最为常见，这类人可乐于繁华但不能安于平淡，也可说经不起平淡，不知道喝白开水的日子也可以是幸福的日子。

幸福是一种隐私，所以有的人的幸福我们看得到。“平凡的人们给我最多感动”即是明证。有的人的幸福我们用肉眼难以看到。我在读名人传记时，发现不少名人“重世人之所轻，轻世人之所重”，他们的幸福一定另有所求吧！平时我们可是看不到的。因为幸福是隐私，因为不能全被别人看到，所以幸福的话题我们可以自由言说。别人幸福与否我们还是少打听为妙，毕竟尊重别人的隐私是现代文明人的文明之举。

幸福也有大小之分，有人以天下人幸福为幸福，此为大幸福，乃圣人、伟人所为，不过这已经超过了隐私范围，此处略而不论。

总而言之，幸福就是“因为幸福，所以幸福”——不讲道理吧？的确，幸福不可讲道理，它讲的是我们各自的隐私和感觉，感觉各不同，隐私各自知。就像人们把婚姻比作穿鞋子一样，舒不舒服你自己知道。

幸福吧？你自己知道，就没必要告诉我，你可以告诉我的是：韩光智是个好人还是坏人——如果你听过见过乃至认识鄙人的话。

评论：

网友怪歌［xtywy］

幸福是一种非常单纯的感觉，这其实不需要太多加工。

当然感觉与感觉的确不一样。同样的经历，不同的人，可能产生的效果也不一样。

所谓“曾经沧海难为水，除却巫山不是云”，而后的感觉当然只是一种平淡的遭遇，在人，或者要叫作萍水相逢了。

网友潇潇情冲［hans］

好长的帖子！

俺想作者在写帖子的时候一定不会感到幸福，只是因为想得太多……

俺在看这篇帖子的时候也只有痛苦，没有幸福。不过相对于作者的痛苦而言，看帖子的人是多么的轻松，多么的幸福啊！

小学生、中学生和大学生对幸福的理解不一样，

学生、工人、农民、白领……对幸福的理解不一样，

单身汉、恋人、年轻夫妇和老年人对幸福的理解又不一样……

作者新语：

三峡行舟，在甲板上，坐着，看两岸群山向后走去，晒太阳，和友人聊。那友人说：我看《围城》看了二十四遍。

我大惊。

坐而论道，“袁”来如此吧！——那位友人姓“袁”哟！

《围城》可以医烦

一次次进出《围城》，一次次领悟人生诸事“大都如此”——想冲进去，想逃出来。冲逃之间，尘世的诸多烦恼似乎就可以“大都如此”地消解了。

我买的《围城》是个盗版，招牌是人民文学出版社的。实践证明，即使是盗，“盗”亦有“道”。第一遍读《围城》，钱锺书的文字就在我心里围起了一座精神城堡，以后我一次次地探访，城堡似乎更加坚固和森严了。尤其是在凡尘漂泊流浪途中，心烦、气不顺时，精神城堡就会发挥自卫乃至自慰的功能来，一点点咀嚼这本盗版《围城》的文字，心中的那些“结”就一点点消融。慢慢明了“大都如此”的烦结“不过如此”，有时甚至脑中还冒出这样“滑稽”的念头：这是岁月为以后寂寞的我预备的谈资和笑料吧。

步入《围城》，先登上了那艘“热拉日隆子爵”号“回国”：“这船，倚仗人的机巧，载满人的希望，热闹地行着，每分钟把玷污了人气的一小方水面，还给那无情、无尽、无际的大海。”晃荡之中，不知不觉我有了几分扮演方鸿渐的意味了。没有导演指点，我这个三流演员对方鸿渐的把握定位有两点：一是透过人际喧嚣看人际本质，眼一扫而就，清清楚楚，黑白分明。故，方某做起人来有“超脱”之姿，同时也就难免“眼高手低”，不合时宜。二是沉于自己的精神空间，或醉或谑（包

括自谑）或乐，自视是固守，别人目之为清高。在高松年、顾尔廉、李梅亭之流如鱼在水的环境中，方鸿渐、赵辛楣如同被抛到岸上的离水的小鱼——在那里干挺着。不趋时、不从俗、正直坦率而不乏聪明幽默的人只有“在路上”“流浪”：从外国到上海，从上海到三闾大学，又从三闾大学到上海，“围城”的场景在变，但方鸿渐的境遇照旧，“围城”依然。“鸿渐于干”“鸿渐于磐”“鸿渐于陆”“鸿渐于木”“鸿渐于阿”——“鸿渐走出门，神经麻木，不感觉冷，意识里只有左颊在发烫，头脑里，情思弥漫纷乱像个北风飘雪片的天空。他信脚走着，彻底不睡的路灯把他的影子一盏盏彼此递交。”这时，一时负气出“围城”走在大街上的方鸿渐一定不喜欢听《常回家看看》这样的现代流行歌谣的——方鸿渐就是生活在现在，也一样会“不合时宜”吧？！

翻读钱锺书的《围城》，不自觉地和现实的“围城”相印证起来。印证的收获之一就是弄明白了现实的“围城”中的诸色人等在表现掩盖下的内在一面。钱锺书的《围城》成了一个参照系。在参照之下，我们明明白白地看到李梅亭之流的内在本质。这样，和现实的“李梅亭”之流打交道所生下的诸多烦恼就有了供自己玩味的意味了。在参照之下，我们自己也更明白我们无可逃避的宿命，于是有了安之泰然的中庸之悟了。

书里的“围城”毕竟是“空中楼阁”，沉入书中，弱者也可“想自己之所想，急自己之所急”。自然，我们还得从“楼阁”下来。可转眼一审周围，仍有在楼上之感。《围城》的改版正在现世风行着，可惜角色们的水平可就差远了，不过，得允许他们有“渐进的过程”——他们的水平，将不亚于高松年、李梅亭。虽然拿不到克莱登大学的博士文凭，但国内名牌大学的博士文凭可“曲线”购得保证不是假的。须知，“这张文凭，仿佛有亚当、夏娃下身那片树叶的功用，可以遮羞包丑；小小一方纸能把一个人的空疏、寡陋、愚笨都掩盖起来”。跟这帮人相比，我是够不上他们的档次的，我只有寡陋愚笨依旧。好在我有点近视，一双肉眼看不透他们的“辉煌”——不明也罢！

据说，自嘲是人成熟的标志之一。想一想，很有道理，只有心理健康且有较强心理承受能力的人才可自嘲、才会自嘲，并在自嘲中接受人生“大都如此”的无奈。从某种意义上说，在钱锺书的笔下，除了对人类自身的自嘲外一无所有（笑他人就是笑自己，我们是同类，我们“大都如此”）。除了一个唐晓芙外（作者在回答一记者提问时曾戏称唐晓芙为自己的“梦中情人”，自然唐小姐不在嘲笑之列）。《围城》里不是始终回荡着大智者蕴藏着人生“大都如此”见识的爽朗笑声吗！“慈颜常笑笑人间可笑之事，大肚能容容世上可容之人。”这是菩萨的“招牌”和气量。其中一定也蕴含着“世上”“人间”“大都如此”的透悟吧？菩萨是人拜出来的，菩萨“笑”“容”“人间”“世上”“事”“人”，不就是人类智者对镜自视的行为吗？红尘滚滚，我们不妨鼓一鼓我们的肚皮、露一露菩萨似的脸色。

翻多了《围城》，我明白我扮演的方鸿渐不过是假冒伪劣。就像阿Q不能姓赵一样的道理，我是不配姓方的，这不仅仅因为我没有出过洋！

就这样，在生活和入“围城”中，尘世的烦“结”生了解，解了生，没有个完，就像《围城》所昭示的人生的什么什么那样，“大都如此”。

于是，明天该干吗还干吗去吧！

（初刊于《宁波日报》1999年6月2日）

评论：

网友宝宝

太有感触。

网友梅羽 [lmm7x1x]

《围城》，可以说是写出来后在任何一个时代都被认可的力作，它的文学功效、文字的精巧是众多大家可望而不可及的。想不到它还有医烦的功效，有看头，有说法……

网友小之 [xiaozhi]

有本书说的是我们中国人的，某章节把《围城》当作分析中国的人情的材料。透过《围城》看懂了中国人的人情，叹一声“大都如此”后，真的不烦了。

网友紫色天堂 [zstt]

即便是把琐碎和共性都看得明明白白了，城还是城，这当儿你还是你，固然是个明察，也属人生大无奈中的小逍遥。

网友珠儿 [lilyella]

妙！人生大无奈中的小逍遥！

我看了小之的那几句话后就真的不烦了。

我想我是中了毒！来到这里，就安心了。

人，大多如此。呵呵，可能我的那个朋友在 15 岁时，就知道了，所以他对我说：“人嘛，无所谓。”

最近总是听到，于是想到关于人和人情的事情，想了好多人的事情，有趣，想不明白。所以，我想我相信，人，大多如此。

作者新语：

一个人的生活中，总有一些事件具有心理意义。跨越，你的人生便是新境；怯于前行，心中抑郁便成心结——不解开，便是毛病。

初为人师是道坎

对人生，我的理想经历是，除了在校园度过美好时光外，还得加上以下几项：当两年老师，当两年大兵，独自流浪一年，打工捞生活半载，坐六个月的冤狱（无罪获罚，但须有基本生活保障和几本耐读的好书在侧）。有了这样缤纷异彩、丰富的人生经历，对人生的理解和世事的领悟就会有一个很好的根基。自然，这种理想是因缺而生发出来的，不太可能一一兑现，只好在心角存盘，偶尔与挚友神侃也可作为谈资。

就理想经历的单项来说，我是有过的。当了一年老师，不过是业余的——在大别山家乡高等教育辅导站教授汉语言专业中的一门必考课——现代文学作品选。当然这不及两年专业教师的理想经历，但，也挺过瘾的，聊胜于无吧！

我登讲台的时间是1989年冬季。在此之前，在两年半的时间内，通过高等教育自学考试，我拿到了汉语言专业专科文凭。鉴于我在自考队伍中的突出成绩，小县城辅导站请我去讲课。他们可能这样考虑：刚蹚过专科十多门考试关的人，教授其中一门，应不成问题。于是1989年冬的一个晚上，我登上了讲台。面对熟悉和不熟悉的考友，我学着摆出老师的样子来。现在回想起来，我的感受是，初为人师，心里有道坎。迈过去，前面一片艳阳天；迈不过去，障碍就会郁结成潜意识，并在

将来的人生中从负面影响你的行为。也许正是从这个意义上，我希望能拥有“当两年老师”的经历。

第一堂课，上得最难受。我先到教室，坐在讲台前的第一排，“学生们”陆续来到教室。我借机和坐在前面的我的“学生们”闲扯，不少人并不知道我的教师身份，只听说是一个已拿到自考文凭的人。开讲的时间到了，我走上讲台，初为人师，那种紧张心理在走上讲台前已发作多次，好在“刀子架在脖子上时”反而坦然了。在压下紧张的心情后，我开始滔滔不绝地讲起来。我准备了好多材料，因为心里总想着把准备的知识讲完，我不自觉地用上了传统的教学方法——满堂灌，结果用时远远超过了预定。讲课效果也不好，不知轻重缓急，毫无节奏感，内容也不知采取重复几次的方法来强调，“灌”得学生一头雾水。当我讲到一半时，我就意识到这一点了，但事已至此，也没有办法了。好在我不敢半途而退，鼓了鼓气，硬是把课给讲完了。那堂课是对现代文学史的一个简述，作家多，头绪多，“客观原因”也是造成不能“开堂红”的原因之一。

印象中，第二天晚上，辅导站的负责人站在路口等候我。我猜想他可能有点怕我不来了，那样的话业余夜校就变成自习课了。他可能有所不知，信奉“人生须向前”信念的我，是绝不可能打退堂鼓的，我只会知难而进。万事开头难不过是难在一时，迈过了这道坎，前面的路就好走多了。后来，站在讲台上，偶尔我也有随心所欲的感觉。就这样，我当了一年老师。——现在想来，当老师，总是别人听你的，真的挺好！

正是因为有了在讲台上的经验，于是在以后的人生中，面临需要张嘴表达时，大多数情况下，我都有“临危不惧”的气度，常展“乱云飞度仍从容”的嘴上功夫。虽然心里不时有紧张的感觉——论起原因来，这点紧张可能是我没有当兵、流浪、打工、坐牢的理想经历，人生锤炼还不够，综合素质尚待进一步提高之故吧！

（初刊于《宁波晚报》1999 年 9 月 8 日）

评论：

网友星飞扬 [xfy]
学生都喜欢能侃的老师，能侃 + 学识 + 爱心 = 完美老师。

作者新语：

从前老认为方言很土很土很土。

现在，仍认为方言很土，但我深知，方言是最接地气的人文之根。

回老家，我总讲老家方言。除了亲戚、朋友、同学听惯了顺耳外，我也能趁机顺顺我的嘴——还是讲方言最倍儿爽。

方言，放在我行囊的底层

外面的世界很精彩。受精彩的诱惑，今生我注定要远别山坳里的那个小村庄，离开家园，当个旅人，在外面的世界漂流，成为“一个不愿回家的人”。

“刘姥姥进大观园”一类的故事不是刘姥姥一人演绎的。其实，我们每个人都有过入“大观园”——精彩的外面世界的经历。“刘姥姥”的“憨”态和“窘”态，我们都亲身经历过。我也不例外。在迈出家乡的最初，方言是使我“憨”和“窘”的最直接因素之一。于是，我厌弃方言，开始有意识地操练起普通话来。在我能够较为熟练地使用普通话来表情达意后，蓦然回首，我发现方言仍贮存于脑际，偶尔用用，一丝轻松、畅快、会心得意尽在方言的味道之中。这时，我发现，原以为被遗弃了的方言，其实一直放置在我的行囊里面。

第一次离开家乡是在十几年前。我高中毕业考上了中专，到郑州——我们河南省的省城去求学。我和信阳的老乡同学所讲的话被同学们称为“信阳外语”——“呕哑嘲哳难为听”。我只得认真“改口”学说普通话——这算是刘姥姥初进大观园吧！在郑州的两年，我除了学说普通话外，还学说郑州话，或者说，我学说的是郑州式的普通话。于是在不自觉间可以把“我们”讲成“咱们”了。两年后，命运又将我推回到家乡县城，在小县城工作生活。回“家”之初，操着郑州口音的普通话，让

家乡的父老乡亲听起来不舒服。“回归本土”，“从终点到起点”，我又恢复一口地道的乡音了。渐渐地，我也淡忘了我曾经讲过的郑州式的普通话——仿佛我不曾离开过家乡似的。

第二次离开家乡是在1993年。我考上了研究生，到湖北省的省城去求学，在珞珈山上做了三年的“武大郎”。久别普通话，再学就得受二茬苦。好在我有过进大观园的经历，再进大观园，举止间就多了一些分寸。值得一提的是，这次进大观园与第一次不同的还有：在普通话和家乡话之间我可以自由切换，就像用遥控器自由转换电视频道一样。也就是说，与人正讲着普通话，见到老乡来，我马上可以毫不费力地讲起家乡话，以便老乡更好地知音。当然，在武汉上学，武汉话也是会讲几句的。“什么什么口吵！”“ge老子”，还有最具武汉味的骂人话“ge婊子养的”，也算到了“耳熟能详”的地步吧！

当了三年“武大郎”后，我没有回家乡做贡献，“孔雀东南飞”，来到了江南，在宁波谋生活。一方水土养一方人，我想，“水土”也应包括“方言”。宁波话与普通话差别甚大，更别于我的方言，我学起来感到格外吃力。但，既到这一方“水土”来“讨生活”（宁波话），就不可能一直“水土不服”，于是对宁波话也渐渐能听懂音、知其意了。世界每天都在变，他乡遇同乡的事也很普遍了，于是我的家乡话也有倾听的对象了。我的语音系统已多元化矣。

现在，如果有人问我：“你的老家在哪里？”我的方言是什么？我还真有点难以回答。当然“信阳外语”仍是主要方言，但多元化的语音系统又意味着其他方言的客观存在。遇到“咱郑州的”，见到“我武汉人吵”，或者没入宁波人的“阿拉”声浪中时，似乎都有“他乡遇知己”的味道，无形之中生出亲切感来。这样的事实是否表明：我已成为“两面派”，不，“多面派”？

在语言上，成为“多面派”也没有什么不好的。“咱”这一辈子“打回老家去”似无可能。今生我注定不会停止漂泊，把这些方言打包，放在行囊的底层，也算一路流浪漂泊所拾拣的宝贝有了“安身之处”。浪漫一点说，曾经的方言是我一路上的人文风景的底片。你看，多好。如果需要，我可以马上拿出来冲印一张，即使经岁月风化有点发黄，也是好的，兼可怀旧。

（初刊于《滨海时报》1999年9月29日）

评论：

网友小青葱［xqc］

一个曾经在外企打工的表哥，常常以金领自居。前天小青葱打电话找他帮忙在京城买一本书，他开口说了这样一段话："Hi，小青葱吗？最近学习用不用功啦？Scores好吗？什么？Not well？Mm……（鼻音，不是妹妹）还是那么不懂事！我今天有点busy，改天call我，我得好好教育你一下……"

在外漂泊的游子因学习和工作的需要尽管可以练就一口纯正的普通话甚至洋话，但在与家乡人对话时如果还用它来拿腔拿调，您的背不被骂肿才怪！

三次狼的文章让小青葱想起了贺知章的《回乡偶书》：

少小离家老大回，
乡音未改鬓毛衰。
儿童相见不相识，
笑问客从何处来？

网友星飞扬［xfy］

呵呵，还是河南老乡呢！打仗亲兄弟，上阵父子兵。握手！

作者新语：

胸腔抖擞，由内而外，歌声由此传扬开来。歌声是不是悠扬，自然取决于内。由此延伸开来，是不是可以说，散发铜臭的钱能不能散发出精神上的内涵及味道从而让人真正享受到“钱”的真好，取决于一个人的内心如何呢？

菜场里的歌声

结婚，有了孩子，妻子下班归家晚，男子汉虽有想保持远菜场（古圣贤远庖厨的遗风）的中国大丈夫的样子，但迫于形势，我不得不每天到菜市场走一遭。不过，我买菜有点像革命战争艰难时期的游击队员，“打一枪赶紧换一个地方”，买菜速战速决（是否每次都挨宰就难以一一言说了）。甘做游击队员的原因特简单：我太不喜欢菜场里的喧嚣，既吵又闷，像人在江南梅雨时节的感受。走进菜场，就像登上了一列八十年代破旧不洁的闷罐火车。

这天，有着良好按时下班传统的我，因单位临时的一点急事，耽误了下班时间，被迫打破了惯例。我感到心里有点不自在、不适应。待我赶到菜场时，平日所见到的消费者挤挤撞撞、穿梭不停的菜场，今天好像变了“脾气”，喧嚣的声音低了，市场显得空旷了许多，全无往日的“繁荣”景象。三三两两的消费者仿佛是在逛大型商场，问价讨价也并不急切，摆摊的菜贩们（应叫个体户吧）有的还呈现一副悠闲的神态，有的甚至还斜倚在摊位后面的椅子上，似乎也无菜贩大声叫卖吆喝。当我“游击”到菜场的一个底角时，我甚至听到了歌声——一个菜贩在唱小曲。

这歌声并不动听，“咿咿呀呀”，方言俚语的口音带着一方水土的气息，身为异乡人的我甚至有点听不清他的发音。但我很明确，唱者吐纳着他的自在、快适。

周围的一些菜贩用眼睛、神情等体态语言围拥着唱者这个中心，似乎在享受着什么——这是劳动者劳动间隙的一声适意的咏唱吧！这是“下里巴人”间的知音吧！这是烦琐劳动中孕育出的简单质朴的美吧！买菜归家时我这样想。虽然他们的劳动是和我们这些消费者在最俗、最讨人厌的“讨价还价”中完成最后一个动作的。

我一直觉得生活在底层的人们“为了生活”，备受艰辛，是难以“潇洒人生”的。但，菜市场这一快意而不张扬的歌声让我明白：生活中并不缺少快乐，“底层”的快乐更为“朴素”些，直入人心。而随着社会发展而跃出的“白领阶层”，有谁敢在工作的间歇、在工作的地方这样自由自在地咏唱呢？

菜场里的歌声在我脑际萦绕，我想起了有人在二十世纪二三十年代就说过的“宁在水果摊上唱歌，不愿在机关拍马”的旧话。现代社会，拍马有拍马存在的依据，拍马有拍马的好处，这是不争的事实；“饥者歌其食，劳者歌其事”更有传统的底蕴。这里存在着两套价值判断体系，人们各有抉择，也是最自然不过的事——社会由此多样起来！

（初刊于《钱江晚报》1999 年 12 月 4 日）

作者新语：

每个人都会有痛苦。每个人也都会品尝痛苦。

要真知道疼懂得痛，大致弄清痛苦在一个人一生中的价值，还是多读几遍尼采的话吧——

“我给我的痛苦起了个名字，管它叫作‘狗’。它与别的狗一样，忠诚、有趣、聪明、纠缠不休。我可以对它厉声呵斥，在它身上发泄恶劣情绪，就像别人对待他们的狗、仆人和老婆一样。”

生命中有一种感觉叫疼痛

小时候学步，摔到地上，我们会本能地四下寻找母亲的关爱和呵护；摔重了些，我们甚至会叫着妈妈哭出声来以化解。长大后，纷繁的世事中的某种东西随着不紧不慢的时间不时刺入我们内心深处造成内伤。凡夫俗子的我，逐渐知晓生命中有一种感觉叫疼痛。这时，有点孝心的我是不敢向老母亲过多禀报的。

人在异乡，朋友是把靠椅。一次黄昏寂寞时，我骑自行车到一把“靠椅”那里去想靠一靠。傍晚时分，不明不暗的公路上，我盯着大方向，加快车速小心地骑着赶路，突然，“砰”的一声，我被摔在路面上——一块石头将自行车硌倒。我只顿了一下，马上站了起来。站起来后我发现膝盖不对，有胀痛感，手一摸，肿了，可能还流了血，我下意识地前后望了望，公路上一个人也没有。事后想一想，这个张望似儿时，是在寻找关心吧！可马路上就是一个人也没有——连鲁迅所讨厌的那种普通的无聊的看客也没见着一个。在马路上，我一个人，扶起自行车，查看并推行了几步，发现车子还行，我只得再次骑上，带着疼痛赶路。到了朋友处，发现我穿在身上的白裤子在膝盖处有一个洞。我很喜欢这条裤子。裤子摔破的懊恼和疼痛一起贮存在我的记忆中——疼痛总是和美好事物的“破损”相关？

我一岁多一点的儿子学步，还没学会走稳就想跑。就在我的眼前，他的一次奋力向前，踉跄，将额头摔了个口子。血，流了出来，我抱起他时，他哭声大作。事后才知道，他流的血不知怎么将我的左脸也染了一块。当时不巧得很，钱包里没有几个钱了，抱着孩子，向门口小卖部的老板借了100元钱，在中央电视台晚间新闻联播声中，搂紧幼子赶往医院，口中“喔喔”地哄着孩子尽力显严父温柔。现在我还能清楚地回味当时我压着心头的疼痛承受幼子的哭声并全力哄逗的滋味。孩子的伤口缝了两针，至今还有他疼痛的痕迹——伤口处有不太明显的凸梗（被我戏称为“注册商标”）。我的疼痛不能替代他的疼痛（虽然我想这样做）。我的疼痛将沉淀在我的生命中，他的疼痛将沉淀在他的记忆中。

肉体上的疼痛，虽致伤心，但这样的疼痛以及其所带来的心痛，尽管联系着心头那根最细的神经，仍在“形而下”的范围内。而多年来培植的理想以及为此多年来孜孜追求所付出的，在日复一日的平凡现实中被击碎所勾引的心痛带着“形而上”的哲学味道，更让人难以品尝。读书受教育十几年乃至二十余年，堆积了许多美好，可美好的内核——理想、信念和青春一接触“空气”，在冷冰冰的现实的碰撞下不过是“不了了之”“没有说法”“毫无起色”。个体生命的渺小卑微，个体生命的无奈无助，就在生命中划过，直到我们感觉麻木并习惯麻木。

“我给我的痛苦起了个名字，管它叫作‘狗’。它与别的狗一样，忠诚、有趣、聪明、纠缠不休。我可以对它厉声呵斥，在它身上发泄恶劣情绪，就像别人对待他们的狗、仆人和老婆一样。”看到德国哲学家尼采这样的文字，我想自己和哲学家有一点相通，真是平凡俗子的我的造化。如果学哲学家的样，给我的痛苦起个名字，那我的痛苦应该叫作什么呢？这样的想法又让我一阵痛苦。

我有些渴望麻木。但愿这样的想法不会引起痛苦。

（初刊于《观察与思考》2000年第9期）

评论：

网友云茉

当我们面临无法避免的痛时，总想寻求帮助，然而真正能帮你的就是你自己。

网友不在在

知道疼痛，才知道幸福。

读来是淡淡的会心感觉。

好文章，题目倒是觉得有点太重了。

网友网人上邪三次狼

成人不自在，自在不成人。

疼痛不舒服，舒服不疼痛——回复不在在。

网友游客

无论怎样地想麻木，我们总抱点侥幸的心理，去品尝了这疼痛。

我们总在矛盾中疼痛着，包括为这矛盾本身。

网友千江有水

肉体上的痛觉是人类的一种自我保护机制，以趋避危险。就好像一根手指遇到火，突然的疼痛会导致我们迅速地缩回手来，以避免更大的伤害。不能够想象一个缺乏疼痛感的生命体怎样可以具备足够的生存能力。

而心灵的疼痛随时告诉我们，心还未死，魂还未灭。好像没有肉身无法成其为生命一样，没有心魂，也不过是具机器。

所以生命中无法避免疼痛的感觉。麻木，不是欺骗自己的小手段，就是死亡的序曲。

很悲哀，却是事实。

网友南岛［cjc］

“麻木，不是欺骗自己的小手段，就是死亡的序曲。”

——很棒！

网友潇潇情冲［hans］

疼痛也好，麻木也罢——无论它们来自肉体或者心灵，都是人生的一种必需品。

生活中少了“疼痛”与“麻木”，也许人类将失去许多丰富和乐趣，特别是思想的丰富和乐趣。真的！不信您可以试试……

作者新语：

从前，看到一段著名的心灵鸡汤。这段文字是这样的：

海边，一个成年男子看到一个小男孩在捡小鱼。小男孩每到一个水洼便会弯下腰去，捡起水洼里的小鱼，并且用力把它们扔回大海。

成年男子看到小男孩做如此傻事，忍不住对他说：“孩子，这水洼里有几百几千条小鱼，你救不过来的。”

“我知道。”

“哦？那你为什么还在扔？谁在乎呢？”

“这条小鱼在乎！”男孩儿一边回答，一边拾起一条鱼扔进大海，“这条在乎，这条也在乎！还有这一条、这一条、这一条……”

顺手栽下树一棵

现代社会，能在无人知晓的情况下做一件好事是高尚的。我就这样做过好事，自觉有高尚之感。至少我可以套用马克思的名句“我说了，我拯救了我自己”说：我做了，我拯救了我自己。

一天中午，我下班回家，在街边，我看见一棵被人丢弃的小树苗。一棵小树苗是一条生命，让我看见，应该算这棵小树苗和我有缘吧。虽然我不知它是何种树，但我知道（推测）它是培育出来专供栽种的树苗。不长，一米五左右，比我矮一些。卧在路旁，像是一个被人遗弃的孩子。我经过它身边时，发现了。我顿了一下，回走了两步把它拿到手里，我准备给它一次生的机会。

我家所在的住宅小区，有一处花坛已荒芜。我将这株树苗安置在这里。当时，我身边没有任何劳动工具，像原始人一样，我就地取材，将一根短木棍作为工具挑

挖着。这样的工具注定我的劳动是粗放式的。挖的一个小坑，很浅。我将树苗放在里面，培上土，用脚踩实，再用短棍赶一些浮土过来堆在树的根处。这样，我栽树的工作就算完成了。这时，三月江南的天空仍飘着小雨丝，而劳作了一番的我，一双手仍是干净的，没有粘上土。

如果发现一株树苗被丢弃而不去栽上一回，我心里会有个疙瘩。现在我顺手栽上，我希望它能成活。

我做了，我拯救了我自己。

过了两天，我发现花坛里的小树不见了，是谁拔走了？顽童所为？不管是谁，我不难推测，那棵小树是没有了生的机会了——事实告诉我，我的高尚没有什么用，除了拯救我自己。

（初刊于《浙江教育报》2000 年 4 月 29 日）

作者新语：

有点像诗，但总差那么一点。

我知道，我不是写诗的料。

面向大海　五分钟足矣！

我降生的那个地方山连山
我生长的那个地方山连山
脚连大山眼连大山我渴望面对
山那边的那边的那边的大海

我工作的那个地方陆连海
我呼吸的空气刚穿越大海的胸怀
就这样我感受到了咸感觉到了海
为了触摸大海
我借了辆破自行车耗时不过五分钟
我看到了真实的大海
我在信中对故乡说
海很大，海很宽，我二点零的眼没有看到她的边。

新鲜在时光中消磨成平常

我已久不想海久未见海
我在海边的都市里穿行疲惫了习惯了习惯了疲惫
似乎忘了东边不远就是海。

与海重逢于诗
翻着海子的诗读着面朝大海春暖花开的诗句
我想起了五分钟可至的大海。
我真的得再去触摸大海，试试我已近视的双眼
可看得清大海看得到春暖花开。

评论：

网友独孤九歌［jg］

变迁，人与景都不可避免

网友九年［y9］

单纯描述性的语言，不需要这么拖沓。我知道你是想通过一种语言形式表达一种感觉，但似乎不太成功。

你的诗以独特的视角见长，有经得起推敲的思想。这是一个很大的优势。我认为，你若能在文字的表达上更精致一些，整首诗会上一大台阶。

作者新语：

离开故乡，便生漂泊之感。

时代发展太快，所有人的家乡都在经历变化，就算你在家乡不走，可是家乡在变化，在“走”。你不得不经历漂泊。

漂泊是这个时代所有人共同的感觉。

“我就是那个姑娘……”

在别人眼里，安身异乡江南的我是安适，甚至可以说是潇洒的。想一想，也有几分道理。可不！这天晚饭后，领着我快两岁的儿子在街边玩走，玩也乐乐，走也乐乐，真是人生一幸事。但表面和本质是有区别的，事情并不像眼前的景物那样清楚明白。

这天，和往常一样，我领着儿子进入一家现代经典照相馆内玩耍。照相馆的老板我熟，馆内的前台没有人，我知道老板在后面忙着。我牵着儿子推开玻璃门时，发现门口有两个女孩——很明显是农村来的并且是从未出过远门的，来这里时间也不长。穿在身上的衣服不太合身，和城市中流动的市气更是两样。手上捏着一张纸条，眼光呈游离态而身体有向一块挤的趋势，眼睛却窥向照相馆内，似乎在探寻怎么没人在柜台里。进退两难，两个人都有点害怕的样子。我的智商加上我受过的多年教育，使我马上判断出她们是来取相片的，而且这相片是做暂住证之类的证件用的。我就向她们招呼了一声“是取相片的吧”，她们的嘴似乎动了一下，但我并没有听到声音，不过纸条却递到我手上了。拿过纸条一看，果然是来取相片的。我就大声向内喊道：“老板，生意来了，有人取相片。”

两个姑娘取完相片走了。我望着她们，想，城市对于她们是一个可怕的东西，在她们心中一定有不少疑惑：且不说走路要右行这个规矩要遵守——多不习惯，就是城里人那眼光也是让人感觉好像是偷过他们东西欠过他们60块钱账似的——多不自在。就是我到村里邻居二狗家有时他不在家我不是一样借东西用，二狗也从未拿捉贼的眼神看人。都是中国人，城里怎么和乡下不一样呢？

人，最易想到自己。看到两个姑娘在城市里惶恐不安，我不禁想到自己。一想，我很明白，我和她们是一样的，虽然现在我进入照相馆不必看柜内是否有人。从大山深处千辛万苦爬出来、从偏僻农村走到异域城市的我，虽然受过高等教育而她们看起来还没有完成小学学业，虽然我是男儿身而她们是水做的骨肉，但在异乡的街头、陌生的城市，在骨子里，我和她们是完全一样的。

望着她们离去的背影，牵着儿子的小手，我心中响起流行歌曲的旋律：

“我就是那个姑娘……”

（初刊于《浙江工人日报》2000年9月19日）

作者新语：

悔其少作，应该是条规律吧！如今看自己的“少作”，尤其是排成诗形式的“少作”，的确有一份悔意。不过，“少作”，任何人的“少作”都有其真诚的一面——其实，真诚在如今的艺术作品中，不是更显珍贵吗？

我还写过诗！哈哈哈！有趣，真有趣。

午后　一只蝴蝶前来造访

午后，在小憩前的时光中
我习惯在书中打捞起片刻的精神
这时
一只蝴蝶前来造访

展翅　轻盈起伏
蝴蝶从敞开的窗户步入
视察办公桌上的那盆花木后
蝴蝶落脚在
办公桌上乳白色的电话话筒背上
我半卧在办公桌上
看着白色的蝴蝶站在话筒背上
我感受电话蝴蝶色调一致和谐美妙
我不出声，放纵着这份和谐这份天然

如果这时　电话响起
是我的朋友还是蝴蝶的故交
前来打断寂寞呢？

电话无声
直到蝴蝶站累了走出了窗外

蝴蝶走后　我卧桌息神
午后，一只蝴蝶就这样进入我的梦乡

评论：

网友赛秋 [loyafg-]
这首诗非常美，光是标题就让人产生无限遐想！

网友水非水 [stormy2000]
庄生梦蝶，你我皆是小蝴蝶。

网友九年 [y9]
三狼好像是长于写杂文的吧，所以你的诗也是善于挖掘和思考的。说实话，你的诗的进步让我吃惊。前两天这首诗好像被我的战友推荐了，应该。

如果你能在节奏上注意一下，正如苏莫说的，不要放弃感性的表达，诗的感觉会更好。因为，无论怎样，诗必须有诗的韵律。

网友＊拒绝浪漫＊ [aju]
平淡，但自然，有余味。

作者新语：

骗子已使我们许多人麻木起来。回顾自己当年被骗，还是来气。

我气的不是那钱，而是——

骗子呀！下次骗我时，请不要把小孩当作骗人的工具呀！小孩应该有一个明亮的未来的。“救救孩子！”——鲁迅曾这样呐喊道。

善心被三百元钞票击碎

做件好事并不难，难的是好事不得其所——被骗子骗了。善心里郁结成一个难解的结。

国庆节长假后的第一个工作日，上午下班后，我骑车行走在街道上，一个男人在街边的人行道上，一手牵着一个小女孩，一手向我招摇。我把车速慢了下来，扭头向他打量，发现他并不是我的熟人。这时，他已追了上来，一个女士也跟着他过来，他问：“你是不是本地人？”我没有正面回答他的问题，反问他：“我不认识你，你有什么事？”他说：“你看，真不好意思，我们坐火车，在车上，别人拎走了我们的包。这是我的小孩，这是我的老婆。”这时，他又招呼不远处的一个五十多岁模样的男人过来。“这是我们单位的老同志，他不好意思麻烦别人。我们从宁波过来想找到老同志的一个朋友，他从前在这里（宁波市北仑区）当海军。他的朋友搬到宁海去了。你看兄弟能不能帮助我们一下，我们已向单位打了电话，过几天钱就可以送过来。”那个老同志还把右脚从皮鞋中提了出来，给我看他那因奔波而磨出血的大脚趾头，一脸的落难相中还有几丝向陌生人求助而致的不好意思。有老有少，有男有女，人生最怕在外受难无人相助，我心里有几分相信他们。这时，一个青年从路的另一方走了过来。第一个向我打招呼的人向我介绍说：“这是我们单位分配没几年的大学生，更不好意思向人求助。”那位老同志把身份证递给我看，第一个向我打招呼的男子将其写在一个小纸条上给我：“南京市江浦县珠江镇城东路138号刘良”。我向他们审视了一会，心里思索了一下，问他们：“你们需要多少钱？”“兄弟能帮多少是多少，回头老同志刘良会在12号给你送来。”我从口袋里掏出钱包，拿出两百元钱递给第一个向我招呼的男子。男子接了钱，也可能是看到了我的钱包里还有钱，说：“你看，兄弟能不能多借给我们一些，我们又不是向你讨，我们会还给你的。我们这么多人，这几天我们两百元不够。”我顿了顿，心里有些不快，心想：单凭你说，我就把两百元钱给你，我已做好这两百元还不回来的准备了，你再向我借，我心不甘。就说：“我对你们是既相信又不相信，老实话，这钱从我钱包里出来，我就没有打算你们真的还我。”那人搬出小孩和妇女来软化我，并说：“兄弟，你要真不相信我们，这两百元钱你就拿回去。”结果是我又从口袋里掏了一百元钱，这样我的钱包里只留下了五十元的压袋钱——舍己岂敢全心全意，我还得留点钱晚上买菜呢。

12号，我的心一直在等待着一个电话，那位老同志刘良承诺打电话过来，并将向我借的三百元钱送来。我给他们留了地址和电话，我留的是对陌生人人性的希望。这一天，有人打电话来，但没有刘良的电话打来。我难道被骗了？被老同志、壮年人、青年人、妇女以及他们所张扬的小女孩的童心骗了？我不相信。

我丢失的不是三百元钞票，我丢失的是我对陌生人的信任。“他人就是地狱。”说得有理？

三百元钞票难道就击碎了我从小养成的善心？我仍不相信，我仍在等待。

我想证实一下我是否被骗，打给南京的114查刘良的电话，没有查到。我准备跟他们留下的地址所在地居委会和公安机关联系，看看刘良的本来面目——会不会是骗子利用一个假身份证来击穿我的心灵防线？

也许只有时间才能告诉我，在骗子眼中，我是一个“可爱”的傻子、呆子、苕、十三点……

“人们啊！我是爱你们的，你们可要当心呀！”曾经有人这样告诫我们。我们真的要当心，要当心……

（初刊于《中国经济时报》2000年11月11日）

市
利良

作者新语：

自己记得，许多年后还能张口就来的，“冬天过去了，雪却没有来过”这句话，绝对算一例。

自己洋洋得意的句子还有，比如：春天是我们合伙盼来的。

问天：雪花何时落我掌？

冬天过去了，雪却没有来过。

小时候，冬天的雪可是我们山里孩子的礼物——奶奶说是天上的王母娘娘给的！用稻草扎紧小棉鞋的腰，尽力地跳、跑而不会摔倒。冬日的早晨还可到村里的池塘上滑真的冰。这时谁也不去想语文课上的罗盛教救滑入冰窟的朝鲜小朋友的故事，更不会想到大人们的告诫以及呵责。三人一队、五人一组随大孩子组成两大阵营互掷雪团。真是开心极了。

再大点，识了更多的字，村里的一个地主身份的秀才成了我们的“家教”。我现在还记得，一次雪夜，火炕边，他教给我们这样一首唐诗：“绿蚁新醅酒，红泥小火炉。晚来天欲雪，能饮一杯无？”唐诗中的雪、酒仿佛被火炕里的火烤出来成了秀才的美餐似的，我也从秀才的惬意中体悟了几分唐诗的意境。后来，自己读到更多的书，一首毛泽东词常随雪而来：“北国风光，千里冰封，万里雪飘。望长城内外，惟余莽莽，大河上下，顿失滔滔。山舞银蛇，原驰蜡象，欲与天公试比高。”在伟人的胸襟里，我们一再重温雪的“国色天香”。现在也想逢雪读词，可机会难觅。新闻里说，北京为了呈现冬日气氛，用“人造雪”装扮景物。这大概和电视剧中的雪一样吧！看着像真的，实际却没有雪的味道——不过是雪的替代品。

炒菜忘了放盐，菜是什么味道？生活在没有雪的冬日里，让我联想到没有放盐的菜、没有爱情的人生。没有雪们的降临，在我的心里，冬天里少了一把火。这种感觉和我在火炉武汉问正宗武汉人对夏日高温的看法有异曲同工之妙：我们武汉人过夏，温度不到38度不过瘾。冬天不雪，夏日不酷，一年四季的轮回不过是一支没有高低起伏旋律的曲子。我们的耳朵虽然听到了，但是不舒服，也热情不起来。

冬天不太冷，又不下雪，可以叫冬天吗？至少“冬天到了，春天还会远吗”这句格言的哲理得减一半。

这个冬天过去了。我从现在开始期待，下一个冬天可否有场雪？我不禁问天。到那时，我，伸开手掌让雪花有缘分地落到我的手掌上。我对我三岁的儿子说：这是雪，仔细看，是六个角。

（初刊于《宁波晚报》2001年3月6日）

评论：

网友 yy

冬天的雪就是给你无限遐想，你不得不承认美无处不在，比如盐在菜里，也是个滋味。

网友西门吹雪

文章本身很美，就像一首歌《寂寞是如此美丽》，看了给人一种淡泊名利的感觉，就觉得世事如过眼云烟，而人的一生又是那么平凡，我们又何必再为名利而忙忙碌碌。就让我们认真地面对现实，好好地把握现在，去做一个平凡的人吧。

作者新语：

滚滚长江东逝水。

满天雾霾，一地鸡毛。

酸甜苦辣一起来

时光在不同的年代刻下不同的痕迹。就像70年代参加高考的“有志青年”回忆起高考大家都绾着同样的结一样，在跨世纪人们的心头也积攒着共同的话题，这就是求职。凭着这一话题，不管你掉到怎样陌生的人群之中，只要你嘴一张，就不难找到知音，你就不会寂寞，就像凭着《国际歌》的旋律可以找到无产者一样。因为，大家心里都藏着在改革的年代因新的求职方式而串联起来的人生的酸、甜、苦、辣。

本人求职上的酸甜苦辣是从80年代开始的。不过那时不叫求职，而叫分配。一切按计划来进行。当然也没有人才市场、劳动力市场。1986年从河南省电影技术学校毕业后，拿着派遣证到地区人事部门报到，然后我做的唯一的一件事就是等待。现在我当然知道那时除了等待还可以做点其他的事，诸如找关系走后门，这样“计划”的后果就会不一样。分级管理，层层推下，我接到通知到县里报到，然后是局，然后是电影公司。上班拿工资，开始时是每月51元，身份是国家二十四级干部。好在那时咱啥也不懂，再说《少林寺》等电影的火爆尚存余威，我的这份工作离好的工作单位如银行也没多大差别。人生求职糊涂始，人生的酸甜苦辣就这样在不知不觉中开始了。

山也转水也转，过了几年，我转到了武汉读起了研究生。这已是90年代了。

三年的求学时光转眼即逝，又到了求职的时候了。虽然“计划”还留着个“尾巴”，但我们不可能抓住“尾巴”不放，不能再等、靠、要了。我们就像李二嫂改嫁一样得“自己找婆家”。面临的困难类似于美国总统的竞选：一得筹措专项经费，二得准备材料自吹自擂。对于穷学生来说，这都有点知其不可为而为之的味道。没钱却得办有钱才能办的事，容易吗！北上京城，南下广州、深圳，东南有上海，量袋中之物力，结用人单位之欢心。面对洽谈，你得拿出“你们单位如果没有我的加盟那损失就大着呢”的“舍我其谁”的气概。类似于经典爱情表白“我是你的唯一，你是我的唯一”，虽然心里很清楚地球离了谁都会自转和公转。这时，如果经过几场正反教训后，你仍没有领悟到中国的谦虚是多么多么地无力的话，你的无用功还得继续。

记住，前行者留下的口号是“谦虚使人落后，骄傲使人进步”。送出一份材料你心里就多一份安慰。后，我知，送出的大部分材料，你花了不少银子复印的材料，其结局是随风而逝，命运不佳。进一次人才市场你还得交入场费。当然，如果你是学经济的，由此写出一篇“关于加强求职产业化的几点建议”的论文来，说不定赚了稿费，还赚了不少用人单位的“青睐”。现在求职，你得参加各种各样的考试——公务员考试、用人单位组织的自测题，你明知道世上有测不准定理，却不敢向用人单位阐明，让你欢喜让你忧。我就领教过两场这样的考试，结果是“多情却被无情恼”。有的用人单位还有高招——不花一分钱就可赚你的知识。你找上门，他们说，我们单位将要参加一场什么什么研讨会，需要一篇论文，题目是这样的……为了测试你的能力，你写一篇给我们看看，我们再定夺是否录用你。你满怀信心，结果是论文一去，“万事大吉”了。推说“领导还在研究”已是够尊重你的能力的了。本人就出过这方面的“苦力”——写过一篇有关企业文化的论文。

校园虽好，不是久留之地。求职是人生的一个过程。人注定要尝酸甜苦辣。对于每个个体来说，酸、甜、苦、辣的成分不一样，每人心头的滋味各不相同——如人饮水，冷暖自知。

人生各有各的一本账，自己清楚就行了。大家可以同一的是，花样年华由此终结。前面的路是条改革的路——改你的梦想，革你的个性。

作者新语：

一切历史都是当代史。模仿这句话得新句：一切过往都在当下。

“人似秋鸿来有信，事如春梦了无痕。”

嘿！大才子苏东坡骗人呀！历史也好，现实也好；男也好，女也好，谁的春梦了无痕了呢？把事和春梦相并列，还是不忘“事”哟！

一段青春留影

我的青春曾经有一大段给了电影。1986年8月至1993年9月，整七年还多一个月。

1984年，我考上了河南省电影技术学校。虽说是理科中专，但也不简单，毕业后可是国家二十四级干部。当时电影正火，别人一听说是电影技术学校就已开始羡慕起来了。其实，我们所学的电影技术是电影流通渠道（发行放映）上的功夫，这和张艺谋们拍电影搞艺术完全两样。从经济学的角度来看，拍电影和工厂制造时装、鞋帽没区别（这样说，并不是说电影非艺术），而我们所学是怎样推销时装、鞋帽，我后来当放映员就相当于一个站柜台的服务员。两年中专和电影结上了工作缘，毕业回到我的老家河南新县干起了电影。曾经当过影院副经理，管理机房，对电影更多一份了解。大家都知道盯着看银幕就可以看到喜剧或悲剧，但不知电影的原理何在。我在这里略表一二。视觉暂留，眼睛看物体，物体突然消失，但在眼中，物体并不随物而逝，而是会停留一段时间，1/24秒。电影放映其实是把一个个的影像分别放在银幕上，其间隔在1/24秒之内，这样，我们眼中的视觉暂留功能就将影像联动成活动的影。城市影院用的是35毫米放映机，机房里有两台座机轮流工作，一卷影片耗时大约8至10分钟。座机转换的信号，细心的观众可以在银幕右上角看到，当一卷影片快放完时，银幕右上方会出现一个白圆点（第一信号），这时，

另一座机启动，当出现第二信号时，切换，另一座机工作。很多人在农村看过露天电影，那多为16毫米放映机，只有一台，中间停顿，大家可以看到放映员装新片（16毫米一卷的长度大约是35毫米的3倍）。同样面对银幕，当观众和当放映员，其感觉是不一样的。放映员的感受大约和厨师面对佳肴相类似。以我的经验来看，有二味：一是有点乏味——熟悉的地方没风景。前年我到海南旅游，面对天涯海角海天一色，我问导游，感觉怎么样？我得到的回答是疑问句："我一年来此四十二趟，你说我能产生什么观感？"这和放映员放映十五场《少林寺》相通吧？二是遗珠之憾。电影放映员有两人，当座机放映时，放映员可以较轻松地坐在高椅子上看电影，但耳朵不能闲，要听机器运转影片走动的声音。当一卷放完后，你得装上另一卷影片，还有倒片等工作要做。银幕上的影像注定有一段你看不到。记得放映《红高粱》时，第一卷放完，是巩俐坐大花轿走高粱地，配唢呐声，我挺喜欢那热闹劲，但工作不能松，只好白白地让几个爷们在银幕上闹腾。我要是坐下来看，下面的戏大家就没得看了。印象深刻的还有1986年在焦作实习时放映《日出》。第一卷完时，陈白露正在台上唱大上海二三十年代的靡靡之音，挺温柔的，挺动听的，但我也只能放过不看，至今我心里还差那么一段。现在如果有人问我是否愿意一辈子放电影，我的回答肯定是"不"。但是，电影已在我心中叠积成情结。这不仅是因为我将生命中的一大段青春抛给了她，还因为放电影这一职业挺惬意的。当你工作时，还能享受，看着一幕幕喜剧悲剧在眼前上演，可以更多地体味人生。而当别人白天工作时，你可以什么也不做。后来，我走出电影院，不再当放映员给电影站柜台搞推销，于是我回到单纯的观众感受到纯粹的电影，渐渐习惯坐着静静地欣赏。再看银幕，我知道我曾经的同行正忙着。再后来，我很少去电影院了，但我知道我有段青春有股热情留在那里。现在，我仍不清楚电影给了我什么潜在的影响，不清楚后来我走上学文（从前学理）这条道是否跟电影有什么牵连。可以确定的是，我想找机会当票友玩一把票：再进入机房放上一场电影，不管是城市35毫米座机还是农村16毫米放映机，我都行。那技术，我还没忘——毕竟专业学习过两年，还有七年的操作经历，还有一张中级职称证书。

（初刊于《宁波日报》2001年10月18日）

作者新语：

我曾说，学写作的人，千万不要先去狂写旅游类的文章，因为那样容易类型化。翻翻我的少作，旅游文章，还是有的，不多。像某些人那样有那么高的热情去写景观说明加上一些小感触、小情怀的旅游文章，我还真不太理解。

千年空白酿成谜

没有任何史书（正史、野史、方志）记下何人何时何故在此动土；没有任何民间传说牵挂着此地36座石窟的星星点点。但历史并不是天空飘逝的白云，飘逝过就无从寻觅，历史总有蛛丝马迹做线索供人探究。20世纪六七十年代一个采药人山林穿行时的一脚踏空，一下子洞穿了很久很久历史的空白。此后，又经过三四十年的相对寂寞（相对于从前，洞里人迹渐渐增加），1999年，趁着旅游热的兴起，花山谜窟得到开发，开始吸引人们的眼球。清除了部分千年积累的洞内淤泥的花山谜窟，现已成为一个小磁场，吸引着好奇的人们前来问津。

花山谜窟位于新安江屯溪段下游南岸的连绵群山之中（安徽境内），据当地导游介绍，36座石窟分布在长达7公里的群山山肚里，各不相通。我们前去游览的有两个石窟，2号石窟和35号石窟（窟号为今人编排）。走进2号石窟，发现这里太像武侠小说中绿林好汉英雄集会的场所。同游中有人说这是本·拉登的藏身之所。转了2号转35号，在洞中游览，听导游介绍，游人们可在心头提炼揭开谜团的几个前提：一、这是古代官方所为。民间没有这么大的财力和能量。二、这是有计划有组织挖掘而成的。36个石窟，窟顶整齐漂亮的凿痕，洞内富有科学性的空间布局，不仅反映了当时人的气魄，也反映了当时的科技水平。在洞中穿行，我头脑里闪现

着这样几个假说：

一是屯兵说。战争一直是古代社会人们所崇尚的最硬的一个道理，深挖洞，广积粮，古代人在非战时期也时刻做着战争的准备。其依据是2号石窟洞口内侧壁处有一个半张脸大小的三角形，通过这一小孔，一只眼可以瞭望洞外的动静（当进洞口完全封闭时，它的作用就彰显出来了），这很像电影《地道战》中地道里留下的瞭望口一样。2号石窟还有一处大约10平方米的“房间”，其内壁烟熏所留的烟黑还黑在那里。听导游介绍，如果在此处点燃火把，火把燃烧的烟会流向“房间”纵横交错处的一个小圆洞。而其下方不远处又有一个向下凹陷的方池，池壁也呈黑色。较为令人信服的解释是，此处为军队锤炼兵器的兵工厂（叫打铁铺也可），上面锤炼铁器，火焰熏黑三面石壁；下面焠火，焠火形成的碳元素又染黑了方池的内壁。和瞭望口相联系，可以猜想石窟是用作军事，用来屯兵的？似乎有点道理。

二是陵墓说。中国古代重死重葬。视死如视生，尤其是大人物。像大家都知道的秦始皇陵、十三陵等都是这一传统观念下的产物。花山谜窟很有可能也是某个皇帝或大王或诸侯作为陵园而建的。民间有“生在苏州，死在柳州（据说棺木好），葬在徽州”的说法。这一说法给陵墓说加了几分可信度。可能当时出了些意外，于是在尚未建成时，因洞外的政局已变，建设大军较有计划地撤退。如果是这样，也可以解释为什么石窟内几乎没有发现什么其他的遗留物，只有几件破损的瓷器和油盏灯等物。瓷器上面写有“大房”“二房”等字样，经鉴定为唐宋时物。但据此并不能确定石窟为唐宋时所挖掘，因为前代的物品后人可带入洞中。

三是取石说。挖掘石洞是为了取石料。石材是古代建筑所用的主要建筑材料之一。可问题是，如果纯粹为取石，那么洞中的布局就没有必要这样科学合理安排。故单纯取石说很难成立。但古代挖掘石洞时，所取石料用于其他方面却是极其自然的。问题是，所取的石料到哪里去了呢？据测算，洞中所取石料，如果用来建造20厘米厚、1米宽的公路，可建500公里。这么多的石料没入历史却找不到去处，也算是一个谜吧！

四是外星说。这是游览时，同行的一个游人的大胆假说。如果外星人有且到过地球的话，那么花山谜窟是不是外星人所挖掘的呢？所取的石料是不是被用于建造埃及金字塔？许多科学家不是在找寻金字塔取石的石料场吗？此说虽极不合理，但因其大胆让人一惊，故录于此，聊备一格，与大家分享猜谜的快乐。

这说那说皆是假说。因为，没有人站出来拿着谜底与你应对。于是，花山谜窟总可在游人脑中长久萦绕。

挖洞，并不是简单地取走石料留下一个空洞即可，其所含的科学原理也令人惊诧。在35号石窟，在洞中拍手、说话皆无回音。这和洞中石壁的花纹以及一些十几厘米厚的柱立石片有着极强的吸声效果有关。35号石窟最低处比新安江水面还要低2米。现代石窟得定期用抽水机来排水，那么古代是怎样做到这一点的呢？在洞中的“走廊”的石壁上，所凿花纹在斜纹排列上加上几道横纹，其目的是防止石壁因风化坠落而株连周围，损失一大片。经千年，其花纹新鲜依旧，算不算一个奇迹？难怪同行的吉林小伙子爽快地说：谁说人越来越聪明，我真佩服古人的智慧。

花山谜窟除了留下谜也留下了奇。一奇是，在2号石窟，一处石壁风化成了天然壁画——可名之曰“秋色图”。图上有两处屋物，中间偏左有瀑布，右边秋色黄然灿然。我看还带了点抽象派的味道，毕竟没有画家工笔那样令人清楚明白。二奇是，一处有两池，一池可存水，一池可以不存水，两池相邻，古人是怎样做到这一点的？导游解释可不存水的原因在于古人利用了山内岩石间天然的缝隙，积来的水沿着缝隙沁入下层，直达新安江去了。不存水的池里古人可能存放粮食等物。这可从池壁上的化学成分分析推知。三奇是，35号石窟是随山的外表起伏而起伏的。这从声纳测定可知。问题是古人在洞中挖掘时怎样知道外面山体的起伏呢？导游介绍说，如果现在绘制出石窟建筑图，请现代建筑公司来承建，建筑公司也不知道怎样开口吃山。

36座石窟，现在大部分还在历史之中，淤泥依旧积于内，也许还有蝙蝠，2号石窟就发现了70厘米厚的蝙蝠粪便。正在清泥的24号石窟，大门口有24座立柱，每座石柱得四个人合抱才能合围，可承重2000至5000吨不等。（我们没有去。要去，还得走一个多小时）24号石窟比35号石窟大7倍，而我们走马观花过的2号和35号，也只是其中一部分，还有多少仍在淤泥之中？不知道。是不是每座石窟都直达新安江，还得再探究。

没有文学，没有太多文物，太多的空白和太长的历史空白就这样酿成了一个谜团——也许正因为是谜才酝酿出这么大的吸引力，就像有雾的黄山一样，更有灵性和魅力。

（初刊于《中国民航报》2002年1月13日）

作者新语：

还记得一首老诗：

我看星时，很近，我看人时，很远。

天空的星星像地上的人群一样拥挤，

地上的人们像天上的星星一样疏远。

屏幕前的人们

你离电影屏幕　　15 米
我离电影屏幕　　16 米
我离你　　　　　1 米
我听得见你对电影的解说
你听得见我对悲剧的叹息！

你离电视屏幕　　2 米
我离电视屏幕　　2 米
我无法由此探知
你我之间的距离
我不知你在哪个频道
你也无从知晓我沉湎于哪个连续剧里。

你离电脑屏幕　　半米
我离电脑屏幕　　半米

你我之间已没了空间距离
敲击键盘，说话、闲侃、网络游戏……
繁忙无比兮快乐无比！
但，我不知你是你
你不知我是我
甚至，你已不是你自己、尘世中的你自己
我也不是我自己、阿Q似的我自己！

评论：

网友怪歌 [xtywy]

呵，真的是有一种气势，在面对屏幕时，有这样的感悟，让我不得不佩服你的才思。

网友路同 [lutong_326]

屏幕前的你我，终于褪掉了尘世中的面具，不用在自己不喜欢的人面前强装笑颜，不用在领导面前装孙子，多好！

网友怪歌 [xtywy]

即使碰到领导，也可以称朋友，多好！（在现实生活中，谁敢乱讲啊，奖金、职务还是重要些，嘻嘻！！！！！！！！！）

作者新语：

语言要狠，立意要新，心态要平。我觉得写作要朝这个方向努力。

随意聊天，包括网聊，这三原则也管用的！

手上拿着气球，没有气可不行

上邪三次狼网上谈话录之一

Fllaagg606：呵呵，刚才你找我？

上邪三次狼：对了。我建议你起个笔名。好认。

Fllaagg606：哈哈，算了，我不需要这样的符号啊！写帖就是写帖。既然我写的帖好看，那就看帖，又何必在乎是谁写的呢？

上邪三次狼：冬天头上戴的帽子除了防寒外，如果好看不是更好吗？

Fllaagg606：haha，冷暖自知，鬼知道戴漂亮帽子的人是不是感到冷哦！你说呢？

上邪三次狼：说话不一样，一定是高人。为城市杂文写些稿子，如何？

Fllaagg606：那要看我有没有感觉。写东西并不是能写就写的。我不是职业作家，没必要卖弄文采，想写就写，不写拉倒，你说是吧！

上邪三次狼：不错。是性情中人。写文章就得是这样的。

Fllaagg606：呵呵，您老人家感觉也不错啊！刚刚拜读了你不少大作。不知全是你自己写的，还是有转帖的？

上邪三次狼：后一句，我可不爱听！什么叫转的？我的文章可是在传统媒体上见过世面的。

Fllaagg606：呵呵，所以说你的文章少一种气度，未入化境。

上邪三次狼：原因何在，请问？

Fllaagg606：人文关怀不够。没有站在高处俯看的感觉。建议修一下《金刚经》。

上邪三次狼：拿出你的文章来，让我看看高低。《金刚经》并不是人生必修课吧！

Fllaagg606：呵呵，就当我眼高手低吧！有气就写不出好文。您老消消气。

上邪三次狼：我手里拿着一个气球，没有气可不行。

Fllaagg606：哈哈。有说法。老兄辩才了得，我佩服。

上邪三次狼：就你这一下子，气球里的气跑了。

Fllaagg606：跑了不是很好吗？有气不好的。BBS是个随便写帖的地方，没有很多讲究。你说呢？

上邪三次狼：不过，人生是真的需要气的。真气、假气、正气、歪气……一样来一点，人生才有味道的。

Fllaagg606：我说没气终是假，百味人生才是真。老兄也算性情中人。

上邪三次狼：找点时间找点空间找点气，也好。

Fllaagg606：呵呵，只要生的不是闲气也就是了。那可伤身兼小心眼啊！

上邪三次狼：你在杭州每天只是坐在西湖边上吗？

Fllaagg606：呵呵。不工作有饭吃吗？读书的时候已经看多西湖了，再看人就没气度了。我的帖写完了，也发了，自己去看看。不过是发在“人在旅途”。

上邪三次狼：有气即你所说的大气在文中。但是文章有点空。

Fllaagg606：呵呵。看看题目，写的是心境啊！空即是色，色即是空啊！

上邪三次狼：解释得好。

Fllaagg606：不是解释，是写帖时的初衷。难道旅游留下照片就算好？呵呵。

上邪三次狼：一只小鸟从天空飞过，什么也没有留下。你要做的就是那只小鸟？

评论：

网友怪歌 [xtywy]
精彩的人生对决使人想起《赤壁赋》来。
其实老兄是有气度的人，才会大事小看，小事大举，硬要挤出一条路来。
手上拿着气球没有气可不行，但气太足会爆的。
经典，经典！

网友芷萍 [zhiping]
看来的感觉如两个悟者的斗法，呵呵！

网友灰色前奏 [huier]
有点像佛家的打机锋哦。

作者新语：

那时，网聊还有点认真，事后，我整理一下投稿出去，还有杂志(《东方青年》)刊用了。还记得，稿费是一百元。

大哥哥劝小妹妹减肥

上邪三次狼网上谈话录之二

上邪三次狼：减肥进行时喝水没有关系，小妹妹。

圆脸小妹妹：大哥哥，我没有要减肥嘞。

上邪三次狼：小妹妹，你没减肥，那腰围一定是三丈三嘞！

圆脸小妹妹：是！

上邪三次狼：好。那，你男友可得用根长长的绳子才能和你成功拥抱了。

圆脸小妹妹：那是！

上邪三次狼：做你的男友，除了需要爱情外还得有力量，真不容易。他一定是个举重冠军吧！代我向他致以真诚的敬意。小妹妹！

圆脸小妹妹：谢谢！我会转告的。

上邪三次狼：小妹妹好。不减肥我也没意见。

圆脸小妹妹：我没想着要减，虽然口头常常呐喊。

上邪三次狼：不用减了。昨天我在北京见到四丈五腰围的女孩从王府井成批走过。你马上就要到北京去了，绝对不必为减肥而去操心。相反，你要做的是，想法加上重量和宽度。这样才会和北京的女孩看齐。小妹妹。

圆脸小妹妹：555555……

上邪三次狼：不要哭了，小妹妹，跟我说：“茄子。”不就好了吗？

圆脸小妹妹：No！

圆脸小妹妹：大哥哥好。

上邪三次狼：好，小妹妹。风沙没有打着你的头吧？要是打着了，也好，可以自然减肥。

圆脸小妹妹：5555……打是打着了，但也没瘦咯。

上邪三次狼：打着不好，没瘦也不好。下次打着时说一下，我要摸一下，就好了。没有瘦吧，就得你少吃点。我就不给你零花钱了。

圆脸小妹妹：零花钱没了能不给么：）？我不买东西吃，买书可以吧？

上邪三次狼：买书也是小人书。没有意思。

圆脸小妹妹：开发智力的呀。

上邪三次狼：早熟不好，容易早恋。早恋不好，容易忘了大哥哥。忘了大哥哥不好，过马路时没有人牵你的手，你会害怕的。

圆脸小妹妹：智力和情商该不是同一概念哦。

上邪三次狼：你所述的智力题就是你情商高了一点的情况下做出的判断。

圆脸小妹妹：被你搅和了。

上邪三次狼：搅和什么，小妹妹？

圆脸小妹妹：迷糊了，不知道你在说什么咧！

上邪三次狼：是不是男朋友刚离开你，你还没有从迷糊中走出来呢？

圆脸小妹妹：离开我什么？嘿嘿！

上邪三次狼：你身边。

圆脸小妹妹：现在没。

上邪三次狼：还没有被你现在的胖吓跑？

圆脸小妹妹：5555……你别打击我，大哥哥！

上邪三次狼：不打了，不打了，小妹妹，我拍拍就行了。

圆脸小妹妹：我天天都胖！

上邪三次狼：不要哭了，天已经在下雨，你就不要为抗旱作贡献啦！

圆脸小妹妹：没有，北京没下雨。

圆脸小妹妹：大哥哥，你在家乡也好吧？

上邪三次狼：还好，我除了担心你一直胖下去以外，都挺好的。

圆脸小妹妹：别担心，胖是胖点，但还不极端的。

上邪三次狼：听话，以后可得少吃点，小妹妹。别人吃饭一次吃两斤肉，你半斤就行啦！

圆脸小妹妹：可是我基本上只吃半两啊！

上邪三次狼：我是说一顿，不是说一口，小妹妹。

圆脸小妹妹：我没听清楚，对不起哦。

上邪三次狼：学习可好？向我说说进展情况，大哥哥不放心，怕你玩多了。老是看男生不好，一天只看5个小时30分钟就行了。记住，不要拿街上的男生和你的男友相比，你会生气的。

圆脸小妹妹：北京的风沙太大了，想看男生也看不了！那5个小时30分钟都分给读书、听音乐、上网、吃饭了。

上邪三次狼：那我就放心了。你把5个小时30分钟拿来乱想我也管不着。小妹妹长大啦，管起来会管成仇的，大哥哥可不傻。

圆脸小妹妹：呵呵……大哥哥放心，还剩下点时间我想男朋友了。

上邪三次狼：那，大哥哥就只好到爪哇国凉快凉快去了。

圆脸小妹妹：呼呼……

上邪三次狼：什么意思？我不明白。说，小妹妹。

圆脸小妹妹：蘑菇般的笑容。

上邪三次狼：好，笑时不要让鼻涕落到地上了。

圆脸小妹妹：那落到哪里呢？

上邪三次狼：落到嘴巴前方，把头仰起来就行了。仰高点，没人看见。落到地上，我知道北京这地方，卫生管理员可会罚款的。

圆脸小妹妹：恶心死咧！

上邪三次狼：不要生气，小妹妹。

圆脸小妹妹：有点生气的。

上邪三次狼：你不要按我说的办就行了。

圆脸小妹妹：我就没想过要按你说的办……

上邪三次狼：我知道你的情商不是只用在男友身上。

圆脸小妹妹：那当然，人处世上也需要情商健全的。

上邪三次狼：学习进展如何？说来，大哥哥要听。

圆脸小妹妹：还好的。

（初刊于《东方青年》2002年第8期）

作者新语：

那时，怎么把那么多的精力放在网上穷聊呢？

网络时代，每出一新技术就有一波闲聊的激情相伴，随后又沉没下去？

女文科生资格考试

上邪三次狼网上谈话录之三

上邪三次狼：你好，请问徐风西来是你的本名吗？

徐风　西来：不是呀！

上邪三次狼：好像你是学理的？

徐风　西来：我？学理？哈哈哈……不会吧……我这辈子最讨厌的就是理科了。我当然是学文的呀！不折不扣的文科生。

上邪三次狼：那，我可得考考你了。

徐风　西来：倒……不是吧？我还只是高一学生，不要出太难的呀！

上邪三次狼：先考察一下你是不是弱智。集中注意力听好题啦！请问一加一等于几？

徐风　西来：二——好弱智的问题哦！

上邪三次狼：通过。难度加大。听好题啦！《伤逝》是谁的作品？

徐风　西来：鲁迅呀！

上邪三次狼：加十分。请问小说里主人公的姓名？

徐风　西来：好像是涓生和子君吧！

上邪三次狼：请问，我们按照交通规则靠右行，那为什么左边也有人呢？

徐风　西来：是规定右行没有错呀！可是左边为什么就不能有人呢？答案是：那些人是相对我们而行的。

上邪三次狼：对啦！再加十分。请问“床前明月光”的“床”指的是什么？

徐风　西来：就是床呀，难不成是“窗”的通假字？——如果真是这样——我就要吐血了……

上邪三次狼：不对。查一下资料吧！

徐风　西来：小学时，老师就是这样教的呀！

上邪三次狼：你小学没毕业，水平没有达到。另外说一句，你的小学老师也是个充数的老师。

徐风　西来：那你说是什么意思？

上邪三次狼：请问，树上有十只鸟，有人打了一只，树上还有几只？

徐风　西来：没有了，地上还有一只。不过法律有规定：禁止打鸟——在城市里——不过你也没有说是在城市里——就不和你计较了。

上邪三次狼：不对，树上还有十只。九只在想，那个人的最后一颗子弹打出来了，我们没有必要飞走啦！打中的那只没有掉下来而是挂在树枝上了。

上邪三次狼：鱼是怎样学会游泳的？

徐风　西来：它妈妈教的。——如果按照你刚刚回答问题的逻辑来看，我觉得你应该是属于幼稚园的水平！

上邪三次狼：一年有三春，对不对？

徐风　西来：阳春三月——不意味着有三春——如果你要把早春、暮春之类的算进去的话。

上邪三次狼：三春问题答对了。加十分。

徐风　西来：倒……文科生要考这些问题的吗？哎呀呀……还好还好！

上邪三次狼：我是文科生的考官，考题出杂一点好。

徐风　西来：还好我平时喜欢读杂书。

上邪三次狼：杂，现在更杂了。听好题目啦！请问，在行进中，是自行车的前轮跑得快还是后轮？

徐风　西来：前轮——无论怎样跑，前轮始终是在后轮前面。即使是后轮的速度快——总是谁在前面谁就跑得快的。

上邪三次狼：聪明，前轮跑得快。那为什么后轮没有掉队呢？

徐风　西来：因为同一条轴将它们拴在了一起，要是会掉你敢骑这样的车？

上邪三次狼：有点道理，加十分。

徐风　西来：这个不是有点道理，是很有道理……人类无论发明什么东西，都是本着为人服务这一最基本的原则的。

上邪三次狼：请问，天上飞的一定是鸟吗？

徐风　西来：飞机也可以飞呀！什么东西不能飞呀，只要坐上飞机。

上邪三次狼：请问，是谁说“坐地日行八万里”？

徐风　西来：这个，好像是毛泽东的诗。不过谁都可以这样——地球每天都在自转。

上邪三次狼：请问，我现在有点事，考试能否暂停？

徐风　西来：好的，所谓兵来将挡——不怕你什么时候再考。

上邪三次狼：听好啦，今天最后一个问题，徐风西来是不是你所见过的最漂亮的女生？

徐风　西来：咕咚……照照镜子——不是。

上邪三次狼：加十分，在你的聪明记分牌上加十分。

徐风　西来：倒……老师呀，这个问题和我的智商有什么关系呀？

上邪三次狼：第一，你知道通过照镜子来衡量；第二，你知道谦虚谦虚；第三，你知道今后的努力方向：不是最漂亮的，今后要多买化妆品。

徐风　西来：错了！女生的美丽不是靠化妆品化出来的！女生的美丽来源于自信和自己独有的优点。

上邪三次狼：我怎么看不到化妆品商店关门呢？

徐风　西来：那是因为很多女性没有意识到这一点：化妆品只会带来心灵上的安慰，并不能带来真正的美丽——女性的美丽来自于内心——气质、学识、自信，这样的美丽才是不会褪色的。

上邪三次狼：再加二十分。

徐风　西来：不过我想现在的新新人类已经意识到了化妆品店是肯定不会关门

的——还是有它存在的必要的。

上邪三次狼：怎么又说不关门？是不是你说了你的道理后，关上电脑转身就去化妆品店呢？

徐风　西来：因为还是有相信化妆品的女性呀！但是我肯定不是这样的女生。

上邪三次狼：记住，如果哪一天用上化妆品了，那一定是你碰到了一个男生，你喜欢的。老师今天考了你，总得教你一点知识。

徐风　西来：那可未必——我喜欢他但是没有必要用一大堆的化妆品来装扮自己——如果是这样，我干脆买一大堆的化妆品给他——他喜欢让他在他自己脸上涂。

上邪三次狼：事非经过不知味。你记住老师今天说的就是了。有些问题，你现在还理解不了。但你要记住。否则我这个老师可要下岗了。

徐风　西来：嘻嘻！这个老师还教别人怎样谈恋爱……呵呵，不错不错……

上邪三次狼：人生必修课，总得有人教的。

徐风　西来：说得不错。你是教高中的还是教初中的呀？

上邪三次狼：我既不是教高中的，也不是教初中的，我是你现在的专职老师。我现在宣布，下课了，徐风西来同学，起立。

评论：

网友徐扬水 [nnszlx]

上邪三次狼，你小学没毕业，水平没有达到，另外说一句，你的小学老师也是个充数的老师。

网友怪歌 [xtywy]

这里面的故事看来很多了，可不可以产生续集？

网友路同 [lutong_326]

有意思，不过我一直以为徐风西来这名该是个男的，真不能以名取性。

网友徐扬水 [nnszlx]
怎么那么多的人认为这是个男生呢？
看来这个女生要改名了。

网友云茉 [qiaoli]
名字不过是代号，有什么好惊奇的。

网友潇潇情冲 [hans]
呵……真是个平易近人的好老师！启发式教育，循循善诱，还教学生怎样谈恋爱……老师啊，啥时也来教教俺咋谈恋爱？您可要记住，现在的学生可不是那么好教的哟！

网友沈辟君 [smy424]
我现在最关心的是你什么时候上第二堂课？

作者新语：

这样的文章也写，还有地方登出来？

不做无益之事，何以遣有涯之生？

我不下象棋好多年矣！

狼猴相会

虽然人是从动物进化而来，但人毕竟难忘旧日进化时光。上网一看，以动物来命名的网虫可真是不少。当然，我也在其中。上邪三次狼。几乎不用判断，就已知道这一定是个男子——至于现实中是不是一个真的男子，另当别论。真实世界和虚拟网络是两个天地。

周日，上网的黄金时间。进入263，步入楚河汉界，进入象棋王国。点击“新开一桌”，等待对手。点击“开始”，这次和我对垒的是“聪明的小猴”，也是“动物世界”的“成员”。我下象棋水平虽不高，但还较专心，不怎么习惯和对手开聊。但“聪明的小猴”挺活泼，耍猴性，发话过来：“狼不好，猴子好。”狼没有反应，猴继续：“你是一只坏狼？你怎么不说话？”“我是一只聪明的小猴。”“猴子比狼敏捷。双手攀缘。狼可不行。”狼不开口也就罢了，一开口就显狼性：“猴子没有双手，它有四条撑地的东西，但那不能叫手，那叫四肢。”“你真的是条坏狼！”“猴子还没有进化到人，有四肢没有双手……”几个回合下来，我从“聪明的小猴”细碎的文字中嗅出味来(这和我平日的训练有关)：“你是一只女猴！”“谁说的，我怎么是个女猴？”“这口气更像了！”“聪明的小猴”发出甜蜜的妥协：“哈哈哈哈哈哈哈哈。”一连八个“哈”实实在在证明我是一条狼狼，

"来了个写真。""你坏!""我放不过你!""快讨饶吧!看我发不发慈悲饶你不死……"聊不停，棋也不停。但是在小猴的唠叨之中，我输了第一盘棋。从输中，我已明白这女猴水平比我低。第二盘，我轻松取胜。不管在现实世界中还是在网络中，下象棋难得碰到个女的，今日得此机会，我绝不轻言放弃。下到第三盘，小猴下了步明显的臭棋，马上又要求悔棋。狼也有绅士风度，看清"同意"，点击"确定"。"狼心真好!"小猴打个甜果子过来。来而不往非礼也，我也从心里掏个好果子抛过去："小猴聪明且慧!"就这样，狼猴间串联着一股甜蜜的通道。不幸的是，我在大好形势下却被对手吃了一车。好在局面尚可支撑。下到残局时，对手占了上风，但是我可以来回走那几步重复的路，对手也没有什么办法。看来要和。小猴打出"和"的条件。我心一硬："不和。""你要赖!""我不和你下了!""我要走了!"我明知道这是一个女猴的惯招，但心一软就自毁长城——点击"认输"。再摆下一盘。下完四盘棋，还没等我反应过来，小猴一声招呼："我走了。"就从网络中消失了。

后来也还进过263的象棋世界，还刻意找过"聪明的小猴"。没找到。"我走了"的招呼意味着永远？我想起了徐志摩的诗：轻轻的我走了，正如我轻轻的来……不带走一片云彩。

世上的美好都是如此，短暂且不堪把握？不管是诗人的云彩还是网上的女猴。

（初刊于《观察与思考》2002年第4期）

作者新语：

与其说“请从网上搜我”，不如说“我在网上搜我自己”。是的，时不时我就键入自己的姓名查查自己是否有新文章发表——请大家宽容一下非著名作家们在网络时代的一点小毛病吧！

请从网上搜我

开始在纸上涂写可以发表文字的时候，网络还在我的视线之外，就像一粒种子刚从泥土里探出头来尚不被粗心的人儿所知一样。随着涂鸦和随之而来的稿费不断提升，网络也在长大，仿佛突然间，就到了“美眉”长大到十八岁，引人眼球转动的魅力一下子大到你有点身不由己的程度。于是，我的文字也被从传统报刊粘贴到了网络上。

第一次在网络上发现自己的文字，当然更重要的还有自己的姓名，绝对比自己当初在传统报纸上发表文字要兴奋得多。那是1999年，上个世纪，我在南方一家报刊《投资导报》上发表了一篇文章，收到稿费却收不到样报。写作为钱也为名呀！我急着想找到是哪篇大作发表，于是上网搜。当时，摸着石头过河，在网上找到了《投资导报》，终于找到了我的名字和我的文字——《家庭股份公司》。这是我第一次发现自己在网上“扬名”。

有了初一，就有初二、初三，自此以后，在网上发现自己文字的次数多了。有时，遇到朋友，朋友可能会说：“我在‘新语丝’（新语丝电子文库）上发现了你。”“你写的股市文章被某某网站粘上了。”这时，除了喜悦外，还有著作权的自觉——他们怎么不给我稿费呀？法律上可规定得给的呀！我在网上敲入自己的名字，搜索到自己的文字，发现南方一家图书馆用了我的几篇书评，于是发E-mail过去讨要稿费，但对方要我提供证据，我嫌烦，没有回应，不了了之，算是我为中国网络发展作的一点贡献吧！有了经验，我不时会搜搜自己。有时会遇到一份意外的惊喜，如发现我的文章被pythia（苜蓿@微不足道）发到BBS水木清华站，而且还是精华区。有时上网浏览传统媒体办的网站，会突然间发现上个星期投的稿子被用了，提前兑现喜悦，喜悦升值了。

网上搜我，有时发现非我。我在《检察日报》上发表过文章，爱文及报，我有时会跑到《检察日报》的网站去看看，敲入自己的大名，有时会及时发现自己的文章见报；但有时，却搜出非我写就的文章。我不知是报社编辑张冠李戴，还是网络的错。不过，那篇文章是一首小诗，我可借机做了一回诗人。其诗名为“又是春天”。全诗为：“春去／春又来／春天是一把具有魔力的伞／没打开时是白色的／慢慢地打开／色彩也在慢慢地变绿／经过一次漫长的旅行／在冰雪的坎坷中／唱着激昂的行进曲／在细雨中／用泪滴般的真诚／与大地亲昵／春天／人们以各种各样的方式／向秋天许下诺言。”

离开校园几年，同学天各一方，但总有见面的。这天，我的一位又跑回大学求学的同学打电话过来续缘。接上，空间距离挺近，邀到我家里来，谈起几年来各自的变化，各有一点沧桑感。我说，如果有兴趣，可以用我的姓名在网上搜我，你会发现我的一些文字。怎么说笔下的文字都从我的脑海里淌过，多少带着我灵魂的一点信息，可以算是网络时代的亲密接触吧！

作者新语：

这世界变化快，连自己的伊妹儿信箱也换了好几回了。

我有三个妹妹

“你究竟有几个好妹妹？” 如果你这样一语相询问我，我可以回答：我有三个妹妹。至于妹妹好不好，我这里先按下不表。

谁都知道，什么都有个先后。我的三个妹妹自然也有先来后到的。在我买电脑前，我只有两个妹妹，一个大妹，一个小妹。人多一妹就会多一份烦恼。可不是吗？单为两个妹妹的大小排名就费我好一番思量，耗费了我一点情商呢。你要知道，我可不是个笨人，我有一串文凭，除了幼儿园和博士文凭外，其他的我都有，有这样一串文凭的人在全国范围内恐怕也是寥若晨星的。而且我的文凭可不是按电线杆上的“办证请打传呼 1234567”广告指示暗中买到的，也不是走进修、函授之类的学习捷径“正大光明”拿到的，我的证都是真的。现在想一想，耗费情商搞排名，大材小用，有点不划算。但既然情商耗费已成事实，我也只好算了，大人物不也做错事吗？再说，刀越磨越快，情商越用越高。我发誓不吃后悔药。你想，吃了后悔药管什么用呢？药效不高，而且是药三分毒，不利身心健康。不扯那么远了，还是说我大妹、小妹的排名吧。163 算大妹，263 算小妹。你看看，数字出来了，你应该明白了，我耗费情商有点道理吧！作为数来说，163 在前应为大，263 在后应为小；可作为数量来说，263 比 163 大了整整 100，还不能为大吗？到底谁大谁小，这是个问题！

最终排名 163 为大就体现了我的情商非同小可。《易经》曰："无生一，一生二。"我想，"63"都是一模一样，区别在 1 和 2，再按古圣贤留下的"一生二"的《易经》大道理，定 163 为大妹真是"众望所归"。说了这番道理，你现在应该有点明白我不是个笨人了吧！我的一串文凭你不用要正本验明真假了吧！

我有三个妹妹。说了大妹、小妹，还剩一个妹妹。最后说的这个妹妹是我的亲妹妹，这个亲妹妹是我从电信局买回来的，花了我 100 元大钞的。这个场合说钱有点俗，不上档次，没格调，但既然说漏了嘴，好马不回头，我就顺嘴说下去得了。透过钱眼看，我还是觉得大妹、小妹好，因为她们俩都是免费的，虽然当初在网上申请时，我花了时间填了一些表，但我可没花一分钱。不花钱能办事，你能不说好吗？啊，忘了告诉你，大妹、小妹是同胞胎，共同的名字有一个，那就是免费伊妹儿，翻译成洋文就是 free E-mail。

说大妹、小妹好，还有一个原因，我和大妹、小妹联系多，交往时间又长，日久生情是自然的。通过大妹、小妹的沟通，我的好几篇文章在远方的报纸上发表了。算起功勋来，有我的一半也有妹的一半。这可是我从前没有过的，是我招领免费妹妹后的新气象。见到样报、拿到稿费时那个喜呀那个乐呀，我得意忘形了好几秒钟（趁没人时）。陕西远吧，嘿嘿！《陕西日报》上面登了我的《都是观念惹的祸》；《检察日报》威风吧，上面有我的《钱是我的胆》。大妹、小妹有此相助之举，我能不说她们好？作为妹妹，她们当然也有耍脾气的权利。记得某日，我要上网发送文章，大妹不开门，小妹也不开门。站点临时关闭，怎么叫"芝麻开门"也没用。不过这只是短时间的。时间一长，别说我不乐意，好多人都不乐意。你说，谁喜欢别人老是耍脾气？

总而言之，我觉得大妹、小妹好。亲妹妹还说不上好，我很少联系，当初是买来的，用她传传信传、传情还要另收费。我不乐意，故我也不多去打扰她，让她清闲自在。大妹、小妹好，有事可托付。春节远方一友人的新春问候也是她们传递给我的。和我相识的老朋友以及在我生命中注定要与我有缘的人儿若要与我联系，不妨通过我的大妹和小妹。我已与大妹、小妹说好，今后有劳她们多多操心。话说到此，我这里得将我大妹、小妹的芳名道出。大妹：guangzhihan@163.net。小妹：han.gz@263.net。

我有三个妹妹。说了半天，该你说了，你有几个好妹妹？

有妹可是时尚哟！

（初刊于《中国交通报》2000 年 5 月 17 日）

作者新语：

纯属胡闹。

不过，网上如此请客，煞有介事，闹得趣味盎然，其实也是挺好的，现在我自己回看，还觉得挺好。

网上请客吃饭

不慷慨大方，在网上也不会请客的。我算一个大方之人，设宴邀朋，不时在网上请客。这不，昨夜就请了一回。

我在一个网站的“感悟人生”栏目当副版主，大小是个官，除了文字工作外，还得处理网际关系。昨天，一位网友牛先生揭发另一网友路同抄袭。这可是个大问题。后，我前往调查，发现路同先生在文末已注明“这是我读书时朗诵过的一首诗，不小心翻出来，给大家看看”。由此判断，路同先生并未言这是他的作品，拥有版权，故不能判定其抄袭。我和路同先生在BBS上沟通了一下，化解其心中郁结，并忠告，以后不要转别人的作品了，最好用自己的文章传自己的心声。情况已明，我这个当“官”的就得有所表示，按尘世的规则，我想到了请客，化解网友之间的不快。发一帖上网：“建议牛先生回一个帖，建议路同也回一个帖。让‘揭发’和‘严重抗议’在阳光下随流水而去。我们大家都是朋友。因为我们大家都是好人。店小二快上酒上菜，兄弟们要喝酒。妹妹们也不要呆站着，快吃菜！”版主潇潇情冲马上赶来，说：“对！对！对！狼先生说得对！喝茶……喝茶……喝茶……店小二……上茶！”客人来了，一网友徐扬水过来，说：“这个？狗狗……大家是不是有误会呀！不要那么冲动嘛……大家好好坐下来，我请喝茶——用江湖人士的方法解决！哈哈哈！狗狗，记得回帖给人家路同先生哦，大家把误会讲清楚就没有事了嘛。 听话哦……”我没闹清“狗狗”是什么，另一副版主怪歌已下筷吃起来了。吃得高兴，发大话：“不打不相识，过两天一起到武当山来做客，我包车，你们把我捎上，包吃住，条件不高，住个五星、喝两瓶五粮液就行了。”热闹之中也有不同的声音，一网友段去尘前来正言道：“一堆和稀泥的，没有公正性。” 我马上声明：“我们对原则性问题会有硬的对策和态度的！”

这顿吃，我猜测，版主潇潇情冲可能觉得不过瘾。这边还没散席，她那边就新发一帖重开宴：“来，来，来……哥们姐们，响应狼板斧的号召，小青葱（版主潇潇情冲的闺名，叫起来挺亲切）今天请大家吃重庆火锅，消消气。瞅瞅……沈板斧吃得多香！” 路同先生也来了，很高兴：“爽啊！老板，再来一提啤酒！”我不会错过吃喝的机会的，赶来一看，潇潇情冲还请了一个红衣女郎上网，正坐着吃菜。我上顿喝了不少酒，还没全醒，不免露出见到红色就冲过去的牛郎本性。“我喜欢红衣少女。有请各位吃了喝了以后快走开，我和红衣天使有个约会。”版主可能怕我犯作风错误，她说：“什么？什么？什么？大板斧可不许近水楼台先得月哦……”路同先生怕我吃不了兜着走，关心一片，说：“狼先生，四川妹子可辣哦，小心小心，越红越厉害！”来的女客也放松了，想不到公然提出下面这非分的要求。网友徐扬水说：“没有帅哥……555……，小青葱！我要帅哥陪我……听到没有？我要帅哥我要帅哥我要帅哥我要帅哥我要帅哥我要帅哥我要我要帅哥我要帅哥我要帅哥帅哥我要帅哥我要帅哥我要帅哥我要帅哥我要帅哥我要帅哥我要帅哥我要帅哥……”请客容易待客难，版主潇潇情冲有点伤脑筋，忙说：“您老人家还要帅哥陪啊？？？帅哥没有！摔哥倒是有两个：） ”徐扬水生气了，说：“严重抗议，重男轻女！男生有PLMM（漂亮妹妹）陪，而我这样一个老人家——好歹也是小青葱你的前辈呀——居然找两个摔哥！抗议！抗议！这样不尊重老人的做法！”潇潇情冲从容应对：“哈哈！您老人家想找PLGG（漂亮哥哥）吗？诺，http://www.libertytimes.com.tw/2001/new/may/31/life/0117p/33-0531.jpg ”我上去查了查，真的是个PLGG，正滑着滑板呢！

路同同志也是位好同志，吃了我们的，也想着回请。路同说：“多谢各位对路同的关心。牛先生与我的事引起了大家的极大关注，但经过调查，发现是个小小的

误会。在此，路同向各位表示感谢，同时也对牛先生对文学的认真表示敬佩，希望我们通过原文化城能成为文学上的朋友。今晚我请客，各位不见不散！” 版主哼着她自己的歌谣“左三圈，右三圈，脖子扭扭，屁股扭扭，上网就不会累……”一路小跑着过来了：“小青葱一定赴宴！嘿嘿……” 那红衣女郎不理我。也好，不会耽误我喝酒。心中有情要发，我一上来就拿出一副李白的架子，端起酒杯就唱道：“喝酒。金樽清酒斗十千。”版主潇潇情冲接应：“喝酒，玉盘珍馐直万钱……”李白过后是曹操。潇潇情冲站起来说：“对酒当歌，人生几何！譬如朝露，去日苦多。慨当以慷，忧思难忘。何以解忧？唯有杜康。青青子衿，悠悠我心。但为君故，沉吟至今。呦呦鹿鸣，食野之苹。我有嘉宾，鼓瑟吹笙。明明如月，何时可掇？忧从中来，不可断绝。 越陌度阡，枉用相存。契阔谈宴，心念旧恩。月明星稀，乌鹊南飞。绕树三匝，何枝可依？山不厌高，海不厌深。周公吐哺，天下归心。” 一位朋友泗儿可能吃得不过瘾，说：“笨笨，这有什么好奇怪的，这种不花钱张嘴就可干的请客事件，当然是人人乐干的 。要不要姐姐请你们吃鲍鱼？（哎呀，不要打我啊，俺不就是那么随口一说么？ 555……）”趁着热闹，副版主怪歌大声说：“老板，加两包烟。”

唉！想不到，网上吃喝也易成风。

（初刊于《金华日报》）

评论：

网友路同 [lutong_326]

没办法，据我了解，我和小青葱的地理位置较近，真正的请客吃饭或许有可能，其余的各位朋友只好在网上请了。虽闻不到酒香和饭菜香，但可以体会到友情的香味，绝不是说说而已。

网友沈辟君 [smy424]

我都已经闻到菜香了。

口水……

网友潇潇情冲［hans］

哈哈！狼兄真是个见到红色就冲动的牛脾气。当了“官”就更不得了了，简直就是个牛魔王！

什么“红衣女郎”、什么“闺名”……还在耿耿于怀。

不过……不过，狼兄的这篇帖子读起来也确实让人轻松、愉快。

网友怪歌［xtywy］

革命不是请客吃饭，而是请客喝酒。如果能多请几次，我不但吃，而且能吃。

网友如烟轻飘［liaomin85］

55555555……大家都吃大餐了，现在散席了，我连水也没喝上一杯。上面的大哥哥们，下次有吃的可以叫小妹一声吧，我现在可是又渴又饿了——哇哇……

网友：随缘100［suiyuan］

请客怎么也不发张帖子？

作者新语：

回看，这段片语仍值得品味。不过，文章就只是文章，杂文也就只是杂文，不是法庭，不是判决书。

第3辑

塑料刺儿为善良者壮胆

杂文不过是一个个塑料做的刺儿，不管怎样像模像样，都不会刺出真的血来。我认为，它的作用有二：像个稻草人，风吹来时会吓吓一些胆小的雀儿，这是作用一。作用二是，杂文更多的是为善良者壮胆。我在尘世上走，做个善良者真是好，坦荡荡像长江水。

作者新语：

那时，有激情写杂文，写着写着，写杂文的激情日渐稀少。为什么？我曾这样评说：写杂文，把自己搞得像法官一样，把自己弄得像正大光明一样，长此以往，有意思吗？看杂文的人，一般不缺少正大光明的心思；不看杂文的人，偶然扫一眼，心里暗嘀咕：现实，本来就是按不理想的状态存续着，也只有不理想的现实才能“可持续发展”的哟！

你看，如今我的笔下偶尔还有杂文笔调的。哈！没治了。

法高一尺　人高一丈？！

没有什么是万能的，法律也不会“硬”得例了外。在中国想依法维护自身的权利，不觉间你就很可能陷入你意想不到、你也没法想出的“尴尬”之中。

据报章载，当前消费者投诉的热点问题有房地产和旅游。追逐热点，趁热举例凑热闹，讲述老百姓的故事——两件“尴尬事”。

某公司员工买了一家房地产公司出售的房子。住进后不久，房地产公司又来收取铝合金钢窗费若干。支付后觉得冤，投诉到有关部门。有关部门的解释是，该项费用没有计入成本报批价格，买卖合同上也没有注明收取，现在收取系价外收费。后经双方协商，房地产公司曾有过退一半费用的承诺，但未兑现。某晚报曾为此作过报道，报道后仍未果。购房者聘请律师欲在法庭上见分晓，讨回自己受损的利益。许久，没有消息传来。好奇的我探问才知，该房地产公司通过关系找到购房者所在公司的领导，通过做上对下的“思想工作”，购房者只好撤回诉讼——在几千元的利益和饭碗之间，现代人都知道哪头重些。房地产公司的做法，不禁使我想起某家

电视台的一档娱乐节目的台词："没有关系找关系，有了关系没关系。"损害别人的利益有了利害关系，找到可以摆平的关系，很潇洒地一摆，没有任何关系了。

听从旅游广告的诱惑，某家一家三口乘火车到北京想过个潇洒的双休日。旅游公司明知火车将晚点6个小时（火车站通知过旅游公司），不告之，且在旅游者行前电话专门询问时，仍告知火车准点到准点开。结果导致旅游者的诸多不便，并直接造成夫妻二人旷工以致影响奖金。夫妻二人向旅游公司讨说法，旅游公司当面支吾其事，背后多次向该夫妻双方单位打电话说一面之词，使夫妻二人在单位留下不良印象。一气未平，一气又生，旅游者怒发冲冠……此事至今未有结果。我想，最终解决起来，可能不乏变异的"中国特色"吧——真想说：法高一尺，人高一丈。

民间"讨说法"，上层依法治国。法律在中国风头正健。但是，法律这把尺子并不是什么都可以度量的，比如在中国大行其道的"关系"。天大地大不如"关系"大，坊间流传着这样的言语：中国最大的法不是宪法而是看法。遭遇"尴尬"是否陷入鲁迅先生所说的"无物之阵"，恐怕只有当事人深知其味。

著文以表同情。其他，爱莫能助。

由此，我更加佩服打官司的人，尤其是赢了官司输了钱的"大胆刁民"。为一元钱打，为两毛钱的如厕费也打（王海的小动作），更可贵的是不顾一切"关系"去打。我听一位法律工作者说，正是他们推动了我们国家法律水平的提高。

向他们致敬！

（初刊于《浙江青年报》2000年10月15日）

作者新语：

《开心辞典》这个节目还在播吗？

播不播且不管，但以《开心辞典》为例讲出的理，应该还能站得住脚吧！

神马都是浮云，但有些东西，浮云过了，仍会存在。

翻开《开心辞典》一查

欢声笑语中洋溢着心太软的旋律

“开心、开心、真开心！”你若不开心，我就说“开心”，看你开心不开心。你若还是不开心，我也不能拿个棍子搔你的胳肢窝，是吧？电视时代难道没有逗惹你开心的手段不成，你太小觑我们这个新的时代——你开心不开心，是真的没有关系，有关系的是你的眼球向电视节目靠拢。这天，无家庭大事可干，小事暂又不屑去做，我只得向电视靠拢，中央电视台《开心辞典》。女主持文清，男主持面熟叫不出名，还有一个王小丫。这个小丫的身份叫主持不妥，应该叫考官。看过这节目的人都知道，在求知求解中大家一片欢声笑语——为实现家庭梦想一二的人高兴，为应试者遇关不过而懊恼。但，在休闲时我却另有收获：翻开《开心辞典》一查，发现在欢声笑语中大家念的是我们心中的“三字经”——心太软。

王小丫这考官，手掌大权。应试者受家庭梦想的诱惑，一路小心谨慎。身为考官，应该以规则（大点说是法的民间形式）为依据，不应以自己的情绪左右应试者的取舍。但王小丫却并非总是如此。这表现在，在答对三个题实现一个家庭梦想的规则下，王小丫常在闯关者闯到第三关时，使用语气、眼神、暗示等十八般暗器有时甚至近乎明言相告。“你确定吗？”“告诉我你最后的答案。”配合语气，让你掌握“大方向”。有多少选手在“黑暗中徘徊”后选择了“正确的革命道路”。当然，为了

节目的效果，在选手所选答案为正确答案时，王小丫也会使用这一手，但这时，王小丫的语气略异于前，并配合最细微的笑脸，有时用一点女孩子对付男友的威胁技巧——逗你玩呢！你知道吗？在更关键的时刻，王小丫更是忘了考官的角色。当一个选手冲到最后一关，遇到“拿破仑兵败滑铁卢，请问滑铁卢在哪个国家？”这一问题时，选手已从五六个国家中挑出奥地利、比利时，在选手徘徊时，电视给了王小丫一个镜头。我分明看到这小丫嘴巴有形无声——分明是上下唇先合后开发“比”音的口形。选手这时若注意到这一点，就会清楚明白“阳光大道”的路标。要知道，发“奥”音是得狮子大张口的。大概选手冲到这一关时很高兴，忘了关注王小丫最后一关的关前约定：“最后一题让我们共同努力。”——王小丫分明是一个帮手嘛！当然王小丫也是为公。该选手的第三个家庭梦想也是最后一个梦想是“奖给奥申委”。可惜，可惜，可惜。选手不听“上级”的话并呼应群众的心声，一意孤行选择了“奥地利”选择了“滑铁卢”。真的可惜。

看《开心辞典》，王小丫以及她的同事不以自己心太软并导致“执法不严”为非；观众也不以主持的心太软为非，相反却在沉默中站在主持一边。没人想到这会是不公正的一种表现。当然，“认真”计较是会讨人厌的。也许有人这样认为：说到底，《开心辞典》不过是一个游戏，没有必要看得那么重。但是，任何游戏都是人生的模拟，在像和不像之间显示人的方方面面。人在游戏中最显示本真。正因如此，我们可以在游戏中找到某类社会现象——某地高考大面积舞弊、某地具有法律效应的劳动仲裁抵不上一个副县长的一个电话等等的心理基础。心太软出软招处理小舞弊，事情发展到大面积舞弊就势在必然；副县长的电话一打就灵，一纸法律文书就只得在纸上正确就不是怪事了。有人说，中国人落后就落后在“差不多”上。而“差不多”大多缘于我们的心硬不起来。笔者就曾听过这样一件“趣事”：某省重点中学的校长在法庭上明明白白地对法官说，对我们的判决不利，你们的孩子要不要到我们的学校去上学？中国人要硬还真不易。结果是，有时“差不多”向左靠，有时“差不多”向右移。在“执法严”的面目下，是我们以自己的解说来伸缩法的尺度。王小丫这位游戏中的“考官”，不过是我们平常生活中的平凡事平常人而已，根子在我们大家。

依法治市、依法行政、依法治税等等依法的口号，如果要落到实处，不挤压我们心中的“心太软”，恐怕公正就会倾斜。当然，在治市、行政、治税中我们仍在进步，不过我们是把前进路上的障碍向前推，而不是搬开。

（初刊于《山西文学》2001 年第 6 期）

作者新语：

我的文笔老吗？

许多年前，那时我还较年轻，杭州一杂志用了我的这篇文章，放入“名家闲笔”之中（是不是叫“名家闲笔”专栏，现在我已不确定，但一定有“名家”两个字的），可能就是看我讲理讲得老成吧！——其实，我是占了理的便宜。讲理，人总是要站在正大光明的高台之上的。

也有人，看了我的文章，后来又认识我并成为朋友，他说，他还以为我多大多大年纪了呢？这也是他根据文章之中的理来判断的吧！

假想敌吗？同情兄也！

“不喜欢孤独，却又害怕两个人生活……”品品歌词，就不难发现，除了害怕同居或婚姻（两个人生活）外，人们更怕更多的人在一起“讨生活”。“容易吗？！”这一口头禅的流行就足以体现现代人在现代社会中过现代化的生活是多么不容易。累，不是手提肩扛的累，而是心累。空口无凭，有新闻为证。

一晚报刊出这样的新闻：“《幸存者》荧屏展示生存竞争”。《幸存者》是一档曾引起全球轰动的美国电视节目，它曾使全美7000万观众“粘贴”在屏幕上。“洋为中看”，中央电视台二套让人一览洋人受“洋罪”。其内容是：在东南亚海域的某荒岛上，接受“试验”的素昧平生的16个美国人被放逐于此，分成两个部落，与世隔绝39天，唯一的规则是，每三天将会有一个部落召开部落大会，投票驱逐一个人出岛。3天减1，最后留下的一个幸存者可以拿走100万美元的奖金。面临大海、荒岛与彼此的钩心斗角，16人的才能除了表现在适应自然界上，还鲜明地表现在人与人的合作与斗争上。以我这个中国人的经验和眼光来看，可怕的不是自然界，是人，即假想敌。

仁者见仁，有点历史知识的中国人知道，唉！老外还搞这门子试验，咱这里早就形成了理论：厚黑学。看来，老外还得从咱这里进口点“陈货”。要不咱们刮痧他们却扯到人权问题（虐待）了，“牛头不对马嘴”，长此以往，终究不是个办法。咱这“传统”出口时要加上说明，厚黑学应用的前提是树立假想敌。“宁可我负天下人，不可天下人负我”是其行动的口号。至于厚黑学的“负效应”——“一个人是龙，三个人是虫”最好不要说明，免得影响推广应用。虽然文化有差异，但想来这对他们不难理解。他们不是有过迷失假想敌（苏联）而找到中国（新的假想敌）的“历史性跨越”吗？

智者见智，16人中有15人将被“票民主”（以投票来表现民主）赶下“试验岛”。借用钱钟书说两个男人为同一个女子失恋为“同情兄”的灵感，15人皆可以“同情兄”相传呼。如果用阶级分析的理论来理论，作为同一阶级的革命兄弟，同呼吸，共命运，更是“亲上加亲”了。岛上挣扎搞派别时，“他人即地狱”，“我的眼里只有你——假想敌”；“亡命”岛外时，同是天涯沦落人，大家皆为“同情兄”。此一时，彼一时也。统观全球大势，冷战思维不过是一时逞凶，和平和发展仍是主流。这就使人明白，为何美国一方面冲撞战机冲撞中国，一方面却一再声明支持中国入世。美国的这两面作为，我们千万不可简单地视为“两面派”。求同存异，共同的利益哪一方都不会视而不见。这一原则如果运用到人与人之间，则可得结论为：是假想敌吗？实为同情兄也！

不同的时代期待并造就不同的人。现代中国，更多的人认识到“双赢”，认识到“一把斧头换三只羊”，想羊的得羊，想斧头的得斧头，各得其所。善于并喜欢“做人”工作（搞阴谋阳谋算计人）的人会发现，“做人”的市场空间越来越小。改革推动“做事容易做人难”向“做人容易做事难”发展。“与人斗其乐无穷”被人“画龙点睛”为“与人斗其乐无，穷”，特传神。马克思说过，未来社会每个人的自由发展是以其他人的自由发展为前提和条件的。他人不自由，你也不自由；他人不发展，你也不可能发展。现代社会虽然不是马克思所说的未来社会，但未来社会是在现代社会中生发出来的。这种变化的大势是清楚而明显的。

我不知道《幸存者》这类娱乐节目如何娱乐式演绎荒岛生存，但在小说家的笔下，

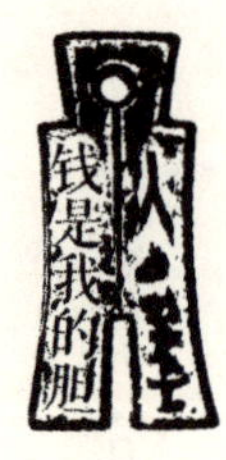

却是另一副模样：在卡夫卡的名著《变形记》中，人是变成了甲虫。在近来风靡全球的畅销书——法国女作家玛丽•达里厄塞克（Marie Darrieussecq）的《母猪女郎》中，妙龄女郎变成了母猪，所爱的狼人伊万被动物保护协会杀死，最后她只得逃往森林之中。变成虫变成猪，虽然不能肯定地说这全是“假想敌”惹的祸，但魔由心生，“假想敌”却有推不脱的干系在。在现实社会中，也许没有人真的变成虫，但更多的人却累于心碎。我比较欣赏我身边的一个朋友执着自己心里的目标从而显示出超越“假想敌”的“潇洒”。他说，你可以被一个单位或几个单位抛弃，但你不能放弃追求而被时代抛弃。

再说《幸存者》最后留下的最终胜利者，也不过是没有“星期五”陪伴的鲁宾孙。如果他懂得中国流行音乐的话，他张嘴就来的可能是“不喜欢孤独……”。

（初刊于《观察与思考》2001 年第 8 期）

作者新语：
方言总是在与普通话纠缠折腾。
其实各有各的空间。

说话与开放

据朋友从上海走一遭回来后称，现在上海人喜欢“乡下人”褒扬他们说：“哎呀！你太不像上海人了！”这种“褒扬”不知流行不流行。但我想它至少有一定的“市场份额”吧！中国的国际大都市尚且如此，我想其他地方在开放过程中也一定存在这一现象。原因何在？本地人深知本地特性在开放过程中容易露出的“负面”，形象地说是“猴子尾巴露出来”，故本地人潜意识里倾向做“外地人”（准确地说应为具有现代开放心态的中国人）。自然，本地人不像本地人最明显的表现是说话——说普通话。

我们知道：一方水土养一方人。方言在漫长的历史发展中成为“一方水土”的重要文化因子。方言不仅使本地人表情达意“随心所欲”，而且经长时间的“涵养”，方言等地域特征使本地人成为独特的“一方人”。世界向前发展，中国顺应潮流，采取改革开放的国策，世界经济一体化“越化越浓”。中国将在世界舞台上展示政治与经济，这不仅需要综合国力，而且需要全新素质的中国人来承担。当前，在社会主义市场体系的建立中，阻力重重，一山“改”过一山拦。阻力之一即为地方保护主义这只拦路虎。“诸侯经济”各自“割据”。“条块分割”的结果常常是“两败俱伤”，甚至“多败俱伤”。究其实，就是一种保守的心态在时代发展中的表现。

在各个“本地”发展中，在人才使用、资源使用等方面，我们都可清晰地看到这一心态划过的痕迹。在人们日常交流之中，鲜明的体现就是讲普通话（用说话的形式来表示心态，虽有偏颇，但不乏真理的成分。窃以为）。

在某一“本地”，我观察到：不少本地人喜欢称外地人来“本地”是“讨饭的”（文雅一点，改为“讨生活的”，也可）。其实，要说讨，讨的不是饭（生活）而是发展——个性发展，才能发展。当然，饭（生活）是基础。恩格斯早就讲过，人们首先必须吃、穿、住、行，然后才能从事政治、法律等（这一点不应遗忘）。世界经济发展资金的流向是如此，时代发展中劳务和人才的流动也是如此。清醒地审视“本地”这一心态，确为报纸等媒体上常念叨的“解放思想、转变观念”的重要一途。

我们带着“方言”进入社会主义市场体系时，我们会发现许多信息在“方言”中传错，许多信息在“方言”中制造着新的信息。一闪而逝的机遇也许就是在方言与方言、方言与普通话相互冲撞中丧失了。故在“本地”里，不少外地人在学方言，不少本地人在学普通话。这两股潮流的状态和发展态势，可形象地说明一个地方的开放状态以及开放心态。

哲人将世上凡人分为两类，一类为被命运拖着走的；一类是拖着命运走的。将哲人这一分类“移花接木”，中国的“本地”也可分为两类，一类是被时代拖着走的，另一类就是拖着时代走的。“本地”，不管地处何方，照时代新的发展特点和发展态势，都将在新的发展大机遇面前站在同一起跑线上。电视广告有一句话特好，话为“不要输在起跑线上”（当然，我断章取义了）。各个“本地”发展，确有把“不要输在起跑线上”作为一工作努力目标的。在“起跑线上”站好的“本地”，将自然而然地成为开放的前沿、发展的前哨，其积蓄的动量将在“本地”发展后劲上鲜明地体现出来。正因这一认识，我寄语各“本地”，在“本地”成为开发开放区域之际，得注重培养“本地人”具备良好的开放心态。在此过程中，切实的一步就是讲普通话。

唐朝诗人“乡音未改鬓毛衰”构成一古典意境。新的时代，应有新的现代经典，不能以“古”为“今”。“乡音”确有改一改的必要——不是被动地去改，而是主动、积极地去改。

（初刊于《深圳商报》1998年10月4日）

作者新语：

写作和作文是两回事。我很久之前就认识到这个道理。我的这篇以写作之法写就的考场作文，想来，最多得个平均分。

我不是那块料，那么就写作吧！

得失自尝。

鱼和老鼠不可兼得？

鱼，我所欲也；熊掌，亦我所欲也。二者不可得兼，舍鱼而取熊掌者也。——古人的话让我们明白，在两好之间如何抉择：选那个最好的。现实中，并没有那么多的好堆积起来迷惑你的眼、鼓动你的胃。我们碰到更多的是好坏相杂，甚至是一好一坏的。当然，这种情况，耗费不了多少我们的智商来抉择，更不必说用到情商了。选择好的即可。——好，我所欲也；坏，我所厌也。二者不可得兼，舍坏而取好者也。

道理一点就明，如果再经具体化就更明确了。让我们来面对这幅《职责范围》的漫画吧！漫画由两张图组成。一张图是面对一只老鼠的两只猫：一只猫似乎抱拳而立理直气壮，大声说："归他管！"说时头还向对方摆了一下。另一只猫睁一只眼闭一只眼，似乎在嘀咕："归他管！"另一张图是面对一条鱼的两只猫。刚才有异样表现的两只猫现在奋力抢夺的神姿几乎一致，并且异口同声，大声宣言："归我管。"漫画是现实的一面哈哈镜。镜子反映的事物外表虽有变异，但其所指示的本质却鲜明深刻不含糊。在电视中，我们不难看到，面对新闻记者的镜头，某位官员在勉强接受采访时，很明确地告诉公众："这件事我们不太清楚，再说这也不归我们管。""这件事归某某单位负责处理。我们不过是协助一下。"

我们这个时代，是一个快速发展的时代。变化快带来许多新问题，就像入世

首先是政府入世一样，许多新问题，首先摆在行政机关面前。于是乎，在行政机关职能交叉的地带，就会出现“归他管”——遇到困难推一下、“归我管”——闻得鱼味抢一下。实事求是说，这种现象带有一定的普遍性，在某些单位更为严重。理论起来，也挺简单，这不符合人民公仆的身份和要求，不符合“三个代表”的要求。解决之道，除了要更加明确部门之间的分工之外，还得从思想上挖挖根。作为领导干部，作为行政人员，应该想到头脑中为人民服务这根弦有没有拧紧，有没有时时拧。不从思想上转变，就算部门之间职责划分得再清楚也会出现“归他管”“归我管”这样的事。因为按照工作规律，部门之间的职责不可能像泾渭那样绝对分明开来。只有这样既明确责任分工又抓思想改造，我们才不会在好坏之间、鱼和老鼠之间舍坏取好、舍老鼠而取鱼了。

大家都知道，设立行政机关的目的就是为了让猫去抓老鼠。大家也知道，猫抓老鼠一定吃力。但事情是辩证的。前天在电视上看到李咏出了这样一道智力题：猫吃老鼠是不是增加了猫的夜视力？答案是肯定的。原因是老鼠身上有一种物质可以增加夜视力，而这种物质猫又不能自产。主持人李咏说这是生物学家说的，他还报出了那种物质的名称。可惜我没有记住。吃力吃来补了眼力，看来自然界似乎在无声地告诉我们，吃亏也是一种福。

面对鲜鱼，我不禁想起了孔融让梨的故事。这可是咱们中国大人教育小孩的传统故事。让我们在《职责范围》这幅漫画上停留几分钟，想想那只让了至少一千年的大梨吧——面对鲜鱼，奋力抢夺的现象，我们能否有则改之，无则加勉？

为了人民，为了效率，猫就要去抓老鼠，不能让那只老鼠活得太滋润了！

好的单位，好的领导，是超越“老鼠和鱼”这类问题之上的。因为他们心里装着人民，眼光更高视野更开阔，他们的职责更大更宽广。于是他们达到了无私的境界——全心全意为人民服务！

这是我参加干部选拔时的作文答卷。出场后我复记出来，略加修饰成现在这个样子。

（初刊于《鄞州日报》2002 年 4 月 9 日）

作者新语：

文章合为时而著，看文章，又想起写文章的那时。噫！我那时可真是太正大光明了，我那时可真是太背了。哈哈哈！运道越背人越爱讲道理，尤其爱讲大道理。

摸摸胸口，对自己说：消消火吧！

读懂小人

“小人”是从古就有的。中国上下五千年的历史，应不乏“小人”在历史发展、“大人”浮沉中的“历史作用”。时至二十世纪九十年代末，“小人”仍“不甘寂寞”，以求发挥更大的“历史作用”。所以“远小人”的古训不时被人提起，在“大人”耳旁响起。自然，“大人”都是知道“小人”“厉害”的，都有一颗“远小人”的心。只是不知小人在哪里以便去“远”？为“大人”计，我在此来一番“上下求索”，以求凸现“小人”面目。

“小人”在哪里？直言之，“小人”就在“大人”身边。当然“大人”身旁的不一定是“小人”。谁都知道逻辑上正命题成立，逆命题不一定成立（故敬请诸位勿对号入座）。“小人”的脸上没有贴上标签。“小人”忙忙碌碌，“忠臣”也忙忙碌碌。何以区别？对曰：“小人”心中装着“大人”，“忠臣”心中装着工作、装着人民，传统一点可说成心中装着“三个有利于”。心中装着“大人”，所以“小人”时时刻刻照顾维护“大人”。“小人”察言观色，会在疲于公务的“大人”深感寂寞时送上缕缕温暖，不怕困难、麻烦，为“大人”可以付出极大的牺牲，私下里还“按需”进“逆耳”的“忠言”。如此这般“操作”，“大人”的意不知不觉中顺了“小人”的利——名利、功利。道理很简单，谁都知道人心是肉长的，有些“大人”的心尤其“嫩”（时髦一点可说成心太软）。感情的投资风险最小而收益最大。感情投资给“大人”，自然成了“小人”选择的最佳“投资品种”，只要“大人”不青云坠地就行。所以“大人”下台之际或青云坠地之时，就是“小人”施展另一套“手段”的时机，也就是“大人”识破“小人”嘴脸之日。如果没有发展到这一步，“大人”眼里就没有“小人”。这并不意味着“群众雪亮的眼睛”没有看到。道理也非常简单，“小人”有多副嘴脸，群众领教了，群众看到了，“大人”没有看到，等“大人”看到时已经迟了。相反，“忠臣”心中装着人民，在忙忙碌碌之中可能不太入“大人”的眼，并且有时还会拂“大人”的意。历史上不是有过连李世民这样的明君在魏征进言后，在后宫发怒“扬言”要杀了魏征吗？总而言之，“小人”就在“大人”身边。历史上的例证正在电视上上演，《水浒传》除了让你我看到梁山好汉的英雄本色外，还看到“小人”“上蹿下跳”的高难技术动作。

三国名相诸葛亮，“出师一表真名世”。可《出师表》直接“教导”下的“刘阿斗”，还是没有被“捧起来”。原因是“小人”们的“摔”功比诸葛亮的“捧”功“厉害”。

愿“大人”常温《出师表》，领悟“亲贤臣、远小人”的深意。并有一双慧眼。

（初刊于《联谊报》1998 年 5 月 26 日）

作者新语：

境界有三重。分别是：

“昨夜西风凋碧树。独上高楼，望尽天涯路。”

“衣带渐宽终不悔，为伊消得人憔悴。”

“众里寻他千百度，蓦然回首，那人却在灯火阑珊处。”

“为人民的境界”，关山千万重。

为人民的境界

古人修身养性，以求道德完善，一言以蔽之：修齐治平。修身、齐家、治国、平天下。将一己之修与家国、社稷联结在一起。文人士大夫曰：穷则独善其身，达则兼济天下。中华上下五千年，流贯着文化的底蕴。词人张养浩吟道：“兴，百姓苦；亡，百姓苦。”圣人贤士在沧海桑田、国家兴亡中，“独善其身”者众，“兼济天下”使百姓脱离苦海者寥。

时光飞逝，光阴荏苒。二十世纪的中国在饱受磨难后，“中国人民站起来了”。改革开放，中国人可以说“不”了。社会的发展，客观世界日新月异。与此同时，人的主观、内心世界在世象变幻中激烈振荡。真善美、假恶丑，彼消此长，此消彼长。社会转型，非新非旧，亦新亦旧。中华民族重道德修养、内在品质的人文传统虽被“钱”潮冲淡，被许多人看低一线，但，一道鲜明的人文风景线凸现在社会发展过程中。延安时代的张思德，六十年代的雷锋，七十年代的朱学儒，八十年代的大学生张华，九十年代的李素丽、徐虎——这些不仅延绵着中国重道德修养的优良传统，而且标示着中国人道德修养达到的新高度——全心全意为人民服务。

为人民服务是毛泽东同志一九四四年在《为人民服务》一文中首次提出的。中共党章规定：“中国共产党党员必须全心全意为人民服务”，对党员作出党性要求。全心全意为人民服务是党的宗旨，事关党的形象。对个体而言，它是优秀共产党员和“高尚的人”所达到的道德境界。

我们知道，任何道德境界，都是一种内心平衡状态的外显。从功利角度来看，全心全意为人民服务是一个只付出没有回报的状态，令人费解。但，细究其实，就可体悟到这种境界的平衡点。助人之所以可为乐，在于助人超脱了自身的功利观念，达到一种“无我”的状态。这种状态隐含着精神上的“利我”。毛泽东曾说过：“利人乃所以自利也。自利之主要在利自己之精神，肉体无利之之价值。”“无我”中含有“尽吾之性，完吾之心”的目的。助人、利人在外，内得在己、在心。毛泽东还解释：“利精神在利情与意，如吾所亲爱之人吾情不能忘之，吾意欲救之则奋吾之力以救之，至剧激之时，宁可使自己死，不可使亲爱之人死。如此，吾情始浃，吾意始畅。”（《毛泽东早期文稿》第 2 版第 145—148 页）一时助人可得一时之乐，长期助人就会获得一种全新的精神状态，达到道德修养的目的。毛泽东早年就已识得道德修养的真谛——吾情浃，吾意畅。其实这也是古代“老吾老以及人之老，幼吾幼以及人之幼”的思想根基。助人可得快乐，为人民则可得大快乐，为更广泛的人民服务是助人为乐的扩展和高扬。吾老，人之老，吾幼，人之幼，以及最广泛的人民群众，“兼济天下”。助人、利人扩展到全心全意服务，意得神满。“革命的傻子”是这一状态的通俗注释。“爱人的最高境界是爱他人”是这一道德境界的自我阐释。

现实中，不难找到全心全意为人民服务的“真的英雄”，也不难发现全心全意为一己的阿混。“道者，路也。”“德者，得也。”走什么样的路，做什么样的人？付出什么，得到什么？这是每个共产党人所应省悟之处。为公？为私？为人民？为自己？清贫？贪婪？……

逝去的伟人邓小平这样说道：“我是中国人民的儿子。我深情地爱着我的祖国和人民。”这是一个共产党人胸怀的袒露，昭示着一个共产党人崇高的道德境界。

（初刊于《共产党员》1997 年第 12 期）

作者新语：

以钱来分，普通人大约可分大气和小气两类。

以钱来分，老板大约可分——生意做出境界的老板和唯利是图的老板。

钱，真是好东西。不仅可以买来东西、买来好东西，还可以将人分类。

生意无经

都云商界如战场。烽烟弥漫，风起云涌，炮火隆隆中三十六计岂够人用？一招一式都有来路，心思良久，费智几囊。不过，对此，界外之士，旁观易清。故我在此放胆大言，曰：做生意正如作家老舍所言做文章一样，须先学会做人。在有五千年历史底蕴的中国，以传统观点观之，做人乃老老实实、本本分分、没有滑头之意。所谓“忠厚传家久”是也。大千世界，色彩斑斓，生意场上，依“心经”乱经行事，弹指间穷人富人转换，桑田沧海。这种做派，“多乎哉”？但细察慢寻，本本分分做生意，不念什么经、不使什么计的也不乏其人，诸君不妨随我放眼望望这“不多也”之众——

俗语曰：酒香不怕巷子深。时人斥之曰落伍，不懂广告之法力。今有修车不怕巷子深。据统计表明，中国是自行车王国，自行车数量居世界前列。修自行车这一行可谓“朝阳经济”。我虽满怀乡愿，但身远故乡久矣。浪迹江湖，现已历经数地。因无飞黄腾达之迹，自行车也就成为亲密的“轿夫”，常在身边，所以修车也就成了寻常之事。一地小城，某街边兄弟二人修车，在当地占据半壁江山，以科学言之曰：市场占有率近50%。兄弟二人有何奥妙？无他法，热情助人，打气决不要钱，只要你车没有“气”，我拿起气筒尽管打。敲敲打打可解决的小毛病，兄弟二人也不会向你要工夫钱修车费。他们修车，还一定修好“暗疾”——你自己没有觉察出的毛病。收费低廉，故我从未见过别人与他们讨价还价，价不二出，实是其价格低，实实在在。

名声一出，来修者众，于是量中取利。这兄弟车行在街边，不算巷子深，不再言之。另一地，某街两户房屋相邻，间距有两米，房屋一侧墙壁写着“泰隆车行”，进去若5米，另有洞天，乃一人家，乃一车行。车老板腿有点瘸。一次，我的自行车车胎被扎破，中午时分没有找到修车处，气恼着在街上推车而行，遇到一位先我早几年到此地“安营扎寨”的同事。他见我车坏，引我到了“巷子深”处的“泰隆车行”。“义务广告员”可谓尽义务了。车老板修我车时，手脚不闲嘴也不闲，哼小曲，曲尽其快乐意。我观其胡须飘然，暗含几分道气。不觉间，怕挨宰之心早已消融。他把车内胎补好后，又在车外胎里面扎破处加上一块皮块，以免破处易再伤。我看其细心，很是感动。车行内工具等物堆放虽有几分杂乱，但我看他拿工具得心应手，各就其位，一种乐趣从劳动中散发出来漫在空中。我思之：此莫非古人所言“大隐隐于市”？这可作修车不怕巷子深一例。付钱时，我发现比市价要低一些。我知道这一定是老价钱，他没有说，我也没有问。此时此地，我心已定，我在此地将不会再到其他处修车了。推车出“深巷子”时，遇到另一熟人坐三轮车来修自行车。我叹其“勤劳奔波”，更叹“泰隆车行”老板的“老实”“本分”散发的吸引力。

在我看来，商界中，各行各业都不乏这种以“做人的标准来做生意的”。对这类人来说，他们做生意不是为了发多大的财，而是为了生活，快乐在生活，并且快乐就在做生意中。其生意没有什么“经”可念。但结果往往是“无心插柳柳成荫”。这类人，是不是可以算第一流的商人呢？

生意无经，大道无法，无法即法，无经即经。

（初刊于《都市生活》2002年第6期）

评论：

网友：潇潇情冲［hans］

儒者重义，商人重利。

撇开见利忘义的小奸商不谈，能够成大器的儒商在市场经济条件下，也无不“酒香也怕巷子深”。

所谓“生意无经，大道无法，无法即法，无经即经”不过是文人的理想罢了。

不好意思，与板斧唱反调了：）

作者新语：

听《领悟》吧！我喜欢孟楠唱的那个版本。

穿过不同种类鞋子的人，喜欢有丰富人生的人唱的那个味：

我以为我会报复 但是我没有……让你把自己看清楚……

机关三双鞋

人生就是走路。不同的人生就是穿着不同的鞋子在不同的路上走。在机关这条道上，你脚下的鞋子可能有三种：比你脚大一号、比你脚小一号、正合你脚的。

正合你脚的鞋子，穿起来没有什么感觉。就像空气之于人一样，只有在它不存在或有所改变时，你才会意识到少了人活着必需的东西。有人将这种状态比喻成好的婚姻，的确有道理。因为这种必需是以协调、融洽、自然为表现形态的。在机关，这类鞋子的供应渠道总有点不畅，所以存货并不太多，现货更为稀缺。

"给你小鞋穿穿！"是从前的"机关"从前的"领导"常使的一招。所谓"小鞋"，就是比你脚小一号。穿小一号的鞋子和追求丰盈的女郎穿小一号的时装可不一样。挤脚，走起路来不舒服，痛，走远一点，脚还会酸。因为小一号，脚的活动空间就少了许多，脚的"呼吸"就不畅。不信，你脱下这双鞋子再将脚放在嘴前闻一闻——鼻子感受是否可用异味、臭等之类的词语来表达呢？应当说明的是，小鞋的极致并不在现代机关，而是过去封建社会，男人们以求美的名义让女人们穿的三寸金莲就是这样穿出来的。历史悠久，可谓国粹。现代社会现代机关继其"香火"，可谓"弘扬传统"。故由此可认定"给你小鞋穿穿"这类举措为"另类""精神文明建设"的一个有机组成部分。据权威人士介绍，这类鞋子多供应给初入机关者享用。因为不机灵，自己干得不对他自己还不知道，干得令领导不快他也不知道怎样去调解领导的不快。让你知道知道机关的厉害，一双小鞋让你先穿穿让你找找人在机关里的感觉。

“穿大鞋”是新气象，依法治机关后的新气象。机关可不是企业，老板炒鱿鱼通知一声就行了。在机关，因为依法行政观念的提升和机制运作的缘故，领导看到你不高兴或认为你没有“利用价值”也难以炒出一盘“鱿鱼”给你品尝。你不时在领导眼前晃，领导可用的办法在合法的范围内就很少了。工资的多少，他管不着太多。涨工资可不是天天涨，就是涨时，也有政策，也不是他一人就说了算——让众人皆涨唯你不动可行不通。福利的多少他管得也不是很多。发福利也有条条框框小政策。领导当然可以制定小政策和微调你的福利，但“开明”一点的领导不会太在意这点。原因很简单，机关的钱是公家的不是他自己的，不是自己的钱用起来当然不心痛，不多发福利，领导个人也不能将金库带回家。领导毕竟是领导，看着你不顺眼就有点办法。再弄双小鞋让你穿穿的想法可能有，但实际操作者少。为什么？副作用负效应可能很大。你已在机关有些日子了，有点功劳有点辛劳有点苦功，在机关里也有点“群众基础”。给你穿小鞋，众人都看到了，似乎不妥。如果有人因此说这领导没肚量，也会有损领导形象。你如果反对、反抗，机关“社会稳定工作”就会受影响。这是大局，领导最关心这个。能不慎否？故，水平及格的领导对非初入机关者，再使小鞋这招，慎之又慎！高水平的领导想到了弄双大鞋给你穿。其实大鞋也挺简单，就是少分配你工作或不分配你工作。不是说有为才有位吗？让你没机会作为做出工作成绩，你不是就没有位子了吗？没有位子，虽然工资及福利一分钱不少，但你整日里在八小时内空度，你会不舒服的。晾起来的味道可得你慢慢品尝。没有人说你做得对或不对，周围人看到领导发给你一双大鞋，也多少会跟点“潮流”的。于是，你工作环境也会“空”起来，和你正常交往沟通的人就少了起来。说起来，使用大鞋的社会学原理可深啦！马克思讲过人是社会关系的总和。八小时工作时间内，机关人主要有两种关系。一种是工作关系，你的工作少了，没了，这关系就少了，没了；另一是同事关系，随着你穿大鞋日久，这关系也会随之变淡。据不完全统计，大鞋的发放范围多在引进的人才身上。比例大约在86%。自以为才，故做事目无领导；自以为才，故做事以为水平高于领导；自以为才，故直指领导的缺点和要害。国家

政策地方政策要求对引进的人才要尊重，领导岂有不知岂能不遵守？但领导的不快也要表现出来。综合作用的结果，就使得机关的大鞋多了起来——这是机关外的人所看不到的。一盆鲜花放在一个暗箱里，箱外的人可是既不知其形也不知其香的；当然，一堆牛屎放在箱内，箱外的人同样既不知其色也不知其臭的。

穿过三双鞋，至少穿过大一号小一号的，才有资格在世上夸口：“我已是一名机关工作人员了！”

在座的各位，我多问一句：有谁是机关工作人员！有谁是！

评论：

网友怪歌［xtywy］

你定是了，因为你体会太深了。

我看你一定喜欢王跃文等的官场小说，因为你这里有许多类似的观点。

网人上邪三次狼［shengye03］

如果谁看了这篇文章的同时，也想到看看脚，问询一下脚的感受，这篇文章就是好文章了。

网友怪歌［ xtywy］

这话怎么理解？：）

网人上邪三次狼［shengye03］

我想：只有感觉到的文章才是好文章！

作者新语：

约稿的感觉真好！还记得《检察日报》编辑打来电话时我的情形——我几天前向他投了一篇文章，那篇文章他没用，不过，他从文章中感到我的文笔还行，于是打来电话。那电话是不是我接到的第一次约稿，已经没了印象，印象深的是，我放下电话，三分钟内就把“千禧年”约稿的立意立好了，那就是——千禧年：一个任人打扮的小姑娘。

写文章的人，得意之处多在这样的细节中。

千禧年：一个任人打扮的小姑娘

历史学家在研究历史时不无遗憾地发现：历史是个小姑娘，“浓妆淡抹”任人打扮。顺延历史学家的眼光，我们不难发现，任人打扮的不光是过去的史迹，还有将来的时光。比如扑面而来的千禧年。

问千禧年为何物？英文millennium，是从拉丁文mille而来，意为“一千”。《辞海》曰：“千年王国，一译‘千禧年’。基督教用语。指将由基督作王一千年。据《圣经·启示录》载，在‘世界末日’到来之前，基督将再次降临人间，作王统治一千年。”——《辞海》给“千禧年”穿的是一件“洋”“制服”。白纸黑字，言之凿凿。这“制服”是否是“皇帝的新衣”？现在人都忙，似乎也没有“好事者”拭目以待了。

一千年太久，在中国人眼里，“洋为中用”后的千禧年除了指一千年外，还特指新千年的首年2000年。新千年开年恰逢中华民族传统意义上的“龙年”，人们唤“千禧龙年”就顺理成章了。这可算得上给千禧年套上了一件“中山装”，至少也是在“千禧”的头上压了一顶阿Q喜欢戴的土毡帽。

辞海

"山中无甲子，寒尽不知年"的老皇历、传统意境再也无人言及了。某著名古寺，准备在新千年到来之时撞钟108下，佛门盛迎千禧年，哪有"不知年"的"本来无一物"的"无知"？——千禧钟声在人们打扮"小姑娘"的忙乱之中为新的世纪到来奏乐。

千禧日报纸广告拍卖开槌。《中华工商时报》头版彩色整版广告50万，香港《文汇报》头版彩色整版广告98万，《中国证券报》头版彩色半版广告58万，如此等等，媒体在传播千禧祝福的同时总不会忘了发笔千禧财。——千禧年"面"上有了一层层五彩缤纷的油彩。好看说不上，但一定耀眼。

迎千禧年大酬宾，商家们唱着时代的曲子在千禧良机前更是意气风发，拼命拉动内需外需拉动你的衣袖。千禧年手表，千禧年纪念品，趁着好时候，还有千禧年婚礼"掀起你的盖头来"。"千禧之夜"的牌子更使"千禧之旅"身价倍增。有家旅行社的行家预言海南的房价将上涨100%，车费也上涨50%。你好我好大家好，你禧我禧大家禧了。——切合经济发展这一中心，运用市场经济法则，商家们给予千禧年的是一套套的"新款时装"。嘿！不怕你不动心。

热闹之中，还有：因特网上有网站推出"陪你倒数迎千禧"系列活动；有千禧心愿自由讲，世纪的选择，千禧浪漫情书大赛，多少多少万大奖等你拿。——哇，"小姑娘"打扮得真"酷"。

对于过去，人们打扮历史总是从自身名利着眼，掩盖某些"假、恶、丑"；对于将来，人们打扮"小姑娘"却是一心一意寄托"真、善、美"——新的千年到来之际，一份真挚的祝福和愿望总是好的。这应该算是人类尚存童心、偶显顽皮的一个证明罢。至于"小姑娘"打扮得是否合身合时，漂亮与否，"小姑娘"是否高兴，人们就顾不了那么多了。

岁月交替中，我常叹时光不再，壮志未酬；辞旧迎新之时，更添"白了少年头"的"悲切"。"千禧年"辞旧千年迎新千年，世面喜庆也难抑我心伤悲。仿制朱自清的"小资产阶级情调"，我可以学舌："热闹是他们的，我却什么也没有。"——不合时宜当另类有千禧异想：让千禧年"素面朝天"吧！

（初刊于《检察日报》2000年1月1日）

作者新语：

一切皆有机缘。

这篇文章是当年到某乡镇调研时听一个乡镇干部讲的，说者无意，听者有心，我听后付诸文字。这文字还登上了某日报的头版，后来还荣获报社和某机构评的言论奖，印象中奖金两处合在一起600元。自然，我从中觉得我搞评论还是有点能力的——就这，也是另一事件的机缘。

再后来，某日报要招人，令人叹惋的是，在人事关系拉扯中，我极尴尬，不仅没去成，还因此贾祸……

一切皆有机缘。如今我闲读诗书慢著文，也是必然。

慢慢我知道这是必然，慢慢我也就坦然了。

竞争，让“老好人”走开

某地某厂经营不善，经济效益连年在亏盈间“盘整”，上不去，下不来。逢十五大东风，股份制改造，该厂得风气之先，作为试点，先行改造。一切都紧张有序地进行。先前的产业划成了股份，先前的职工（或曰群众）变成了股东。自然，先前的领导也得“改造”。不过这次领导改造不能由“长官意愿”“意愿”了算，得通过股东大会，股东大会不是“一言堂”，人多嘴杂，于是有了“意外”。

该厂厂长王某平时抓管理，一张包公脸，对职工没好声色，职工对他意见挺大。相反，厂党支部书记李某为人平易近人，一张笑脸迎群众，群众个别有困难个别解决，群众基础扎实。在此“人缘资源”前提下，两位候选人再次走到了前台，接受从前的职工、现在的股东的挑选。王厂长心里想道：“平日我为工作没少得罪人。算了，不去参加股东大会，免得看自己下台尴尬。自我先下岗，别谋出路，早作打算。”但股东大会召开之际，王厂长经不住各方劝导，只得硬着头皮走一遭。李书记想法特“单纯”，只等着再上任。结果却是，股东选票使两人都感意外，王厂长依旧“做头”，李书记却名落“票外”。这一结果似乎还震惊了股东们自己——股东整体的意愿原来是这样。

其实，这样的结果，想一想，也不意外。市场经济条件下，是企业就得生存，就得竞争。而生存、竞争的法则和人们所喜好的“老好人主义”毫不“搭界”甚至正好相反。“老好人”当然好，但领导当“老好人”就得另显“好法”：照顾个别人的个别利益，无意间漠视了整体利益；疑难问题搁一搁、放一放、挡一挡、推一推，免得“亏损”了“你好、我好、大家好”的“大好形势”；铁面包公留给别人做去。而股份制改造使职工在身份转换之际想到了生存，想到了发展，想到了“大河没水小河干”，顾不得“可爱的但不可亲”的“老好人”了——知道这当不得饭吃。十几年的改革之风“熏”得人们早已明白“发展是硬道理”的道理。“心太软”的流行不过是人们情绪的“业余”放纵罢了。从大的角度来看，股东的选择是现代社会的一个两难选择——在“可爱的但不可亲”和“可亲的却不可爱”之间作出选择。要鱼还是要熊掌？大多数的利益自然占了上风，可亲的就行，顾不上可爱不可爱的了。竞争，让“老好人”走开——这就是股东意愿，这就是王厂长“虽不可爱但却可亲”的“包公脸”得以“风光”的原因所在。

其实，这样的“股东意愿”，不光在企业“潜伏”，因时得以体现，而且在不得不改的行政机关“潜伏”着。现在正在实行的行政机构改革，产生类似“某地某厂的股东意愿”的现象，应不会使人们觉得“意外”吧？

（初刊于《宁波日报》1998 年 6 月 16 日）

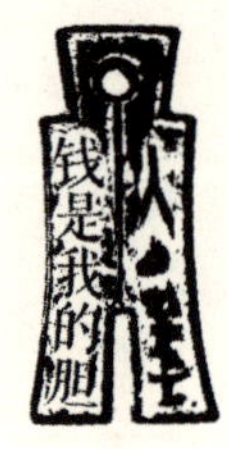

作者新语：

我总记得打乒乓球的邓亚萍所谈的一段体会，大意是：训练中，N个小时过去后，疲劳会来。疲劳来了后，接着打，凭意志打，打着打着，疲劳没了，于是，竞技状态又会恢复到极佳。

这不是她一个人的经验，而是一条规律。有人谈马拉松比赛，有一个共同的体验，大约跑了一个半小时后，体内会上来极疲劳的感觉，许多人就是在这时放弃“马拉”而“松”下来了。事实上，跑过这一段，身体又会回到正常，没有疲劳之感了。

漫漫人生路，我们要特别关注这条规律哟。这是讲意志毅力，也是讲事实讲科学哟！

“不怕疲劳”感言

1998年中国军民抗击长江、嫩江、松花江特大洪水，与自然灾害做斗争，惊天动地。长江大堤、嫩江、松花江前线构成了一道道耀眼的生死线。世纪之交的中国就此写下了厚实的辉煌篇章。这种辉煌不仅体现在“唯物”领域，极大地控制了洪水的肆虐，而且体现在“唯心”领域即精神领域，那种精神、那种气魄、那种朝气、那种胆识，发自一个个血肉之躯，充塞于天地之间。何其壮矣！有此感悟，是因为一个普通战士面对电视镜头时所言的“不怕疲劳”的种种作为和想法，触我心弦。

一名战士，不论是在抗击敌人的战斗中，还是在与自然做斗争诸如抗洪救灾的过程中，都不可避免地遭遇“疲劳”这个敌手。哲人言，人最难战胜的就是自己。疲劳就是“自己”对付“自己”的一个常规武器，是这个“自己精神”胜，还是那个“自己肉体”胜，关系着战斗的胜负，救灾的得失。翻翻中国军史，我们就可发现中国军人在其成长发展壮大中，“不怕疲劳”已化作一种精神注入军魂里去了。百姓常言中国军人是最可爱的人，我赞同。我想补充说，中国军人也是可敬的人，可敬的理由之一就是这种“不怕疲劳”的精神。

当我的思维沿着“不怕疲劳”这一点展开时，我发现，在每个人的人生旅途中，“不怕疲劳”在个人成败得失中起着重要的作用，对于某些人来说，甚至起到了决定性的作用。“唯物”地看“疲劳”，“疲劳”不过是劳作超过了平时的限度，超过了生理上所能承受的一个限度；“唯心”地看“疲劳”，“疲劳”是劳作超过了人的心理所能承受的一个限度（不是极限，超过极限的“不怕疲劳”是脱离“唯物”的“唯心”，是“人有多大胆、地有多大产”的“唯心”）。综合物质层面、精神层面，我们就可以辩证地看待“不怕疲劳”，有了战胜“疲劳”的生理、心理依据。疲劳有大有小，当我们克服了大的疲劳后，小的疲劳就化作我们面对的“常态”，不再是疲劳了。正因如此，人们向各自计划的人生目标奋进，当曙光还未全现，当胜利尚在远方时，生理上的疲劳、精神上的疲惫就会在潜滋暗长中达到我们所能承受的第一个刻度。成功的人和失败的人就在这一刻度上划了一个分明的界限。所谓“差之毫厘，谬之千里”，所谓“行百里者半九十”，皆系这一现象的传统阐释。“一山放过一山拦”，刻度有层次，刻度之间是“平台”。面对第一个疲劳刻度是如此，面对第二个疲劳刻度亦是如此，以此类推，除掉机遇的因素外，世上的人，其成败得失就这样在刻度上下确定下来。“持之以恒”， 确系真言。“恒”何以“持”？无他，就是“不怕疲劳”。这也是人生成功的要诀之一。

现代社会，人们在追求物质利益的同时，可不能忘了在精神矿藏中吸取营养。因为，我们的血肉之躯内还潜伏着精神。这也是人和动物的本质区别之所在。可以说，洪水亦潜伏在我们体内，不时酿成洪峰向我们的精神发起冲击。成败，由“疲劳”定夺？！

（初刊于《宁波日报》1998 年 12 月 11 日）

作者新语：

这学问那学问中的概念很有用。可是，何尝不是一个陷阱呢？如今，谁还记得“知识经济”这个当初的热门概念呢？

似乎，我们不是被概念忽悠了就是被话题左右着。哈哈！忽悠多了，我们的智力水平普遍提升了吗？

迎接的只是知识经济吗？

眼下，知识经济是世界性热门话题。媒体的呐喊，公众的呼应，仿佛我们社会发展的标的是唯一的、是知识经济！但，任何社会都不可能只由经济来“包办”，我们所企盼的应是知识社会——以知识为基础的社会。

从系统论的角度看，知识社会所指的是一种新的社会系统。在这个系统中，政治、文化、科技、经济、法律、社会福利……方方面面紧密联系组成了一个有机的整体。它们相辅相成，相互促进。其中的每一个环节都很重要，缺少了任何一个环节，这个系统的运转都可能会失灵。无可否认的是，经济在社会系统中占有极其重要的地位。“知识就是力量”，“科学技术是第一生产力”，知识在经济发展中起着越来越重要的作用。而知识本身的发展已日益成为多种学科和社会因素综合作用的结果。要达到有效快速累积知识、创新新知识的目标，首先需要建立全新的知识社会基础。离开社会“母体”，知识经济不过是社会名流耍的“一杆花枪”。在整个社会中，知识经济也是一个环节，也是社会发展的“齿轮和螺丝钉”。眼下人们呐喊的知识经济是否有“以偏概全”的嫌疑？

为什么我们会单提“知识经济”呢？我想，原因是多方面的，一是我们的经济“单项”薄弱明显，特别是和发达国家相比。单挑经济，有强调重点之含义。二是，我们的潜意识中还没有深刻理解“两手都要硬”的深意，于是在表示未来时就强调物质文明而忽视了精神文明。于是提倡迎接知识经济就没有人意识到这种提法尚有不妥之处，于是大家齐呼应。三是，知识经济首先由专注经济的知识分子提出，起初不过是经济圈子内的专业术语，谁知一经提出就化作全社会迎接未来的“公共词语”了。这样一“化”，自然就无形中忽视了社会发展的其他方面，如政治、如文化、如法律等。

单提知识经济，强调突出知识经济的同时，也容易误导我们步入这样的误区：一、未来经济社会的实现仅仅是知识经济，是高精尖技术的发展和应用，是经济部门、企业家的分内事，非经济领域的知识分子、工作人员“够不着”，只需“隔岸观火”，嗓子好的话最多也不过是凑上呐喊几声。二、营建知识社会是“精英们”的事，与“小民”无关，平头老百姓只能“雾里看花”，这样无形之中忽视了每个公民对社会发展应负的责任，进而也无视了每个公民享受知识社会好处的权利。三、社会专注经济，易忽视用新知识来主动改造社会其他方方面面，而其他方面的相对滞后反过来会妨碍知识经济的进一步发展。

我们知道，经济的发展必然引起社会各个领域的变化。意识到经济与其他社会各方面的发展联系，才能更好地在知识上做文章，为社会的健康发展做好准备和付出有效的努力。知识社会提醒我们每个公民：社会的协调发展是可持续发展，未来需要我们每一个人付出坚实的努力。正因如此，探求高新技术是迎接知识社会的举措，扫除文盲也同样是迎接知识社会的举措。

未来的社会是知识社会，我们迎接的不只是知识经济。知识经济不过是冰山的一角。撞沉泰坦尼克号的是我们眼力所及的那座水上冰山吗？！

（初刊于《市容建设报》1998 年 12 月 17 日）

作者新语：

论人际关系——

酒，越喝越近，

赌，越赌越远。

“小弄弄”

某北方城市调查队曾以“青年参赌原因”为题，对114名参赌青年作了问卷调查，结果如下：不劳而获思想作怪的占71.1%，生活无聊寻求刺激的占49.1%，对前途失去信心的占48.2%，交赌博朋友的占41.2%，想娱乐消遣的占27.2%，文化素质低的占9.9%，生活贫穷的占7.9%，生活富足的占2.6%，其他原因占6.1%。如果同样的问卷摆在宁波人面前又会如何呢？谁都知道，南北是有差异的，在赌上也不会例外。一位圈内人曾“轻松”地对我说了三个字：“小弄弄”。

“小弄弄”，很值得玩味的鲜活群众语言（行业用语）。北方人会怎么说？“潇洒走一回”？“玩的就是心跳”？“过把瘾就死”？江南就是江南，赌是江南式的，语言也不可用北方话来完全替换。

“小弄弄”，首先体现在“小”上。风声小，不是走江湖唱戏的，需要拉开场子，再说声音太响了也会震烦警察的耳朵的。数目小，市场经济在江南更有土壤和人缘，江南人大多数时间多耗在挣钞票、做生意上，大都知道，赌博，富不了人的，下手较轻，下注较小。北方豪赌，一掷千金，在江南较少耳闻。圈子小，熟人、亲戚、邻居、老同学、老朋友、老乡乃至一家人组成熟圈，不时玩玩，小赌怡情，输赢谈笑中。时间也多在节假日、夜晚等“休闲”时间内。正因如此，小赌呈泛化之势。“弄弄”，反映了江南人做事的轻松和洒脱。这与江南容易生存的环境长期造成的地域社会心态有着直接的关系，当然也免不了看热闹、扎堆的民族劣根性作怪。宁波老话讲，“四赌八看十六相，三十二人门外瞧。”以赌为中心的民俗舞台风风火火。现在“四加八加十六加三十二”这样宏伟的场面虽不多见，但赌瘾、看客热心急眼的根子还在。如果说过去赌圈内赌民更直接地指向钱这个目标，那么现在泛化后的赌场却有几分鱼场的作用了——上钩的鱼，有无倒在其次，重要的是优哉游哉的垂钓之乐以及钓友之间的“友谊”。“小弄弄”“三七开”——娱乐、充实时间三，博取钞票七？“四六开”？“对折”？

北方多败走赌场、险走歪路的“反面教材”，江南也一样有，但江南没有北方那样成“气候”。过去是这样，现在更是如此。江南毕竟是中国“先富起来”的区域。“专业”“专职”的赌徒较少见，偶现，“小弄弄”的人又不怎么敢上桌了。上瘾的赌君子遍地皆见，但一样有章法，赌众因出手的决心、习惯自行步向不同的赌桌，归入不同的赌阶层之中。同在一片蓝天下，南北赌场有一共同处，那就是，赌场是人性格本色裸露最充分的一面明亮的镜子——贪多、心狠、心黑、果断、心太软等等一览无遗。

有社会学家这样说，赌性是人生俱来的本性，很难铲除。这一观点也算一条绝对真理吧？不然，世界上怎么不见一个国家，其国民完全绝迹赌事的？有凡人说，国家发行彩票，公司发行股票，不也是脉上了人性中的赌这根筋吗？赌友们也持有这样的常识，打纸牌、筑长城，不带点“彩”，牌在手上就是没感觉。赌、博——莫非像香烟，人皆知不好，大地却依然烟雾缭绕？不，也许更像酒——功过在于量！

至于现在赌的泛化这一问题，我们不妨看看政府的安排——物质文明和精神文明两手都要抓，两手都要硬。协调发展的精神文明引导人们健康、快乐地生活、娱乐。

手里有了余钱了，业余时间干什么？——“小弄弄”？

（初刊于《浙江青年报》2000年9月3日）

作者新语：

想一想，这是我最早在一张报纸上开专栏时的文章。这样一想，不觉又叹起光阴似箭了。这样一想，又从文章中获得一点骄傲的本钱了。虽然现在不太看得上当初的文章，可这文章可是老本钱哟。敝帚自珍，人之常情也！

“睁开眼吧！”

当年，刘姥姥进大观园，着实吃惊于园内的世界很精彩。假若，刘姥姥有机遇有缘分到现代社会“潇洒”一回，今昔对比，她一定惊叹：“我的眼开得更大了！”

让刘姥姥开眼的不只是Internet这类看不懂的新“景观”，耀眼、碍眼的更是“眼见心烦”的卖东西吆喝的新形式——“天女散花”无孔不入的各类“破”广告、“传单”（“破”字系一小青年随口而出，我旁听而获得）。

偶尔早起锻炼，遇到这样一场晨曲：一广告发布人的打工仔正在做着与当年地下工作者散发革命传单类似的工作，公寓看门人对她说：“叫你不要放，你还偏要放。放，别人也是扔掉，还得我清扫！”公寓看门人说得有理，但也有例外之事。两邻居家两小孩，都是七岁左右，见到花花绿绿的广告挺好看，不知怎么两童心生出比比谁拣的广告多、谁叠得整齐的想法。于是，比赛开始，一会儿工夫，两幢楼12家门口的广告尽收“囊中”。

公寓看门人说得有理的另一面是，现在这样天女散花式的广告，公众经几个回合的折腾后已具有一定的“免疫力”了，其广告效果已非昔日辉煌可比。但谁也不可否认，乐于、疲于在楼道、门缝、街头巷尾散发广告，广种确有“薄”收之效，甚至可以说仍在昔日辉煌的余晖内。

“从前不知有病，你一做广告我心里就犯嘀咕！”广告大风行之初，人们对广告拒绝心小，假的、真的广告确实捞了几把。时代进步，广告又得换新招，远程广告（如电视、广播）和近距离广告（我戏之曰肉搏式广告）相结合，远告近攻，于是老百姓眼边、身边，家居的门边、楼道、信箱，公众场合的电线杆、墙体等“一切可以贴的地方”——地不分南北，人不分老幼，皆在广告“关照”之中。“乱花丛”中最击中人的是药品广告，疑、难、杂症皆有“方子”；药品广告中最切中隐私的是性专科门诊、性用品之类的“不宜广告”的药品。并不是每个人都是医生，况且在性教育上，又是中国教育系统的弱项，于是大家心里犯嘀咕有了十足的理由，于是广告的效果在看不见的战场上大获全胜，有病治病，没病须大补！不过，现在副作用已有发作之象：近期某报不是报道过因小孩多吃某类补碘的药品（食品）而致怪病吗！现在满街流行补钙风，也不知将来又会补出一个什么病来！次于药品广告的是下水道疏通等关于“家庭”工程的广告。这类广告数量的上升也暗示着第三产业已在家庭中扎下根来——这是一个方兴未艾的领域。

的确，天女散花式的广告也不是全无益处。我的一位朋友告诉我，他曾将一份塞在门缝上的广告看完，其内容多是介绍各类书籍，排版、色彩也有点品位。不过，他接着说，可惜这样有品位的广告不多。我们在“广告现象”中也不难发现人的不同：不理会杂乱广告，受广告诱惑，取出扔进垃圾箱内，乱抛乱丢……在广告面前，人一样分三六九等。

有人形容广告的招数是某类女人的招数：抛媚眼，多走动招众眼（广而告之），抛绣球（承诺）……也许正因如此，最易切中的可能就是女人以及心太软一类男子的心软之处。

假若某一天，我们早上起来，突然发现没广告了，我们会怎么样？在信息时代，我们会不会产生被遗弃的感觉？自问自答，遗弃的感觉我有。看来，在喧嚣的气氛下，广告在让我们浮躁之余，还填充了我们凡心的一些空间，给人以充实之感——每天都有新的东西，活着有那么点意思！不过，面对广告的诱惑，我们的眼睛要睁开着！

（初刊于《宁波日报》1998年12月25日）

作者新语：

法，自然是重要的。可是，比法更重要的，是人们对法是不是真敬畏。

大家从心里真尊重法，那么，不管有什么困难，社会要天天向上，总是有办法的。

“讲好话等于……”

本来想把题目写全，但，考虑到太不雅，就用半句话做标题。不信，加上试试，两个字：“放屁”。

“讲好话等于放屁。”这句话打上引号，当然不是我说的。谁说的？出租车司机。这天，我坐出租，车行到十字路口，我和司机都看到路口处有一个交警正在处理一违章司机。从司机的体态看似乎是在求情。我所乘坐的出租车司机触景生感慨，说：“讲好话等于放屁。”他介绍说违章被抓没有什么好讲的，不管讲什么最后还是扣分。昨天他就被扣去全年可违章 12 分中的 4 分。我发现司机在讲这句话时并没有不满和气愤。

我想，这位司机从前一定也违过章，违章时也一定讲过好话求过情甚至动用过某些社会关系。好话也一定起过这样那样的作用，或免于处罚或因态度好减轻过处罚。我可以猜测，减免一定不会使他心服，因为有其他违章司机违章更大胆更张狂也没事；减轻更不会让他心中无气：凭什么我违章就罚而有人却没事呢？其效果是今后有机会还会违章。现在好了，受了处罚却没有什么气。原因大概有二：一是我违章，罚，该。二是规则面前人人平等，谁违章，谁受罚，谁该。

加入 WTO，中国人的规则感受将日益深刻。出租车司机“讲好话等于放屁”的经验之谈，的确可以算交警部门所获得的一个实实在在的赞语——我们越来越尊重规则了。以三尺为一米作为尺度，就不把四尺算为两米。被管理者司机一方尊重规则受罚，管理者交警一方尊重规则处罚。双方清清楚楚，明明白白。

但愿更多行业、部门得到这样的赞语。虽然不太雅，却是真的赞语。

（初刊于《金华日报》2002 年 1 月 9 日）

作者新语：

我们——似乎——都爱干自己其实并不擅长的事。装修是如此，其他许多事，也是如此。

跑远一点，我觉得写作也是一门专业，有趣的是，网络时代，许多人都敲击键盘并扬扬得意于自己的文字。这可能是一个作家的开始，但不会是一个人成为作家的标志吧？！

装修：一个美丽的传说

佛要金装，人要衣装，房子得钱装——伴随着住房商品化的步伐、老百姓生活水平的提升，房子装修日益热起来了。

过去有一种说法是：与某人有仇，就劝其盖房。盖房，人就得脱几层皮，累得半死，仇不是自动消解了吗？现在不同了，钞票点点，房子就已私有，无须劳神。但累得够呛的事一样有。你不是得紧跟潮流，按照你自己对美丽的理解来“修理”它吗？而指点别人替你装修也够现代人累至“疲软”的。不过，现代人乐意，已不像过去那样需别人劝上一回两回的了。

装修这活，你干不了，你得请人，一动了装修的念头，不管是新房还是旧屋，你都得走上一条漫长不归路：先得到朋友、同事、熟人等先行者那里参观考察，还得吸纳各种装修信息，请人，价格也得几回讨、还才能定下来；请好人后，你还得听他人的调遣，需要什么材料，多少物资，你得亲自跑；另外，对师傅也还不敢放一百个心，你还得陪修或说监工，师傅们大多有几手，装修时，不时哼着“该出手时就出手”的流行歌，你可免费享受带地方口音、地方口味的流行新版本了。外行人指点内行人，你要研究的东西多着呢！好在，你乐意。现代人就得忙着，不忙着就不叫现代人了，怎么能跨世纪呢？

装修，最能检验一个人是不是固执己见！可惜，实践证明，绝大多数人都有这毛病！于是有人总结装修几大误区：一、立足错位。大多数人虽说是跟着好感觉来发挥，以求得在自己的空间住着舒心，但骨子里难脱从财富角度看待房子及房子的装修，于是在耗钱上动念头，辉煌、富丽、大气都难免带上跟别人比、跟自己过去比的“潜意识”。于是客厅好似宾馆，惜无客至；书房宽阔好雅致，书落尘埃；厨房革命面貌新，人的口味却难调。二、“一步到位”观念作怪。“有套房子不容易，我得好好梳理，累上一年半载，不就齐了，这辈子就有了个好家。”不知时代变化，自己的审美观也在变化，过几年别人看不顺眼不说，你自己也看着不乐意。不过，关系不大，住久了，习惯成自然。三、十全十美理想。追求完美不单是理想主义者的专病，凡人也常在做人做事上犯着。在完美理想的追求下，装修前、装修中累着你不说，装修完工后，你还得挑剔，挑来挑去你自己心里不舒畅不是？四、盲目从众只入时人眼。从众，房子装修难有个性展露，千房一面，就像厂家生产的系列产品，看似多样，却只能是一个品牌。这恐怕与你的初衷不合了吧？当然，来参观考察的人们大都说好。原因有二：大家都这样，你好我好大家好；来的都是客，难拂主人“美意”。

装修再累，也有完的时候。站在新房之中，幸福感不是有了吗？有人说幸福生活需三要素：理想，行动，结果。装修，不就让你好不容易幸福了一回吗？装修目的在于“我想有个家”，结果是我有个小宾馆，宾馆外面还有好几块不锈钢的栅栏、一个带猫眼的长方体钢铁样板——现代人把过去加固牢房的技术用在这上，不会是一个流行幽默吧？！

时代进步了，装修已日益成为现代人的必修课。不过，在我看来，对人来说，房子内部装修只是外表美，内在美还得靠我们读书、学习，提升素质，这和房子装修一样，不单单是一个花钱的事情。

（初刊于《浙江市场导报》1999 年 7 月 1 日）

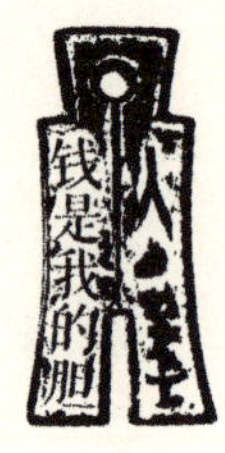

作者新语：

有时想一想，热闹可真是认识中国人的关键词之一。知道中国人爱热闹以及是如何热闹的进而在热闹中如何心宽体肥安身立命的，便大体知晓中国人的根本了。

不适宜的热闹，闹心。

适宜的热闹，开心。

中国人，最怕孤独吗？

热闹处难觅真球迷

世上本没有迷，说的人多了也便成了迷。迷星如是，爱财如是，迷球亦然。

足球流氓更不用提迷了。原因很简单，赢也闹事，输也发火。典型的借球使气。只有迷样，毫无迷踪、迷神。自然，足球流氓不能构成“世无球迷”的例外。

芸芸众生，的确不乏围着足球转上一圈两圈的。不过，细思量就知，人生在世，吃穿住行，开门七件事，柴米油盐酱醋茶，所有这些生活必需品中没有一件带有一丝足球的影子。这也无须证明。原因也很简单，在足球在地球上转动之前，我们人类早就吃、穿、住、行久矣。所以，思量的结果就是，盯着足球看上几眼，晚饭后在草坪上玩上几脚的，绝没有几个全身心投入的人儿——正如现代社会难以有古典爱情的藏身之地一样。业余玩玩的，玩的是潇洒，丰富的是生活；业余看看的，凑的是热闹，超度的是休闲。所有这些被号称为球迷的，绝大多数跟迷不搭界，至多打了个擦边球。“好看”“过瘾”如此之类电视解说、名人侃球所用的辞藻，迎合的不正是芸芸球民的这一普遍心理吗？

当然，我也不是睁眼瞎。地球上这一群那一伙以球迷相号召的组织或群落比比皆是。这场球那场赛，拿着“号角”（各有特色，不一而足），涂着花脸，在都市的繁华处制造城市声浪。谁目不察？谁耳不闻？事实证明，眼见不一定实，耳闻也不一定实。我们只有透过现象才能看清本质。某地的球队自然拥有某地的球迷，这一较普遍现象自然道出了某地球迷“呐喊”的不过是某地的“地方精神利益”。在这种“唯地是迷”的地统论下，执迷的球迷不过是先结婚后恋爱的男女——至于感情如何，还有待下回分解。一地如此，一国如此，一洲亦然。亚洲球队走好、冲破欧洲防线之类确实是区域集体无意识的反映。由此我们可以找到这样一架“云梯”：地方精神保护主义——爱国主义——爱洲主义。至于会不会产生爱球主义，还有待外星人前往地球比试时才能知晓，在此不先预言。在精神利益的驱动下，先果后因地迷球，迷的是球外。这恐怕与沉醉、迷恋尚有尺寸距离。当然，利益引入门，修行在个人。能修行成道的不能说没有，但成道以后就是球迷了吗？

细心的看客，不难看出，我用的是减法，一点点、一层层将伪迷人员排除。现在我们眼中只剩下铁杆球迷了。在此，请允许我最后献疑：铁杆球迷就是球迷吗？其实这一问更不值一驳。铁杆者，精神利益最坚强的捍卫者。捍卫者的角色定位使他们不是刮东风就是刮西风，和球界的风总不一样。这与陶醉球艺、沉醉球魂的迷意相左，决难时时合二为一。看来，铁杆球迷打的是球迷的招牌，行的却是“匹夫有责”的“私意”。

减来减去，这样看来，毫无所留。各位看客，且慢止目，睁眼细察，其实我们眼中还有一类，那就是上面所说的修行成道的人。这类人，功夫用在球上，迷球的功利性因素随时光流逝渐渐消减以至于无。不过，这类人更多在以个体的形式来看球、品球、玩球。激情奔跑的球员昭示着生命强劲活力，他们与之心际联通，灵犀感应。在感应中获取人的本质力量的对象化。对于转动的足球所体现的人类奋发向上精神，他们心领神会。在对地域、民族、国家、肤色等因素的超越中，他们定义和阐释着马克思所言的“真正的人”的内涵。要说球迷，他们才是货真价实的球迷。不过，他们不戴球迷这顶流行帽子在热闹处彰显，也不太会以球迷相标榜。

如此这般，三下五去二，面对结果，我敢放言曰：世无球迷，至少在热闹处找不到。

评论：

网友路同 [lutong_326]

正如俗语云：半罐水响叮当，满罐水摇不响。

网友潇潇情冲 [hans]

原城的铁杆球迷们呢？站出来说话啊！

网友白玉鲸 [baiyujing]

我是真球迷，我不凑这热闹。

作者新语：

中国人看不清楚，有这样明显的两方面，一是劳动，二是钱。

劳动分出贵贱，钱溢出铜臭来——皆不是正确的劳动观金钱观。

劳动是光荣的，有钱真好，用自己的劳动挣出自己的钱，更加好。

劳动是光荣的

劳动是光荣的。但在人们的日常工作生活中，人所共识的“公理”却被“识”出不同的“味道”来。仿佛透过毛玻璃观看一道风景，美、荣光是有的，但很朦胧。

我的一位朋友曾在我面前倾诉牢骚：我在单位中，不知不觉中成为大家的“听差”和“帮手”了。拿走办公室的废纸篓、搬件东西之类的杂事，好像总在牵着我的手似的。干习惯了，难免被冠以“好人”“勤劳”的称谓，这也可“宽容”下来。可是在打扫马路、栽种树木之类的义务劳动中，一些所谓的“精神贵族”生怕吃亏，远离脏、重活，在领导眼前晃一下，便偷偷一边“凉快”去了。仿佛是用行动表明他们比别人高一等——真是可气！我听了朋友的气话，坦然一笑。对他说，你什么都不缺，只需要一个信念，一个很传统的信念。那就是：劳动是光荣的。将行动回归到“纯劳动”上来，抛开周围杂乱的一切，就像刚变成人的猿人打造粗糙的石头工具一样。这样，劳动虽然累了你的身子，却净化着你浮躁、烦抑的心儿。宽解朋友之后，不免又多想了一些。劳动分体力劳动和脑力劳动。在知识经济时代，脑力劳动的知识含量、价值比重越来越重，这是事实。但，某些人据此推断脑力劳动比体力劳动光荣，却是一个看似正确实为谬误的推断。因为某些人只是看重脑力劳动悠闲的外表、劳动价值高等“优点”。正如一个穷汉子盯着富人，不是仰慕富人的人品，而是他袋中的“金币”一样。“看重”和“光

荣”无关。由此，脑力劳动如此走高，体力劳动的地位日渐式微也就“顺理成章”了。正是因为这一“看重”的色彩，劳动也就分出等级来，就像给本都是赤裸裸的人穿上外衣分出“白领阶层”和“蓝领阶层”一样——附加在劳动上的“等级色彩”“异化”了劳动的本质。于是，在进步中，水往低处流，人往高处走。流呀走呀这都没有错，问题是人们应认识到在“等级色彩”的里面仍是劳动本身。事实上，不少人却因色彩的缤纷迷失了眼睛，忘了里面是什么了。更不要提在猿到人的转变过程中劳动所起的决定性作用，以及在人类每步进步中劳动所立下的“汗马功劳”了。

人们也许会认为我说得太“玄”了一点。不过，留心一下，就会发现，媒体上拼命宣传下岗职工应转变观念的举措，不就暗含着“玄”机吗？在社会诸多分工中找到适合自己的一份工作，你面对、要做的就是劳动，这是和猿人打造石头有相同本质的劳动。正因如此，不管是脑力还是体力劳动，在计较劳动价格之外，我们千万不要忘了——劳动是光荣的，正如小说家所说工作是美丽的一样。以此观之，所谓转变就业观念，不过是正确对待从前没正眼看的“脏、差”劳动罢了。

（初刊于《中国律师报》1999年2月5日）

评论：

网友九年［y9］
对！
劳动是光荣的，工作是美丽的。

网友怪歌［xtywy］
劳动节有新解：
让劳动者更辛苦地工作（将应该在平时发放的奖金在这天发下），而管理劳动者则有了一个将平日掠取消耗些的节日。

网友随缘100［suiyuan］
分工不同，造成心理的不平衡。
体力劳动和脑力劳动，都是劳动。

网友怪歌［xtywy］
所以嘛，今天辛苦的人应该感谢“五一”了，因为它再次提醒他们，这是命中注定的分工。

作者新语：

悔言集，给人看吗？

是不是都麻木了呢？

搞本贪官悔言集

“二十年后又是一条好汉！”面对看客的“漠然”和“期待”，阿Q喊出了临死前的“绝响”。——放纵、低哑的声音似乎没有讲明阿Q的“悔意”。时下，翻阅报刊，纷纷落马的贪官似乎少了一点“来世掌权（二十年后）仍是一个贪官”近似阿Q的直露豪迈腔调，而多了一些悔恨和懊丧的“表现”。广西玉林原书记李乘龙在狱中写诗言志曰：“出身布衣贫，自幼讲诚信。少年怀壮志，半世苦艰辛。与民谋福利，积极兼勤奋。大事不糊涂，唯因一念蠢。失足身名裂，铸成千古恨。”——功百错一，创造性地运用汉大赋“劝百讽一”的传统。其写诗“忏悔”道：“钱遮眼睛头发昏，官迷心窍人沉沦。只因留恋名利地，终究成为犯罪身。功名利禄如粪土，富贵荣华似浮云。如君能出赉赦手，脱胎换骨重卧薪。”——意在“赦”而言行忏悔，不过是“为官秘籍”的新用途而已。李乘龙以及李乘龙们的这类“后悔”和“忏悔”是不作数的，原因在于他们的手一套上手铐就起了悔意：对不起人民，对不起党的多年培养，对不起父母妻女，对不起长期构筑的家庭。灵魂深处并没有爆发革命。人是有差别的，贪官虽有“贪”的共性也不难露出“悔”的个性来。看厌了“花架子”，想识“真功夫”。要看真悔的，也有。面对死期降临，原广东惠州市公安局局长洪永林实话实说，真心真意悔一回：

其一，去广州、深圳、香港、澳门那么多次，住过无数豪华宾馆，既有权住又有钱住，却没住过总统套间！

其二，成日里花天酒地，几乎吃遍世上的山珍海味，喝尽了人间的玉液琼浆，既有权喝又有钱喝，竟没有喝过路易十三！更亏的是，家里还放着四瓶，却被抄了！

洪某这一悔，悔得货真价实，具有“行不更名，坐不改姓”的“贪官本色”。“没住过总统套间”、“没有喝过路易十三”，此悔只应洪某有，别人那得擅自专。执法的枪响后，洪永林的悔无“正版”矣——令我们叹惋的是，对整个社会来说，这样的“真悔”“盗印”不已，说不定洪某就是较早面世的盗版本之一。故，洪某的悔绝不会是绝响，一定会有后继者悔着和洪某相似的悔。

现在社会都在加强环保意识，废物利用，垃圾变废为宝，方兴未艾。我想，反贪战线，不妨借用“环保”经验，明确设立废物利用方案，这样，不失为一个亡羊补牢之举。如果有此方案，我献这样一点子：收集贪官的后悔、忏悔（分真、假两类），集成一书，名之曰“全国重大贪官悔言集锦”，公开出版发行，不失为一着好棋吧！这比单纯公布洪某贪多少钱财、李某玩多少妇女之类要有效得多。

有点医学知识的人都知道，抗体会随着病毒侵入人身而产生，正因为如此，不少治病良药都是先从病体上提取相应的抗体精心培育而成。对社会这个大肌体而言，归纳、分辨、总结、提炼贪官悔言，不仅有助于全社会认清贪官的嘴脸，而且会在此过程中实实在在加强社会肌体的抵抗力。

愿洪某的真悔真的成为千古“绝”唱！

（初刊于《大河报》1999年2月21日）

作者新语：

总有——过去有，现在有，将来还会有——一些事情让我们群情激愤。因为，我们爱这土地爱得深沉，因为，我们是龙的传人。

“中华民族到了最危险的时候……”

“起来，不愿做奴隶的人们，把我们的血肉筑成我们新的长城，中华民族到了最危险的时候……”

每当国歌在我们耳边响起、我们的心回应国歌旋律的时候，作为中华人民共和国的公民，我们感到无比自豪和幸福，与此同时，报效国家的雄心壮志也随着一腔热血向上涌动。公元1999年5月8日，以美国为首的北约集团悍然轰炸了中华人民共和国驻南斯拉夫联盟共和国大使馆，造成我人员伤亡。消息传来，举国一片义愤。在电视新闻中，我们看到，游行示威的人流情不自禁地唱起了国歌：“起来……中华民族到了最危险的时候……”

我是中国人，当我听到雄壮的国歌声时，我的心马上加入了歌唱国歌的合唱中。我们发出的是团结的声音、正义的声音、和平的声音。合唱中传达的是中华民族的声音。

北约的暴行、使馆被炸的事实明明白白地告诉中国公民：“中华民族到了最危险的时候”。国歌中“最危险”绝非故作惊人之词，而是中华民族忧患意识的展示。现在，这一警示语再一次向国人警示，血的事实再一次强化和平年代中国人的忧患意识。

面对暴行，仅有眼泪和义愤是不够的。邓小平同志早就指出：“发展是硬道理。”落后就要挨打、落后就会被欺的历史告诫我们：“站起来”的中国人民必须强大、强大、再强大；国家综合国力必须不断上升、上升、再上升，国家强盛才能做到“不战而屈人之兵”，才能为世界和平和进步做出更大贡献，野蛮袭击我国使馆这一“找不出任何理由的行径”才不会在今后的历史上重现。“天下兴亡，匹夫有责”，危机时刻，中国人民不会仅仅依靠愤慨，还会拿出实实在在的行动，奋发图强，兴我中华，为祖国更加繁荣富强更加努力地工作。就像一位钢铁工人说的那样：我要做的最重要的一件事就是产好钢，多产钢。只有这样，“若是那豺狼来了，迎接它的有钢枪”。

对中国，西方敌对势力一直在喧嚣着“中国威胁论”。对于这一论调，世界上爱好和平的人们早就看清他们的强盗嘴脸。面对强盗及强盗逻辑，我们中国除了寻求公理之外，最最根本的途径就是发展自己，强大，强大，再强大，正义、和平的声音只有在强大的国力后盾支持下，才能威震敌胆。我们知道，国家的发展是一个没有止境的过程。世界并不太平，在和平、发展的大趋势下，逆流、杂音不时间生。在此背景下，国家的强大，更不可能“毕其功于一役”。中国人民只有长怀忧患，卧薪尝胆，时刻意识到“中华民族到了最危险的时候”，万众一心，在中国共产党的领导下，团结一致，中华民族才能立于不败之地，屹立于世界强国之林。

雄壮、嘹亮的国歌声不断告诉我们中国人：“中华民族到了最危险的时候！”

努力啊，中国！

努力啊，中国人民！

（初刊于《浙江工人日报》1999 年 5 月 18 日）

作者新语：

“仅仅笑一笑是不够的”，是的，可是，你韩光智这么一讲，你不就站在知识的高地道德的高地从而“自由”地指点别人了吗？

你的生活中，真实生活中，就没有傻事、极傻极傻的事，就像你文章中引出的那样二吗？

韩光智呀！你也自省吧！你在说他人时，某种程度上，不也是在说自己吗？算自嘲吧！

孔圣人说：吾日三省吾身！

仅仅笑一笑是不够的

网上浏览，发现中国新闻社挖到这样一则带荒诞性质的社会新闻：广州有人误信地球爆炸一夜吃光积蓄。

新闻中写道：土耳其一场地震使从外地来广州收购废品的李某误以为地球即将大爆炸，绝望之下掏空口袋喝得酩酊大醉，结果被马路边树桩绊倒跌伤，经治疗康复出院。

只有初中文化的李某，去年在废品中发现一份地摊小报，看到上面刊载的8月18日是世界末日的“诺查丹玛斯预言”后，每天都生活在惶恐不安中，绝望地等待着“大劫难”的到来。17日凌晨，土耳其发生里氏七点四级大地震，李某以为地球的大劫难已经开始了，心想早晚逃不过一劫，还不如做个潇洒的饱死鬼。18日傍晚，李某独自携积蓄三千余元到沙河某海鲜楼狂吃滥喝，之后准备再到夜总会狂欢一把，结果因烂醉如泥步履摇晃，被路边的树桩绊倒，摔得口鼻出血，被路人发现送至医院。

这样的新闻，人见人笑。我看了以后，推荐给不少人看，大家都笑了。但是，我想，仅仅笑一笑是远远不够的。

分析一下我们大家笑的原因，其实挺简单：此人怎么这么愚呢！如果再往下深究，情况就不太妙了！似乎我们大家都脱不了干系，正像精神胜利法不是阿 Q 的专用品一样，李某的荒诞岂是一人之荒诞？早几年，诺查丹玛斯世界末日论流传时，我身边的不少人就有和李某一样的想法——把家吃空，做个潇洒的饱死鬼。这些人和李某的区别在于，李某只不过“言行一致”付诸行动罢了。从分析中，我们不难发现，李某不是孤立于社会的个体，而是和大家连在一起的。我们笑李某，其实包含着自笑的因子。李某之事，如果是偶然一例，我们笑一笑也就过去了。可“法轮功”曾经的“火红”，清楚地告诉我们这样有违常规、常识的事的出现绝非偶然。所以面对李某一事，我们的笑不能完全轻松，似乎有点沉重才好！

在我们的头上，不仅可以露出笑脸，还可以动脑筋、开拓“内部”功能——用脑学、用脑想。只有这样，我们大家的国民素质才能有效提高。

（初刊于《深圳商报》1999 年 9 月 25 日）

作者新语：

是金子总会发光的。可是，金子何时发光呢？！很少人提及。

是金子，总会被贮存的。似乎无人这样念叨。有趣的是，金子的价值，就体现在贮存之中。把金库的门一关，金子发多少光，谁人看到？

如果你是金子，请认识你被贮存的命运以及你真正的价值在哪里。

打破“无物之阵”

某博士毕业后在某单位工作两年多，感觉单位重视人才不过是“叶公好龙”，于是，另觅他处。新单位倒是不难找到，但结果仍是原地独徘徊——走不了。为何？原单位知其去意后，又打又拉，软硬兼施，无奈博士去意已决，只得放行。假意放行后，又施暗招，待到新单位到老单位考查博士的表现时，坏话成串放出。新单位也不敢旗帜鲜明地“好龙”了。可惜一书生，就这样入了鲁迅先生所言的“无物之阵”。

博士的朋友知晓这件无疾而终的现代新故事后，调侃博士说：“你单位把你当文物看待，放着越久越有价值——这，开拓了人才的新用途，不从另一个侧面说明了你的领导很有开拓意识吗？”

放眼社会，这种用对待文物的方法对待人才的事绝不是一例两例，而是带有相当普遍性的。改革开放，除了更加有效地使用财力、物力资源外，还要更加有效地使用人才资源。这已经成为开放中的常识性见识了。我曾听一个领导这样讲过：“人才是用出来的。”的确，未成为人才的人，在用的过程中会成为人才，因为我们每个人的潜力很大；而已成为人才的人更应使用，人，只有在有效使用中才能展其才、露其才，增加其才干。在对待人才上，我们要对实际使用人才的各种“土”政策进行深刻反思。当前，各地纷纷提出构筑人才高地，阿拉宁波不甘落后，把抓人才视为“第一号工程”。我想，“高地”不是把人才堆起来，而是创造良好的人才环境，使人才展其才，从而形成区域发展优势。现在提“工程”的事挺多，“第一号工程”提得到位又响亮，但是提出后，要把工程做好、做实，确实不是一件容易的事。其中，把到手的人才当文物的事也要抓一抓，人才的文物用途其实类同花瓶的摆放作用，还是少一些为好，当然最好不出现这样的事。

对待人才问题，最能反映一地一处领导的开放观念。把引进的人才当作“私有财产”不得转让是前例所提的不宽容让条道让博士走的根本原因。这类领导的头脑中根本没有人才资源配置的观念。不去研究博士在此有无用才天地、单位对待博士有无不妥之处，反是一味地坚决不放，甚至采取“拿不到桌面”的不光明的手段以达到掩盖“摆不到桌面”的理由，实在是不妥。

我国的人才资源是不足的，增加人才的有效使用是改革开放取得更大成就的重要因素。我想，就是将来我们的人才相对多了，也不能把人才当作文物来对待！

（初刊于《深圳特区报》1999 年 12 月 11 日）

作者新语：

好多事，回头再看，可真不算个事呀！

社会向前发展，会越加开放。开放的社会，其特征是，在我看来，一、观念多；二、观念会冲突，有时还会冲得极厉害；三、这点最关键，冲突的观念能相互容忍，也可以说，相克相生吧！——也许，社会的活力就在于此！

都是观念惹的祸

有这样一首模仿《钗头凤》格式的“绝妙好词”：

红手指，银脚丫。头顶彩虹绿黄蓝。鞋跟高，衫裙短。不怕牺牲，只为时髦。嗲，嗲，嗲！

柳眉浓，香袭远。秋娘自愧妆不如。丢魂魄，失风雅。青楼遗风，不成体统。羞，羞，羞！

物相宜，情自然。淡妆素描最风流。重神韵，多内秀，春去秋来，总为人师。美，美，美！

这不是什么诗刊杂志的作品，而是上海一个小学校长的“为时而著、为事而作”的打油诗。校长抒情怀之余，不曾想到，其诗的“针对性”却惹出了一场官司。

事起于今年6月8日。上海某小学校长循例向全校教职员工下发本月中旬工作书面计划。令人惊诧的是书面计划中夹带了这首“绝妙好词”。学校教职员工大感愕然，一位黄姓女教师却将一纸诉状递进法院，状告校长“无端散发传单，以隐晦、嘲讽的手法诬蔑原告为妓女”。诉状中引据《辞海》等典籍指证词中所述“秋娘”

为妓女通称、"青楼"更为人所共知的妓院代称。诉状并称，传单所指对象虽未点名，但学校工作人员都明知是谁，为此要求法院判令被告当众向原告道歉并赔偿经济损失和精神损失5000元。

据报上说，目前此事仍未了结。官司结果由法院管着，我们管不着。不过，我们清楚地知道："红手指，银脚丫""打油诗""官司"，都是观念惹的祸。

改革开放二十年来，思想上的收获，简单地说就是观念的进步。社会上不同的观念"百花齐放"，人们越来越习惯起来、宽容起来，乃至用审美的眼光来欣赏这种多样性。这是好的现象。看到别人"cool"，自己看不顺眼，想着用自己的观念去套别人、并在人前道长短是不妥的，以"上司"的身份，用类似行政发文的形式更是谬之远矣。我个人认为：作为黄某，其"cool"绝不会违法。不过，身为教师，工作时间似不应太"cool"，以免造成学生的心猿意马。

进入新世纪，像这种观念冲撞惹的祸还是少一点为好。观念迥异，也要相与谋事。这是一个我们大家都要遵循的大观念。

（初刊于《民主与法制画报》1999年10月8日）

评论：

网友怪歌 [xtywy]

不错，人的观念是先者。但往往每到事物发展阶段，更为强硬的旧习惯思维阴魂难散。所以真正实现观念更新很难。观念得到更新，社会也会大踏步前进一步了。

现在看看企业界的发展，许多企业一个个垮得一塌糊涂，但当地政府却仍然要按照陈规去收费，去要福利，去抽血，这里面除了利益驱动之外，还有一个根本点就是观念跟不上。中国"入世"了，所谓竞争、发展等都容易办，中国人多，成本又低，根本不怕无法生存，但真正可怕的正是表现在观念上，思想意识的缺陷犹如被催熟的红苹果，颜色鲜艳，但其味道却太差了。

谈深了，这第一板斧可能不怎么响，还请见谅。

网友石 鼓 [gaoweizn]

观念问题是一个要永远思考的问题。对错问题也常叫人思考 。

别林斯基说：“没有民族性就没有世界性。”

近年来，我们一些被西方人崇拜的东西，反而被我们许多人，尤其是年轻人丢了。

这不能怨他们。这里是个教育的方针与舆论导向问题。

纵观世界文明发展史，他们都在不牺牲本民族优秀传统的前提下，才去吸取外来优秀文化。

现在的很多人，

研究音乐的，不知“商宫”古音，

研究中国画的，不知“六法生态”

写唐诗宋词的，不知平仄、对偶，

学文学的，不知四书五经。

好在我女儿这一代从初一开始，找回我们的孔子、孟子和老子。

否则我们这个民族不堪设想，绝不是危言耸听！

网友：石 鼓 [gaoweizn]

垃圾和瑰宝只是一纸之遥。

没有眼光和功力的人很难分辨？

这里仍是智者见智的。

如学碑，有人常将残缺当点画学之，误也！

网友：潇潇情冲 [hans]

以宽容的态度对待论坛的搞笑与灌水，不知算不算一种观念更新？

作者新语：

那时叫“男生”叫“女生”。那时这样叫，挺酷！

亲！现在叫什么呢？

小伙伴们，现在叫什么呢？

“女生”“男生”好“酷”！

时尚最易从“爱情症高发人群”中找到“中坚力量”。不知从何日起，台湾的“非常男女”掀起了新时代“爱情”的“红盖头”。于是，不少电视台纷纷随“风”而“视”，“非常男女”非常流行，爱情在大众的关注下“风风火火”——我们的时代也因此被人正式命名为“速配时代”。需要说明的是，“速配时代”的主角“非常男女”有了新的称谓：“男生”“女生”。这一称谓明明白白地裸露了“不自在”的“成人”的新“酷”样。《红楼梦》云：“成人不自在，自在不成人。”古今同理，现代“成人”也难逃此“不自在”之劫。好在他们有了全新的化解“不自在”的方法：用虚拟的“男生”“女生”身份置换“不自在”的“沉重肉身”。

自然，谁都知道，“男生”“女生”本是称呼学校中的男女的。早已步出学校的“非常男女”怎么会用“这张旧船票”“登上你（对方）的客船”呢？凡事皆有因，我们不妨看看“男生”“女生”们的心态。昔日学校的旧时光，弥漫着“理想”“朝气”“青春”“激情”乃至“初恋”一类的东西，加上回忆这支“粉红色的彩笔”添加“浪漫”，旧时光就成了“月下的美人”更显得婀娜多姿了。而面对电视镜头的“非常男女”可以说是步出学校后在社会上操练得较为成功的人士，至少已露出成功的苗头，否则也没勇气、胆量走到前台摆出“爱情的砝码”的。和毕业后“表现不太好”

的毕业生相比，他们对过去多了几丝俯瞰的意味。与此同时，他们自己也清楚地知道，为了事业、为了成功，他们已迁就了社会许多，自觉成为“不自在”的“成人”。这样，和过去校园里的自己相比，又多了几分无奈与失落。过去的“理想”“朝气”“青春”等等都如时下的商品一样已打折上架了。他们在捞到成功的同时也拿到了平庸，无可回避，这又是人生必走的路径，他们只得如此。作为补偿，在事业之余，他们纷纷扮“酷”。不过，从校园走过的，大多有点知识，他们要追求点“格调”。而“男生”“女生”这样一个简单的旧称谓真是太合时宜不过了。从“格调”角度来看，“男生”“女生”还有几分矫情的成分，乃至透出对时光流逝（不只是指时光流逝）的迁就和无奈。这样，“男生”看“女生”时眼中似乎就多了几分坦率，“女生”看“男生”时眼角似乎平添了几许清纯。

对世界上多数事物的解说大都牵强附会，不少甚至是胡说。我对“男生”“女生”的看法，也许正是胡说一通。不过，市面上的的确确传呼着“男生”“女生”的声浪，“男生”“女生”已从“非常男女”身上扩展开来，步入寻常百姓家，在“常男女”的嘴角振动了。这可是实实在在的时尚。既很丑，又不温柔，且又不酷的我就已被“女生”传呼了好几次了。不过，我是个差生，只是被动时尚而已。好在时间可以改变一切，且容我慢慢适应吧！

诗言志，也可言时尚。诗云：

江山代有时尚出，
各领风骚三五年。
非常男女非常好，
社会青年成天骄。

（初刊于《广州日报》2000年1月30日）

作者新语：

从历史角度看，挨宰是市场经济发展必经的一个阶段。当我们挨宰时，我们也是为市场的健康发展做了铺路石哟！——看穿了这点还能做到自嘲，便是更懂人生滋味吗？

怎么有点像阿Q？

你懂的。

明明白白“挨了宰”

人生有许多无奈。有大的和小的，诸如人生难免疾病、死亡之类的大无奈，有时并不太萦绕你我凡人之心；常扰你我的是一些琐细的小无奈。比如作为“上帝”（消费者头上的一顶“高帽子”），你却多掏了钞票，“挨了一刀”，更为气恼的是，你是明明白白清清楚楚地知道“我（他妈的）挨了宰”。如果你“肚里不能撑大船”（你没有机会当宰相修炼个“大肚子”，故“大船”进不来）的话，脑中的清晰记忆会不时在以后的岁月中提醒你挨宰的苦涩疼痛。

人生的疼痛是艺术的“作料”。在某些艺术中，这些疼痛在笑声中（苦笑、乐笑、大笑、含泪的笑，因情而异）化作“精神食品”，让我们“养足”继续“活着”的精力和“培育”继续“活着”的乐趣。我听到这样一个相声，其中有这样一段：夏日，一人在路边买西瓜解渴，西瓜摊上摆着一块牌子，上写“一块一角”的字样。这人连吃了三块，掏出三毛钱付与摊主。摊主说：“钱不够。”这人糊涂了，说：“你不写着‘一块一角’吗？吃你三块，付你三角，清清楚楚。”摊主“平静”地“对付”说：“我这切好的西瓜有几个角？”这人数了数，说：“四个角。”摊主说：“每块西瓜四个角，‘一块一角’，四块钱，三四一十二，不多不少，共十二块。现在明白了吧，付钱。”老板算账算得清清楚楚，“上帝”挨宰挨得明明白白。

喝着咖啡，悠闲地坐在家中看电视品尝“一块一角”的相声是一回事，站在街

烤鸭
一块一

边做消费者做当事人听摊主“解说”“一块一角”是另一回事。“一块一角”并不是每个吃西瓜者都“有缘”碰到的，但是，芸芸众生，有几人没有或大或小或这样或那样挨宰受苦受难的故事呢？坐的士多跑了路，话费单只有“共计”没有“明细”，生活中不明不白的消费让人不舒不服。

“消费自有公道，付出总有回报。”“上帝”要想公道要想明明白白，也不是“口说无凭”，价格法、消费者权益保护法可为“尚方宝剑”。请别小看这“剑”，王海凭此打假赚钱做成事业。凡人你我，遭遇挨宰事，下下策是“做顺民”，切实之举是拿出实实在在的行动。打个电话甚至聘个律师来维权，有何不可？又有何难？万一买到“一块一角”的西瓜，我们不能明明白白“肚子里不舒服”，而应该将“一块一角”弄个明明白白——这是价格欺诈行为，岂能由摊主说“明白”就明白。不将“一块一角”弄明白，其结果只能是凡人你我明明白白挨宰，而不是明明白白知道摊主的“明白”宰不了我。

大家来维权，大家明明白白，这也是促使我们的社会迈向法治社会的最切实的行动。大道理讲一句，这也是利人利己利国之举。

（初刊于《浙江工人日报》2000年3月14日）

评论：

网友石 鼓 [gaoweizn]

宰和被宰常常是“周瑜打黄盖”。

在很多场合，不同的职业行为，赋以不同的生命。

商场以争利为目标，以一切手段使利润最大化，一切行为是合理的。

官场以谋取胜，获得权力的顶峰，一切方法也是正确的。

所以，行为是为目的服务的，否则你出局。

网友怪歌 [xtywy]

先生是悟道，点点都是机。

如此来推动大家提高法治观念，投入到中国法制建设中去，倒也甚妙。

其实相声段子那个手段高手倒也有几份诚恳，甚至找几个人来托他一把。上当的好利心理做怪，始终不明白自己是鱼，还自认为是掉进油缸里的老鼠，偷乐沾了一身油。

作者新语：

我至今还闹不清存单10000元贷款只能贷9000元这一问题。

在人和人之间信任难以建立的时期，这一问题是必然的吗？

——这是一个不要答案的问题。追问一下，大家一起追问一下。有所领悟即可。

信用打折

到某银行去办事，发现其门口有这样的广告：存单抵押贷款。有急事，怎么办？存单又没有到期，为了避免利息损失，你可以选择存单抵押贷款。不过，最大贷款面额为存单的90%，利率在同档流动资金贷款利率基础上上浮10%。

看到这项银行新业务，我产生这样的疑问：为什么是90%而不是100%？我试着找出原因：一、银行向商业银行转化还在“化”中，还保留着许多计划经济的做派，官气还在冒。原本是双方有利，现在操作起来，好像是银行单方面给客户“好处”似的，其实银行从中赚到了钱。市场经济，经营的双方都得担风险，90%就意味着银行和风险毫不相关，银行的算盘打得太精了。90%暗示着别人来求我，我就高人一头？二、“防卫过当”。大家知道，银行的死账、呆账，收不回的贷款挺多，“一朝被蛇咬，十年怕井绳”。银行放钱的疑心重多了，以致到现在对客户的信用不敢提升。我戏称为“防卫过当”。三、银行缺乏商业头脑。现在拿着存单来借贷的一定不会是死账呆账收不回的贷款的“元凶”。由“元凶”的行为而导致的不信用加之于存单贷款户身上，真是“打错了板子”，他们可是“大大的良民”。市场经济的原则是双赢，用存单作抵押进行贷款，客户和银行可以说是双赢的。利率上浮10%太专业，我不懂，也无从了解上浮的理由，但90%却毫无疑问为双赢打了折扣。——既然有存单，难道还不起100%的贷款？用一万元的存款还一万元的贷款，这可是最简单的道理之一啊！客户不能尽其所能，这可不是客户希望通过买卖得到的东西。客户必然感到不舒服，而这无形中就对银行的服务质量打了折。

如何建立信用机制，让客户和银行双赢？这是一个大的问题。这是今后银行业发展要解决的问题。但大问题的存在并不意味着把并不存在的问题当作问题。这种完全可以100%信任的业务为什么却只用90%呢？

（初刊于《观察与思考》2000年第4期）

作者新语：

“中国人讲的理由，不过是一个个借口。”这是我领悟后的乱弹，对不对，另说。不过，拿这个标准来看我过去写的讲理的文章，真有点冒虚汗的！

站着讲理不腰痛。真实的事理自有其外在和内蕴的逻辑。你只讲纸上的正确道理，有什么用呀！

100 － 1 ＝ 0

经济是中心，招商是中心的核心。故，我们经常在媒体上看到经济增长多少点，招商引资若干数。但，只要稍加留意，我们就不难发现招商的另外一个声音：某地某外商因某小事一桩（诸如什么证件好久办不出来，坐出租车挨了宰，到医院看病没看到医生之类），已谈妥待签的项目告吹甚至已开始实施的项目抽资。这类现象，抽象一下，就会得出这样的公式：100 － 1=0。

问题出在 1，这个 1 就是软环境或者说软环境的某一个小小的环节。国际上有一个资料分析，在影响投资的各种因素中，最重要的是软环境。硬条件、软环境是招商的两条腿，硬条件改善快，容易上去，软环境看不见、摸不着，只有事到临头才让你晓得马王爷长着三只眼。两条腿不一般长，走路没多大关系，但要想跑起来就难了。问题出在人身上，追根溯源，软环境不振的根本还在观念上。计划经济培养出来的思维方式和方法仍在现实中不时逞强，有些人心里并不知道“商人重利”的合理性，不知道招商引资对地方经济发展的分量。招前“生怕别人不来”，招后“生怕别人赚钱”，见人赚钱除了眼红外并无进取之心，“赚这么多钱应该多拿一点出来做贡献”，言词间常会露出“吃大户”的不健康的小农意识，市场经济的双赢观念还有待提高。职能部门站在有权可用的角度发现“问题”让你知道我是干什么的，

“单兵作战”的招商部门“跪下来求人”（某招商人员的原话。此系比喻，非真跪）求来的商却在某些职能部门那里遇到了软环境“发软”只得折了回来。而现在商人投资常做“选择题”，不怕一处发软，另找地方发展就是了。追究责任，板子只会抡空，打不到任何人的屁股。

股市有股言曰：强者恒强，弱者恒弱。地方如股市，一个地方的招商引资也存在强者恒强弱者恒弱的现象。搞得好的地方用加法甚至用乘法，商引商，指点何处是通途，一个成功的投资者会引来一个或者几个投资者；搞得不好的地方用减法，“坏事传千里”，一个问题处理不当减去一个项目，其后果是还会减去潜在的后来者。这一现象的背后就是软环境在较量。

说大话，软环境是系统工程，要想搞好实在不容易。和抓建筑工程一样抓好质量关，一是要用真材实料，关键处要用好料；二是搞好监理，发现问题不能拖不能以“下不为例”来处理，不妨搞个反面典型振一振风气。说到底，关键在人。最关键在领导。

“给我权，给我经费，招商有什么难！”——一个招商人员如是说。旁观者清，一语言破了招商引资工作中存在的许多框框。这些框框虽然和软环境关联不大，但问题指向是一致的——人的观念，尤其是某些领导的观念。

（初刊于《宁波日报》2000 年 8 月 18 日）

作者新语：

每个人都心怀偏见，本地人对外地人的偏见极为普遍。不信，外地人回到故乡时，摸摸心头问一问自己，对他故乡里的外地人，有没有另眼相看的意思。——人口大流动是最根本的因素，人的劣根性是最内在的因素。好在——趋势是，普遍的偏见越来越小，作用也越来越小，从中，社会有些缓慢进步。不要急，社会发展还真急不来。

“外地人员优先”

热闹处看名堂。近日，看报纸广告，发现某外贸公司的招聘广告中附有这样的条件：外地人员优先。招聘广告从“限本地户口”到“本地户口优先”再到“外地人员优先”，从一个侧面，我们可以觉察出改革艰难的痕迹，明了现在的改革又上了一个新的台阶。

“限本地户口”“本地人员优先”，现在看来，确是不够开放的“言辞”，实事求是回头看，却有其现实的必然性。我们知道，改革开放中最活跃的是人的因素，伯乐相马，人的能力就是招聘的第一位因素。而在中国重血缘、重人际的社会中，在计划经济迈向市场经济的过渡中，人和人之间的关系纳入人的能力范畴并占了很大的比重。人熟是个宝，是看不见却行之有效的无形资源，企业单位因此而多获便利少摩擦，行政机关因此少些冲撞多便利（要不怎么有人把中国经济名之曰“关系经济”）。而这又和政府当时的相关政策相和谐：政府把外来人员作为本地人才劳力的竞争对手，有意无意中制定了一系列排斥和歧视外来人员就业的政策。

改革渐进步步高，限制外来人员、优先本地户口的做法和政策已日益成为改革的障碍，妨碍劳动力转移将会使今后一个时期的经济增长丧失掉一个重要的源泉。从政治的高度讲，这也和“全国一盘棋”的大局观念有违。市场，作为看不见的一只手总在调动着资源配置，某外贸公司打出的“外地人员优先”，可以说是劳动力市场配置人才劳力资源的一个全新信号。

想一想，信号从外贸企业发出是最自然不过的了。外贸企业的工作主要是联内对外，关键是对外，国外较完善的市场体系更多地要求竞争者本身的能力而非附在人员身上的人际关系资源。国内市场经济的建立和逐步完善，“靠关系打天下”已近“黄昏”，企业在人力配置上也将随之变化。熟人便利时所必须付出的“联系、沟通”成本的增加也日益突显出来。政府应顺势而为加推力，根据这一变化的新形势，着力培育劳动力市场，从而使得人力资源配置效率得到提高。做更大的“蛋糕”将使更多的“本地户口”“外来人员”获利。

市场总是变化的。“外地人员优先”和“本地户口优先”一样，从一出现就带着鲜明的过渡性质。我相信，随着发展，进一步完善的劳动力市场发出的信息是：市场对谁都是公平的，谁也没有优先权，即使是蓝眼睛的老外。随着世界经济一体化，随着WTO的来临，资源配置的国际化已成变化的方向。人力资源配置更得领风气之先。

（初刊于《宁波日报》2000年9月17日）

作者新语：

不能提钱，一提钱就俗，一提钱就见外，一提钱就生分，一提钱就……

可是，许多事得靠钱，在钱上，不见分明，许多事就难以分明。

价格：“公私分明”为哪般？

如果你长得有点“干部”模样，那么，你就不难遇到这样的事：即使是一元两元的小买卖，如上街配把钥匙，你得到的第一个市场信号或许就是：“是公家的还是你个人的？”如果你不懂市场行情，追问一番的话，接下来的回应便是：“公家两块一把，私人一块五配一把。”——这种“公私分明”的价格“政策”“出台入市”的原因是什么？得到的回答是：公家得开发票。——一个听起来就有点勉强的理由。

其实并非只有配钥匙的师傅知道买卖得“公私分明”，其他不少行当也存在“公私分明”的“惯例”。上家具店买几样家具，价钱已谈妥，当我付完钞票索要发票时，老板的嘴巴再一次张开了：“开发票，这个价钱弄不来；公家要发票，得加 10% 的税钱。”——老板做生意应交的税钱转嫁到“公家”身上来了。不知这“惯例”是怎样形成的。而“大公家（国家）”对此早有说法。《中华人民共和国消费者权益保护法》第二十一条规定：“经营者提供商品或者服务，应当按照国家有关规定或者商业惯例向消费者出具购货凭证或者服务单据的，经营者必须出具。”当老板知道我是私人购买家具时，开导我说：“你私人要发票干什么呢，又不报销。”——“从南京到北京，买的没有卖的精”，这么一说，我这个“上帝（顾客）”似乎理亏了似的，而据懂经营之道的人说：不开发票好逃税。原来“猫腻”在这里。

月
日
小计
单位
数量
经办人：

“公私分明”的价格并非只由发票来划分。比如现代生活离不了的电话，一般人有所不知，电话是分甲、乙两种的，收取不同的初装费和电话费。我向当地的电信部门询问了一下，我所在的地方，初装费倒是一样的，但月租费却见分晓：个人每月 7.6 元，企业或单位每月 12 元。这里且不提装了电话还得交月租费是否合理，单提将月租费分类别收费是否理壮？提供相同的服务，收取的却不同，难道目的就是为了多占姓“公”的一点便宜？其实《价格法》第十四条“经营者不得有下列不正当价格行为”中列有这样的条款：“提供相同商品或者服务，对具有同等条件的其他经营者实行价格歧视。”同样作为“相同商品或者服务”的消费者，难道因“公”“私”而不具有“同等条件”？要知道，“上帝”上市场是不必拿着“身份证”亮明“公”“私”身份的。如果按照这一“公私分明”的逻辑，是不是邮票也得印制甲、乙两种以适应公函、私信的需要呢？（注：此文中的“公”指除个人以外的消费者）

私人的十毛钱是一块钱，公家一块钱是十毛钱，投入市场，理应激起同样的涟漪！我们需要为“公”争取应有的权利！这样的做派，于“公”于“私”都有利。因为公平、健康的市场促进“公”“私”共同发展，对我们大家都有利。

（初刊于《山西文学》2002 年第 3 期）

作者新语：

亲！你从这篇文章看得出影射的意味吗？

这篇文章发表后，又经过我的一段人生后，一个很偶然的机会，我才知道，我这篇文章有影射。看到“小眼睛狐狸”字样了吗？有人自己对上号，于是便认为我在恶意影射，于是给我好看，于是我就真的好看了——我的那段人生跟这篇文章的影射很有关系的哟！

“作者未必然，读者未必不然”。

男子汉大丈夫，敢做敢当，当时写这篇文章，真没有想影射什么人！如今思之，可算笑料吗？我自己有点笑不出来。

龟式赛跑：兔子输了

只因赛跑过程中小睡了一回，跑得那么快的兔子输给了爬得那么慢的乌龟。兔子心里不服气，兔子从失败中爬起，第二次，没睡，赢了第二回合。这次轮到乌龟心里不服气了。第三回合，乌龟向兔子发出战书，诚邀兔子再赛一回。战书是这样写的：

亲爱的、会跑的兔子阁下：

近闻尔身体状态优良，想来竞技状态也不错吧！“不是冤家不聚头”这样的古经我们新时代的动物不能再念了。响应新时代“人人参与”的精神，我这样不善跑的乌龟也想在跑道上展示我的饱满的精神面貌。适逢狐狸最聪明集团出巨资捐助新时代第三届运动会，其中跑道尚差你我捧场凑兴，想来长耳朵的您应该早有所闻吧！经我和狐狸最聪明集团总裁大眼睛先生商议，制定了龟式赛跑如下竞技规则（如参与比赛请同意该规则，也可不同意该规则，但不能参

与比赛）。

新时代运动会田径新项目龟式赛跑比赛规则：

一、赛跑时前双脚不得同时离地；

二、赛跑以小步前进，四足动一次的步幅为5毫米；

三、在跑道上比赛时，不得顺嘴吃道旁的青草；

四、违背上述规章，黄牌警告，三次违规，取消比赛成绩；

五、裁判由小眼睛狐狸担任。

以上规则，敬请参赛双方遵守。

事情就是这样，兔子阁下，我知道您为备战比赛吃了不少苦头，吃牛肉补充营养，上高原练耐力，可真难为了自由自在的您。我想，几个月来您全心全意训练只为赢我，现在时机来了，可否一战？

此致

顺祝　您赛事顺利！

嘿嘿！兔子见了战书，不禁嘿嘿：你乌龟倒有勇气，不错！勇气可嘉呀！好，我就成全你的英名吧！时代发展了，观众“不以成败论英雄”的观念加强了。双赢，我拿金牌你得名，各得其所。

挑战应战，乌龟和兔子第三次的交手就这样定下来了。不过这次的比赛上了档次，一是双方的意气之争纳入了正式的比赛项目，二是比赛的项目前无古例，创新为龟式赛跑。

发令枪“砰”的一声，乌龟和兔子第一次龟式赛跑开始了。小眼睛狐狸也开始工作了。开赛后不久，小眼睛狐狸就掏出了第一张黄牌，兔子跑得快了些，扭头一看，乌龟的头离它的尾巴远着呢！一高兴，不由自主地跳了起来，违背了龟式赛跑比赛规则的第一条“前双脚不得同时离地”。第一张黄牌并没有使兔子灰心。它心想：“我要的是冠军，一张黄牌有什么了不起的，我得远远地把乌龟抛在后面。”这样一想，不由脚下生风。小眼睛狐狸从口袋里掏出了第二张黄牌，理由是违反了比赛规则第二条：“赛跑以小步前进，四足动一次的步幅为5毫米。”这下兔子可有些来气了，“小眼睛狐狸裁判执法不公，为什么总是给我黄牌，”它边跑边想，“乌龟离我还远着呢，我现在坐在跑道上休息一下，你小眼睛狐狸裁判拿我没办法吧？”兔子一转身坐在跑道上，看着乌龟一小步一小步向前蹭，不觉笑了，“跟乌龟比赛别有一番情趣。”转而一想，脸上马上严肃起来，“我可不能重蹈第一次的覆辙，可不能迷糊起来以致睡起觉来，我还是一鼓作气拿到金牌。”这样一想，兔子转身向前。糟糕，第一张红牌从小眼睛狐狸的口袋里闪了出来。原来是兔子在转身过程中发现跑道边的青草很青翠，嘴巴一伸一把青草就到嘴了。

比赛还在进行，不过兔子已不能在跑道上逗留，金牌已是乌龟的囊中之物了。有人欢喜有人愁，此处无须细表。

赛后，评论峰起，有一个声音是这样的：“在我们这一新时代里，体育比赛有着全新的内涵。金牌代表着实力，但这一实力已与旧时代扳手腕有着很大的不同，甚至可以说是根本性的不同。在新时代，对规则的了解和运用就是实力的一个有机组成部分。兔子输在规则上，并不是输在会跑上。乌龟赢在规则上，也赢在会跑上。”

一经济学家看过龟式比赛后，跟人闲谈时说：“这一比赛对中国加入世贸组织是一个有趣的告诫。入世的中国，可能交的‘学费’最大的一项不是比别人经济实力差上，而是在对规则的了解和运用上。了解规则并不难，运用规则也不难，难的是遵守规则、运用规则的思维习惯。”

（初刊于《宁波日报》2000 年 11 月 1 日）

作者新语：

哈哈哈！只有诗的形式哟。——委婉自我批评吧！

自然，这首“诗”是应邀写的。留下，立此存照吧。

相信正气浩荡

当执行“周末公务”的“姜太公”们悠闲地垂钓于鱼塘
当过往的百姓侧目于“免费”、“高雅”、“时尚”的休闲
我们依然坚定地用照相机摄像机用我们的眼睛定格
用不曲的光线昭示：正气浩荡

当我们的电话被“不拘一格”的说情挤成热线
当无形的压力作用于我们的中枢神经
我们仍然坚定地用信念
在改革开放的激流中写下：正气

我们要用手指向那有形和无形的不正之风
我们要用步伐阻扼不正的风势
洋溢着朝气我们这支纠风的队伍
用艰辛的劳作公示：激扬正气

我们之所以坚定地相信正气浩荡
是我们相信民心
相信历史的方向
相信中华五千年文明“善养浩然之气”

评论：

网友村子里的人
到最后，就只剩下了理想主义者的臭皮囊。
当然，就这样，也比大多数麻木不仁的人要好。
能坚持吗？我怀疑。
看过《国画》这本书没有？建议你不要去看，看了会失望的。

网友萧 寒
好词……
不知道，
某些人是否也在看……

网友花落多少
相信是一回事，能不能坚持又是一回事。

作者新语：

作为论理之文，论点论据论理皆有皆全皆能站住。

作为含有复杂元素的情，似乎，又难唯用一个真和假来框定吧！——我这样疑惑着。

腐败不讲真的情

有人说，人，什么都可以缺，不能缺了钱。其实不然，人，最不能缺的是情。腐败分子的腐败故事，常让人在一声叹息后加上一句：为情所困。其实不然，细究起来，就会明白：腐败分子的交易是不讲情的，其交易原则是用手中的权来“垂”钱，用钱来“钓”权、利。腐败讲的是假情，不讲真的情。情，不过是一个幌子而已。

我们不妨看看古人的真“情”流露。《战国策·邹忌讽齐王纳谏》：

邹忌身高超过八尺，体形俊容貌美。他穿衣戴帽对着镜子细看，问他的妻子：“我跟城北徐公相比，谁美？”他妻子说：“您美极了，徐公怎么能比得上您呀！”城北徐公，是齐国公认的美男子。邹忌心存疑虑，不太相信自己比徐公美，就问他的侍妾：“我跟徐公哪个美？”侍妾说：“徐公哪能比得上您啊！”第二天，客人从外边来，座谈说话，邹忌问客人：“我跟徐公谁美？”客人说：“徐公不如您美。”

过了一天，徐公来访。邹忌仔细打量徐公，自以为不如他美；再照镜子看自己，更感差得远。夜晚躺着，心里在想这件事：“我妻子说我美，是偏爱我啊；侍妾说我美，是怕我啊；客人说我美，是有事求我帮忙啊！”

于是，邹忌上朝廷晋见威王，说：“臣子知道我确实不如徐公美，臣子的妻偏爱臣子，臣子的妾怕臣子，臣子的客人有求于臣子，都说我比徐公美……”

现代人进步，隐私权得以保护。鉴于此，我们不谈论妻子对丈夫的悄悄话，只说说“妾”和“客”。现代人不难从邹忌的领悟中得到这样的领悟：“二奶”美我者，傍我也；行贿者美我者，有求于我也。情随傍生，情随贿长。无贿无情，无傍无情。史燕青、李平轰轰烈烈的爱情，行贿、受贿者亲密无间的情谊，没有权的支撑，到不了天长地久，到不了永远！

腐败虽不讲情，但情却常常是腐败依托的“方便之门”。步入腐败之途的领导干部，究其初，不少就是却不过别人的一片盛情，有了第一次，第二次、第三次就更易生发，就这样有意无意之中被情牵着走上了不该走的路，不知道那一片盛情是从怎样的心里发出的，不知道那一片盛情是用情来包装的贿赂。要知道，在崇尚礼义的中国，没有人送无缘无故的礼，也没人收无缘无故的情。“来历不明”的礼，“来历不明”的情导致的是法庭上一个庄严的宣判：巨额财产来源不明罪。

情由心生。对于党员、领导干部来说，如果没了全心全意为人民服务的心，其情怎样？不言自明。而心里装着人民的党员领导干部，其情似海，大而广阔，正如一个伟人说的：我是中国人民的儿子，我深深地爱着我的祖国和人民。

（初刊于《中国经济导报》2001 年 8 月 4 日）

作者新语：

那时，我真是太爱讲道理。看娱乐新闻，也咂摸出这样一番道理来。

纯属瞎掰。

写文章，写什么，不得不慎呀！可不要任何一点小感触便下笔草草而就哟！

娱乐生产关系“金”“三角”

娱乐圈是个热闹的海洋——无风也起三尺浪。但，世界上没有无缘无故的“浪”。娱乐圈也不例外。要看清点“眉目”，得睁“法眼”瞧仔细了。人人皆具“法眼”。我的“法眼”上架着这样一副“有色眼镜”：娱乐生产力决定娱乐生产关系，娱乐生产关系反作用于娱乐生产力。如此说道，有点“老土”，照搬“政治经济学”经典，不算有水平，但最古老的瓶子也可以装最现代生产线上流出的“酒”。娱乐生产力事关娱乐圈的底细，属机密，放下不表。我这里只说说娱乐生产关系。

娱乐生产关系非二者之间，而是三者之间。即角儿，娱记，受众。这三者之间，受众可以说是一标的物（和目的有区别），是“沉默的大多数”。不是不说话，而是说的话传之不远（没有话筒，就没有发言权）；不是不主动，而是主动不为人知和被动没有两样。发挥主观能动性的是角儿和娱记。

角儿发挥作用的情况有二。“花褪残红青杏小”，角儿刚闹出点名堂，但离红还有一段距离，客观上需要炒作，于是乎，主动出击，有人策划，有人打点，于是乎，雷声大了。叫流言也好，叫正面报道也好，叫辟谣也罢。叫声大了，声望可不就有了名气就出了？有人说这是厚黑学在娱乐圈里的一招半式。挺管用的。有实力的，雷后还下起了大雨，这一番风雨可不造就了大腕？娱乐圈有了这样那样的大哥大、大姐大。第二种情况是角儿已红过一轮，已演的戏，受众已发过一阵热闹了。要保艺术人生不老，只用青春宝还不够。看看自身，实力还有待提升。莫等闲，过了青春期，空悲切。这时也得主动出击，密谋，策划，诸如传言有了私生子，不管招式是否与虎妞对骆驼祥子说“我有了，你的”雷同，管用。掀起一阵浪，你认为水下面有条大鱼，其实很有可能是一根小草——“勿忘我”。

娱记是个不停工作的发动机，“年年讲，月月讲，天天讲”。张艺谋、张纪中之流，正红着，红的趋势未改，而且围着这红心还可能带动一片红，娱记只得主动出击，像老农说的那样“拿自己的热脸贴别人的冷屁股”。不过，贴是贴时样，“来料加工”时可就不会在意角儿的意志。张艺谋网上打捞“幸福女孩”。《射雕英雄传》传出多少新闻，还有多少新闻正在进行着。张纪中给闹的不断为电信做贡献——手机费据说月供几千，还得不断地换手机。根据规律，这些一定是娱记们的经典作品。鲁迅先生最怕的是在沙漠中呐喊无人回应，鲁迅要是活着，是不是会对张纪中们的烦恼表示“仰慕”呢？

搞清了娱乐生产关系，它对娱乐生产力的巨大的反作用力就心知肚明了。作为旁观者，没有话筒，有一双慧眼也算有了一件宝物。挺幸福的。

要补充的是，在商业社会里，资本说话，追逐利润，“天下熙熙，皆为利来；天下攘攘，皆为利往”。娱乐圈的热闹不过是资本招摇的一面旗帜。种的是热闹，收获的是受众。为表述准确，在娱乐生产关系“三角”前还得加一个“金”。名之曰：娱乐生产关系“金”“三角”。

作者新语：

现在的韩光智劝一劝那时的韩光智：兄弟！你较什么真呀！神马都是浮云。

这是玩穿越吗？！

“郑人买履”

嘲笑古人就像发现光头上的一块疤那样容易，嘲笑今人就像猪八戒承认自己想回高老庄那样困难。但问题是，嘲笑古人和嘲笑今人不过是一面镜子的两面。一个美梦只能做一回，但一个错误，古人犯过，今人却不一定能吸取教训，免于重犯。

记得上小学读古文《郑人买履》时，对郑国人买鞋只认丈量过脚的尺子却不认自己真的脚，不仅感到费解，而且还和智力尚待大开发的同学们窃笑许久。光阴流逝，智力增加，想不到现在智力大增的我却不得不来一回“郑人买履”。这次“买履”，我不知是嘲笑自己适合还是嘲笑别人便宜。

我爱人的户口要从其娘家迁移到我们新家来。不知是我们交代不清，还是她哥哥办事太认真，我只叫他们打个户籍证明即可，他却去新办了个户口簿。我想，这没有什么问题。谁知居委会办事人员说，不行。好在我大胆，说：我公安局认识人，你在迁移申请上写上同意盖章即可。通过第一关后，我通过朋友向派出所办户口迁移的民警打探，得出的结论是，非得当地派出所开的户籍证明不可。我翻开那本新户口簿。户口簿上的“注意事项”第一项是这样写的：“居民户口簿具有证明公民身份状况以及家庭成员间相互关系的法律效力，是户口登记机关进行户籍调查、核对的主要依据。”我怎么也想不通法律效力、依据怎么就抵不上当地派出所所写的证明和这证明上的一个公章，那这证明不得脱胎于户口簿吗？相信户籍证明而不相信户口簿不和“宁信度，无自信也”的“郑人”一样？没办法，我得重复“郑人买履”的故事，到爱人娘家的派出所打个证明盖个章，把自己的脚用尺子量一量得出脚的尺寸，否则买不到鞋子穿。“郑人买履”有了现代版。

可以告慰我自己的是，我和“郑人”唯一的区别是我是被迫的。我不犯“郑人买履”的“痴呆”，我就办不了户口迁移。我双脚奔走在办事的路上，我多想说：“何不试之以足？”

评论：

网友潇潇情冲［hans］

《韩非子·外储说左上》：郑人有欲买履者，先自度其足，而置之其坐，至之市而忘操之。已得履，乃曰：“吾忘持度。”反归取之，及反，市罢，遂不得履。人曰：“何不试之以足？”曰：“宁信度，无自信也。”

循规蹈矩、一切从书本出发，形式主义、教条主义、本本主义在我们这个社会已经蔓延成一种普遍现象。

早在72年前，毛主席在《反对本本主义》中就教导我们：“以为上了书的就是对的，文化落后的中国农民至今还存着这种心理。不谓共产党内讨论问题，也还有人开口闭口‘拿本本来’。”

好个“拿本本来”！现代人需要办的本本可多了：户口本、文凭本、外语合格证、计算机等级证书、驾照……

作者新语：

自评这篇文章，还行，不过，最后引用的“死的是一头驴”，不够厚道。

《大公报》主笔张季鸾先生曾言：“以锋利之笔，写忠厚之文；以钝拙之笔，写尖锐之文。”

很显然，“一头驴”出现在文中，虽未指具体人，但不够厚道是一定的。《堵博》大约是——以锋利之笔，写尖锐之文。

堵搏

人生能有几回搏；三分靠命运，七分靠打拼。竞争的时代崇尚搏、打拼。不过，这搏、打拼，说的是我们应该在正确的时间正确的地点正确地使用我们的能量。但是，有时，我们的能量却在错误的时间错误的地点“出轨”。比如，堵车时，右行的车和左行的车以事故地点为中心靠拢。搞得一团糊涂。贴、靠、粘、挤、蹭……中国语言丰富的动词可能也不能穷尽其投奔的情态。我名之曰堵搏。越堵越搏，越来劲越堵。只有等交警来挥挥手。——如果有人说别挤了，可能有的司机会抛来一句“我们不堵，那交警是干吗的，那不下岗了”。

上个世纪八十年代，我在郑州上电影技术学校，老师在讲电影院的构造时，讲到电影散场不到五分钟电影院容纳的一千多人全部走光，故电影院的大门得大、宽，以免发生堵塞现象。毕业后在电影院工作，发现：大门虽大且宽，但门口有时（如放映《少林寺》时）还会传来小孩们的哭声。这是挤的缘故。小孩身子骨还未发育完全，抗挤能力还不够强，加上一挤，牵着大人的手极有可能失去牵连。挤得越狠，哭声越“嘹亮”。

农村的孩子常听故事，我小时候听来一个这样的故事，至今还记得：一个人家里来了客人，老子叫儿子去买猪肉。儿子去了好半天不见回来，老子实在没办法再等，跑去找人。到外面一看，看到儿子提着一块肉和一个担担子的人在不太宽的田埂上僵持着，你不侧身让我过，我不侧身让你行。就像天平两端放的物品重量相当保持平衡一样，两人劲头未衰，持久战有得一拼。老子一看，心中生出一股气，走过去对儿子说："小子，把肉递给我拿回家，你站在这里和他比，看谁厉害！"——两人成堵实为一奇。我想，这么好的坚守精神，干什么事不能成，干吗和人比站：在错误的时间错误的地点做傻事。一个电视台的公益广告是这样的：五六个小圆球放在一个瓶子中，当有人拎起五六根细线牵动小圆球时，五六个小圆球一起挤在瓶颈处无法出瓶。当一个个拎时，小圆球无需碰撞都被拎出。得出的结论是：遵守秩序，习惯从容。

论来源，堵搏和赌博如出一辙，其效果是貌似无损耗的转移人、物和金钱。乐于堵的人一定不反感赌。但二者还有非本质的相异。赌博视金钱（贝）为尘埃：看似重视金钱，实则轻视金钱。因为金钱上凝结着人类的劳动，不通过劳动来获取，呈无赖相。堵搏视生命为尘埃：看似重视时间，时间就是金钱，争分夺秒，实则是空耗生命并制造出耗损时间的"一盆糨糊"。

令人不解的是大家争堵时脸上呈现快慰的神情，说也说不清楚。大家聚赌时，时间像白驹过隙，欢娱嫌夜短。事非经过，这其中的奥妙我哪能猜出几分。我记得的是这样一个有点恶意的说笑：马路上一大堆人围着看一样东西，一个急性人在外围转了几圈，没有得逞。怎么办？大叫且哭："爸爸，你死得好惨啦！"突入重围，一看，死的是一头驴。

（初刊于《都市生活》2002年第7期）

评论：

网友皇旗不落 [cwwww]

中国人，好这口，热闹。

网友紫竹求风 [thythy_2001]

赞成！经典的比喻，发人深省！

网友潇潇情冲 [hans]

在这一点上，国人往往精力过人、聪明过人、自信过人，往往比较喜欢较劲：我评不上先进，你也别评先进；我拿不到冠军，你也莫拿冠军；我不能获奖，你也休想获奖。

人生难得一回搏嘛～～～

作者新语：

杂文写作爱讲道理，头头是道，可惜的是，头头是道，多半是偏理，看自己的这篇旧作，不由产生了这样的想法。无疑，我文中讲的道理在文章的范围内是对的，问题是，是什么力量支撑了月饼的过度包装呢？吃月饼的（其实多半是拿到月饼票，并没有拿月饼去吃哟），多半不是掏钱买月饼的。

回顾我的写作，后来杂文越来越少，现在审视自己，知道偏理之偏了，以至于不再有太多兴趣和激情去讲偏理吧！

我们为什么和月饼的包装过不去

年年岁岁饼相似，岁岁年年装不同。中秋临近，商家“望月”。月饼——这一内蕴中国传统的风味吃品早早入市了。商家忙媒体也不闲着。我在网上看到《北京青年报》的一则报道：《中秋节吃月饼还是看包装 月饼为包装所“累”》。看过来看过去，一言可蔽之：我们和月饼的包装过不去！

观点是由道理来支撑的。分解媒体的道理有二：一、环境保护说法；二、本末倒置说法。这两种说法均在大道理之列。环境是地球村的村级问题，要多大有多大。报道中说：“‘过度包装’吃掉多少树林。月饼如此包装引起了一些人士的反对。有些专家和消费者直斥为‘过度包装’。据介绍，上海市每年生产月饼 1000 万盒，这些月饼包装约要消耗 400 棵到 600 棵胸径 10 厘米的树木。如果从全国来说，一个中秋节吃掉的树林就至少是这个数字的 10 倍以上。”本末倒置的依据是“民以食为天”，天以营养为重。这种说法更符合中国人的心理并可赢得众多掌声。报道是这样阐释的：“焙烤协会反对包装豪华化。中国焙烤协会理事长朱念琳表示，月饼作为礼品的功能越来越突出，作为礼品，没有精美的包装就卖不出去，因此月饼越来越讲究包装也是市场调节的结果。但是他表示，协会也反对包装豪华化，毕竟礼品的主体是月饼，如果包装的价值超过了月饼本身，月饼也就走样了。”

仔细打量，环境保护、本末倒置这两桩大道理中似乎有“大而无当”之处。环境保护，人人有责，但商人的本分是做生意（当然不能排除他的本职之外做个环保志愿者），即按投入产出来规划钱景前途。用包装（包括豪华包装）来给月饼“涂脂抹粉”，以赢得最大的利润，真是太自然不过的事了（当然，他们用木质包装或其他包装物，如果触犯法律法规，那又当别论）。中国有句俗话“三两胭脂四两粉”，形容的是女人浓妆，似乎也没有太多的人反对。提倡“素面朝天”的人们可以说“我不喜欢”。其潜台词还有一句，那就是：我无权反对你这样做。文人炼字得佳句，“浓妆淡抹总相宜”，涵盖了上述意思。相宜有两方面，一方面是自己的感觉，另一方面是别人的感觉。商人重视包装月饼，一定是他自己以为相宜才会去做的。别人的感觉，有相宜和不相宜的。看中了商品，认为相宜的，掏钱就是了；认为不相宜的，走过路过可以错过。商人心里明明白白，每一种商品的潜在购买者不可能是社会上的每一个人，他能赢得期待中的利益就是成功之举了。看近年包装大势越来越“重”，证明利之所在，证明商人的相宜得到市场一定程度的认同。按马克思的观点，那就是个体劳动成为社会劳动，由此体现了商品的价值和价格。——商人比任何人更知道：我是不会去做赔本买卖的，那可是傻事！

打量本末倒置说法，这说法似乎让我们感到，我们竟然还处在追求“吃饱”而不是“吃好”阶段！改革开放，经济发展，人们早已不怕嘴巴没有吃的了。我们越来越追求吃精吃好吃滋味吃品味吃品质。商人如果还像过去一样把月饼仅仅定位于吃品上定位于吃的营养上，就会坐失一份商机。现在的月饼是吃品，但更是礼品更是节日品。把月饼仅仅定位于吃品，吃自然是本。如果把月饼定位于礼品、节日品，那包装就不会是末而是本甚至是大本了。报道中说：“中秋将至，各路厂家月饼已全面上市。在各商场和超市，造型各异、用料讲究的月饼包装一下子吸引了消费者的眼球。而为了这个‘吸引力’，每年生产厂家投在月饼包装上的费用居然高达10亿元到25亿元左右！包装占月饼成本最高可达30%。昨天，有关专家表示，我国每年月饼销售额约近100亿元人民币，包装占月饼生产成本的10%到20%，最高的可达30%。月饼越来越为包装所‘累’。” 报道中所流露的倾向从根本上忘了我们的

时代已“今非昔比”了。如果我们仍要将吃之“本”推到极端，按照逻辑，那么，我们所有的五星级宾馆是不是都得改成地铺只要能睡人即可呢？是不是还得把咖啡厅的弹奏钢琴搬走呢？如此这般，那，我们的社会要去掉的包装可真是太多了，要去掉的豪华可真是太多了！——我们不要只会念叨物质和精神是对立的，而忽视了精神其实也蕴藏在物质之中。

从传统角度上讲，商人重包装月饼还有社会学民俗学上的贡献。有一份资料显示，“于现代的人们来说，中秋节是一定要过的，但是多数人认为，过中秋不一定要吃月饼。”不一定吃月饼但一定得有月饼在“现场”发挥象征性的作用。由此，我们可不可以这样认为：商人重包装是对中国传统的重视和热爱。好的，和民族传统相宜的包装不是能更好地发挥象征性的作用，不是更有利于中国传统（风俗）的弘扬，由此更加凝聚了“我的中国心”吗？

我们为什么和月饼的包装过不去？考察来考察去，不觉中我们也考察了我们自身。从我们所讲的大道理中，我们是否可以追问一下我们自己：我们是否仍在继承轻商的传统？我们对市场了解吗？我们对市场经济了解吗？我们对商人了解吗？我们对商人的劳动真的尊重吗？我们对商人劳动尊重的程度是否和对其他劳动人民（如面朝黄土背朝天的农夫）的劳动尊重的程度一致或一样呢？

评论：

网友山猫仔 =^0^= [bobcat]

联想翩翩～

有点怕怕～

下回会不会说到俺最喜欢的电脑所带来的污染？

网友潇潇情冲 [hans]

包装考究的月饼犹如茅台、五粮液一样，吃的人往往不掏钱，掏钱的人往往不吃。也算一种现代文化风情吧？哈哈……

网友龙在天 [sgc115abc]
国人的确缺乏包装意识……
要与国际接轨，非重视不可！

网友且歌且行 [single]
写得不错。
不过咱们国家一向有重农抑商的传统。

网友倦云倚峰 [juanyun]
因为我们吃月饼而不吃包装。

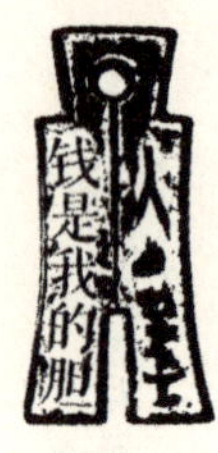

作者新语：

艺术种类之间，是可以相互借鉴的。明眼人一看就知道，这篇文章是不是受了相声《五官争功》的启发。

处处留心皆学问。文章之道，留心而已？！

五官打官司

总算有了个“说法”——十年光阴将在铁窗内度过。这意味着做官以来的风光将如一江春水一去不复还。不是死刑或无期，一块石头落下心头，西门大官人甚至有一点安稳的感觉。毕竟被纪委叫去谈话到拘留到逮捕再到判刑，有很长一段光阴，这段光阴和做官的光阴可不一样，一个感觉是度日如年吊桶打水吊得心烦，一个感觉在飞就像爱因斯坦讲时间相对论以英雄好汉坐在美人侧为喻一样。有点安稳好入眠，牢房里的环境虽然没有KTV包厢舒服，更无部下、佳人拍马屁、奉承让人感到爽外，一切尚好。还谈不上已构成“艰苦”的典型环境。经过一段时间的煎熬，有些习惯了。这是一个期待很久才到来的好觉。有静的就有动的，人睡了，经过法庭锤炼的五官，耳濡目染，不觉间已形成了强烈的法律意识，“光荣”地抛弃了法盲的帽子。口、鼻、耳、眼、手这五官在没有聘请律师的前提下打起官司来——分清责任，分担处罚。

率先发难的是口。口说：“虽然现在咱们是难兄难弟，有难同当，但毕竟各自担当的分量是应该不一样的。凭什么你们造的罪孽要我来挑大梁？吃穿住行，吃是第一位的，从前吃香的喝辣的，哪天不是无限滋味。接受别人的礼金，于我可没有什么好处，到头来，却让我吃了大亏，牢房的一日三餐也太不像话了。（传下话去，就说是我说的，牢房的后勤工作没做好，以后要注意。）大把的票子是你手拿的，消费出去的也是你手。你说说，你做这些非规定动作时，我说过什么没有？当初你拿别人礼金的时候想到今天、想到我了吗？向上级交代问题时，我不知怎么开口说好？我真替你们难过。”

手接腔了：“唉！既知今日，何必当初。空口无凭，你凭什么把责任都推到我这里来了。想当初，我可是一手遮天，一手遮地，摆动左手和右手，地球也要抖三抖的。你吃香的喝辣的，你不仅没有顾到我，而且你的幸福还建立在我的辛勤劳动的基础上。你说，除了小姐送你吃那些甜点心外，你吃的哪一口不是由我手送到你口中的，更不要说根本了：不是因为我是一把手，世上的许多山珍海味可就不一定到你嘴边请你亲自张口了吧！记住，咱们都是中国人，知恩要知道图报。何况咱们是兄弟，有福同享，有难同当。十年辛苦困难期间你可要口吐福音，至少安慰大伙儿，让咱们有信心，保持乐观主义精神，不就是十年吗？！十年后可又是一条好汉！”

“哼——”鼻子抽了抽，开始发言了，“跟着你们，我算是倒了大霉了，你们享受时，我可没有多大好处，享乐仅止于闻香知味上。你手抱小姐，口吻芳唇时，我可只是擦了一下别人的嫩皮肤而已。要说长见识吗，我得承认，我不仅可以分辨出法国不同香水的味道，而且可以嗅出不同的体香来。算起来，我过去享受的不多，可现在遭的罪实在不小。牢房的陈年味道你们知道吗？我也不想再说，说着说着成了祥林嫂更没意思了。命运变迁中，我的上下落差太大了——飞流直下三千尺，疑是银河落九天。话说回来，天下没有十全十美的鼻子，我也得做点自我批评以便今后工作改进。我的主要问题表现在没有及时嗅出纪委、反贪局那些吃饱了没事干的人的新动向来。自觉性不够高，工作能力也没有能很好地适应反腐形势的巨大变化，以致被他们打开了盖子。盖子一开，我就更没有办法了。可你们呢，一手遮天的本领哪里去了？要知道，我们五官是一个整体。实事求是讲，我的一点失误并不会导致走麦城以致今日作楚囚相对。谁没有把好关？是不是有人目光短浅呀？”

“喂！说谁目光短浅呢？何不直说其名，指桑骂槐算哪门子英雄？”眼睛眨了眨，气恼地说，“说我目光短浅，可是怀疑我的工作能力呀！要知道，不是我目光

正确，你当得了一把手吗？你空口能做到什么呀！你鼻子也只会一辈子是个普通的鼻子，闹得不好，严冬时节没有温暖的安乐窝只怕你要流鼻涕吧！季节变化闹感冒只怕打喷嚏不是你真心想做体操吧！鼻涕向下流，是不是会殃及贵口呢！你们贪污腐化堕落，于我眼睛有什么好处！没有呀！同志们呀！大家要明白这样一个事实：我是你们腐化享乐道路上的一头老黄牛。要说缺点嘛，也有，不就是原则性不够强，睁一只眼闭一只眼。但，同志们呀！我可也是没有办法。我坚持原则，你们同意吗？再说，我又不是一把手，看到你口吃百味，鼻嗅香艳，我要是发出点不同的声音，你们会说我犯红眼病，没有办法，你们如果不认真反省，我可是涛声依旧：睁一只眼闭一只眼。日子过得还可以。官场风光也罢，牢房单调也罢，我认了。可是，你们是否想起当初你们起异心时，是受了谁的诱惑，是不是耳朵根子软了些呢？”

“越是没地位，越是责任大。”耳朵不高兴了，“我充其量不过是一个信息通道。我的位置离你们最远。鼻子是中心地位，眼睛占着高位，口把握着要津，一把手活动半径最大，我的地位偏远又低下。好听的话，你们让我好好听着，不好的话，你们又让他们畅通无阻、过耳即忘。这时，如果我有点精神耳朵有点站相，是谁又给我不好看的脸色，鼻子不是鼻子，眼睛不是眼睛，我好受吗？！根据工作经验，我只能如此。再说，我的配置也不够档次，主要部件缺少。你想呀！几根小碎软骨能起什么大作用。没有主心骨，我先天不足。凭着自己的一点听力，全心全意为你们服务，你们却怪我不好。法庭受审时，法官大人的口气和态度可没有从前部下那样温暖那样温柔那样体贴，你们犯的罪不都由我来听？你们说，法官的唠叨好听吗？我可不容易。请问手、鼻、口、眼，你们哪位先生能够说说，你们合谋搞腐败，跟我商量过吗？请问，你们捞到的好处，我有份吗？不就是你们风光时，没有忘记带上我，顺便让我听听爱情歌曲诸如《萍聚》：别管以后将如何结束/至少我们曾经相聚过/不必费心地彼此约束/更不需要言语的承诺/只要我们曾经拥有过/对你我来讲已经足够/人的一生有许多回忆/只愿你的追忆有个我。可这也是你口唱出来的，传达的是你和情人们的‘曾经拥有’的情意，唱得好就算我享受了一回。可有时你口喝了人头马口形都变了还唱，我受得了这‘缠绵’的噪声吗？我现在倒是挺留恋往日时光，总是有不少人说好话，温柔又体贴，我听起来多舒服。现在这种福气一去不来。你们提点气，再唱一曲‘涛声依旧’安慰安慰我，行吗？”口动了动，有声无气，鼻子似乎出了力，鼻孔里出了声息：

“带走一盏渔火/让它温暖我的双眼……流连的钟声还在敲打我的无眠……今天的你我/能否重复昨日的故事/这一张旧船票/能否登上你的客船……”

评论：

网友怪歌 [xtywy]

随意调侃中，把一个官场众生相勾画得栩栩如生。

难道老弟也在官场干过，而时有体会？

不过时下是什么都敢流行，改革开放的好处仍然在延伸，延伸。

所以人生得意时，切莫忘形，人真正是捧得越高，摔得越重，下来狗也嫌。

作者新语：

赚到钱的人，看不清楚股市。

赔了钱的人，也看不清楚股市。

郑板桥早就明白——

难得糊涂。

股市魔鬼辞典

小时念书，因调皮而被多位教师视为“小鬼头”。上大学时，逆反心理尚未完全“脱尽”。工作后，逆反思维不时“冒泡”。股市沉沦，于是有魔鬼词条如下。

股市：①检查、考验人们性格好坏、高下的场所，不过，有时，股市的标准是模糊、错乱的。②股即估，股市是检验人们对未来的期望是否落空的地方。③漂亮的傻子、有钱的疯子和文雅的骗子相互勾结的角落。④合法的赌博场所，和其他赌场不同之处在于它一般不散场。万一散场就意味着……（太可怕了，不说也罢）⑤伴随金融时代而设置的一处“劳教”场所。它要求“劳教人员”付出智慧和胆量等，可大多数人总是有意无意怠工。自然，劳教效果不佳。⑥现代生活中一些人赚钱的“捷径”——赚同伙的钱。同伙无类别随机组合成团，聚众“阴谋”和“阳谋”，“高级同伙”还利用现代通信手段在“明处”为同伙卖力算计着。在这里，同行不是冤家。原因很简单，赚来的钱不知来自哪个同伙，亏去的钱也不知流向何方。⑦解决寂寞、孤独等社会问题的一个有效场所。其副产品是“社会病”的新症候如浮躁、不安、烦闷等“闪亮登场”。⑧没有入学考试的学校，没有能够毕业的学子。学生很少退学，学费因人而异。

股民：①用买股与卖股的方法交替着寻求刺激的那么一种人，这种人爱刺激胜于爱金钱，爱刺激胜于爱女人。他总是在忙忙碌碌的空隙才想起来人生中还有其他许多事情没有干。②拥有股权，却仅仅盯着股价的一类人。从中最容易找出第一批吃螃蟹的人。当然，更多的人是把螃蟹当作午餐吃了——自然，麻烦就来了。

股评：①最可靠的谣言。当大家都信时，你得不信。②现代社会流行的一种促销手段，正像商场商品的打折一样令人乐此不疲。③你相信时，它不灵，你不相信时，它灵。

股评家：①政府股市扩容的推销员。②和文学家一样，出售的是想象力。③他们工作的原则有二：A，股评家说的永远是对的；B，如果不对，就参照第一条。

庄家：庄即“桩”，大江决堤时首先冲走的泥、沙等建设材料，留下“桩”物，下次建堤仍可借用。万一“桩”身不深，“桩”被冲走随水流入海为终，就再也难展昔日挺立之姿了。

散户：一将功成万骨枯的“万骨”，也有少之又少的幸运儿能够登台拜将。

牛市：①夕阳无限好，只怕近黄昏。②勤奋的人在数股，聪明的人却暗自点钞。

熊市：和熊无关。难兄难弟有了共同的心声。

题材：股市进军的号角。

反弹：安慰套牢股民的温柔曲。

股票：现代社会的一种时髦诱惑物，像大街上风流女士（非褒非贬）有意无意抛出的一个媚眼，你认为大有深意，结果却是空喜一场。

基本面：真正看清的人才是识时务的俊杰。问题是不少人看清了，却做不到。

技术面：实话实说，不过话已是老话，于将来无大益。

涨（跌）停板：古代大人惩罚原告、被告的原则之一是“各打四十大板”。股市涨（跌）停板即是古代传统的当代运用。涨多，打屁股；跌多，打臀部。

利多：挂在驴头前的一把食料，驴跑了一圈能不能吃到还得看主人高兴否。利多即是股市的一把食料。

利空：美女嘴角的一声“讨厌”。“老实人”听到后走开，“聪明人”却暗自窃喜：有门。

套牢：其解药为“世人都晓神仙好，唯有金银忘不了。终朝只恨聚无多，及到多时眼闭了”。

陷阱：自掘的却认为是别人干的，和“井底之蛙”居住的别墅大致相似。

风险：随风动作而必然遭遇的机会。

热点：贪欲之心的另一种说法。

谣言：常以消息的面目出现。

K 线：诸葛亮的八卦阵，进口易找，出口难觅。

散户看大户，大户看主力机构：“你看，你看，那月亮的脸”，其实，看到看不到关键在眼神和云雾。

成交量：股市的弹药。弹药的作用有时作用于别人身上，有时却作用于自己身上。

（初刊于《中国证券报》）

作者新语：

股市也是人性锤炼的场所。有定力，你就是你生活的主人；有定力，你就是大股东。

不能扛着驴子走？

某机关工作的小钱，虽然姓钱，但并没多少钞票。毕业工作两年后，受股市“经济增长”的诱惑走入了股市，他当时的想法是：“工资虽然不低，但要想买房、找女朋友、浪漫开支、找老婆、现实开支等诸多人生的要项，工资可就难以应付了。无须多想，谁都明白钱是美好未来的障碍。好在自己的智商不低，美国老太太能大赚，中国小伙子就不能在股市中拿一点？”在这样的观念下，小钱开始了自己人生的“金融事业”，有自己的那一点小积蓄，有利用自己的关系筹集的那些资金，开个户就成了准股民了。

虽说智商不低，但孔子早就对知识分子有过“知之为知之，不知为不知，是知也”的训导。这个，小钱明白。对股市，学中文的小钱自然是不知。怎么才能是知也呢？除了学习股市ABC外，小钱的功课多用在“听讲”上：听电台里的股市节目；看电视台的股市经纬；看证券报的金手指点。几年下来，有赢有输，牛市里纸上数字多了一点，熊市里心情阴了一些，加加减减，好在手上的钱多一点。小钱“三省吾身”，无奈感觉总是摸不到股市“实体”：云里雾里。“人生没有明白事”，想起在学校时一个哲学老师的一句“脱口秀”，一推理，明白了股市也是没有明白事体的。这样一想，似乎透了，不去想它。无心插柳，这天乱翻书，看到一则寓言，

这才算明白了自己应该如何应对股市的起起伏伏，尤其是股评家们的高谈阔论。

这则寓言是这样的：某乡下的一父一子，牵着一头瘦驴进城去，后面跟着一位侃爷。一段路途跋涉，儿子累了，父亲让儿子骑在驴背上，侃爷发话了：“这孩子太不懂事了，不知孝敬长辈，竟然让父亲走路，自己坐在驴背上。”父子听了觉得有道理，便换上父亲骑驴前行，侃爷又发话了：“唉，这大人贪图享受，却让孩子走路。”父亲听了红了两边脸，于是把孩子也抱上来，两人骑驴而行。此时，侃爷也没闲着，“瞧，父子两人骑一条瘦驴，这驴也太惨了，动物保护组织真应该管管了，这不是虐待动物吗？”父子俩只好下来，牵着驴走。后面跟着的侃爷仍然没有闭嘴，“有驴不骑，是驴有毛病还是人有毛病呀？”听到有毛病，父子俩技穷，只得把瘦驴放倒捆好四条腿找根棍子抬着走。侃爷的嘴又张开了……小钱看完后，把书一掷，头一仰，笑了：“股市起伏中，股评家的七嘴八舌不和驴子后面的侃爷一样吗？”

股市中，散户就像乡下赶驴进城的父子俩。最要紧的是，话由侃爷说，但侃爷的话不是句句都是真理，更不可能一句抵一万句。单就每一阶段来说，侃爷的话都无大错，甚至可以说是逆耳的忠言。但是，一切都听人言，自己岂不成了应声虫吗？父子俩骑驴不骑驴，得由自己拿主意。最最要紧的是，不能抬着瘦驴走路。